FANGGE CHANGDAO

放歌长岛

——"长岛号"文学作品选编

林勇 / 主编

中国海洋大学出版社

·青岛·

图书在版编目（CIP）数据

放歌长岛："长岛号"文学作品选编 / 林勇主编 . —青岛：
中国海洋大学出版社，2022.9
ISBN 978-7-5670-3277-4

Ⅰ.①放… Ⅱ.①林… Ⅲ.①中国文学—当代文学—作品综合集
Ⅳ.① I217.1

中国版本图书馆 CIP 数据核字（2022）第 173656 号

出版发行	中国海洋大学出版社
社　　址	青岛市香港东路 23 号　　邮政编码　266071
出 版 人	刘文菁
网　　址	http://pub.ouc.edu.cn
电子信箱	813241042@qq.com
订购电话	0532-82032573（传真）
责任编辑	郭周荣　　　　　　　　电　　话　0532-85902495
印　　制	日照报业印刷有限公司
版　　次	2022 年 12 月第 1 版
印　　次	2022 年 12 月第 1 次印刷
成品尺寸	170 mm × 240 mm
印　　张	23.75
字　　数	400 千
印　　数	1~3000
定　　价	75.00 元

发现印装质量问题，请致电0633-8221365，由印刷厂负责调换。

放 歌 长 岛
——"长岛号"文学作品选编

编 委 会

主 任：范延学

副主任：高宏伟　林　蔚

成 员：林　勇　徐　滔　赵　苗　郭　明

主 编：林　勇

副主编：徐　滔

编 务：亓玉琨　王小艺　刘彦君　刘　欣

鸟瞰长岛（南部）（林勇／摄　2022年）

鸟瞰长岛（北部）（王萌／摄　2021年）

鸟瞰城貌（2022 年）

城区一角（2022 年）

花团锦簇（2021 年）

联岛大桥（2022 年）

黄渤海交汇处（林勇／摄 2021 年）

观音礁（林蔚／摄 2022 年）

列岛夕照（林勇／摄　2021 年）

车由岛（2022 年）

姊妹峰（2021 年）

云海奇观（林勇／摄　2021年）

冰封世界（高宏伟／摄　2021年）

原生态（林勇 / 摄　2022 年）

列岛之巅（杨成龙／摄　2022 年）

海豹乐园（张维康／摄　2022 年）

现代渔业（胡家诚／摄　2021年）

丝路扬帆（林勇／摄　2022年）

环岛栈道（李少伟／摄 2016年）

慢道花艳（贾文琪／摄 2019年）

妈祖庆典（冷宁／摄 2008 年）

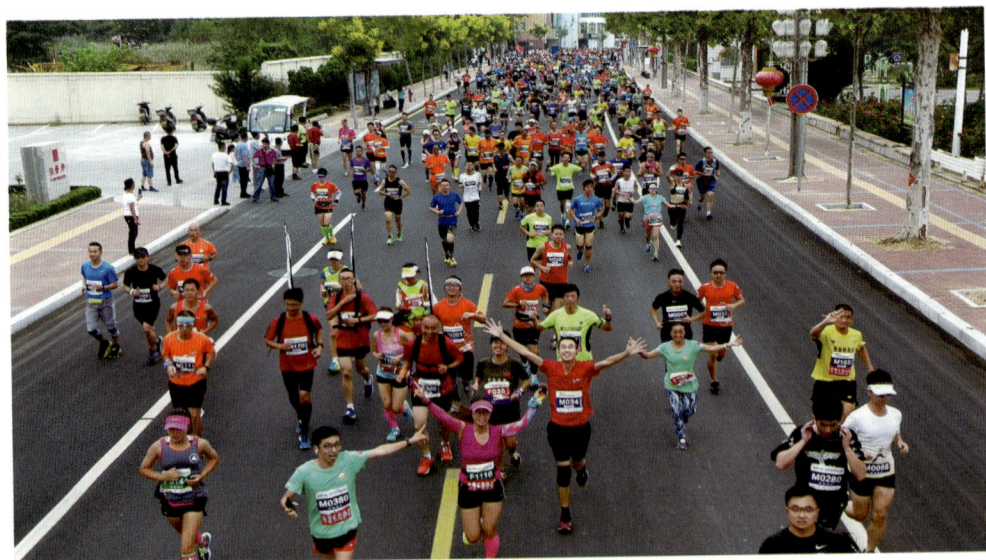

马拉松（林勇／摄 2018 年）

序 言

    带着海风的清新,飘着百花的芬芳,凝聚了众多作者和宣传文化工作者心血的《放歌长岛》终于付梓成书。翻开墨香四溢的书稿,细读隽永亲切的文章,犹如一幅幅波澜壮阔的长岛画卷,恰似浓墨渲染的大写意,让人赏心悦目心胸豁然;宛若一首首琴瑟和鸣的渔乡乐章,好像渔舟唱晚的小夜曲,令人交口称誉回味悠长。

    《放歌长岛》是一本经宣传文化部门上下共同努力,岛内岛外的专业创作人员和广大文学爱好者倾注无数心血的文学佳作,具有较高的艺术和思想价值,不仅真实展现了长岛的文学创作水平,而且对于拓展长岛对外宣传平台,打造长岛文化品牌形象,提升长岛文化发展高度,具有十分重要的意义。

    建设社会主义先进文化,满足人民群众日益增长的精神文化需求,为经济发展和社会全面进步提供精神动力,对于弘扬民族精神有着极大的激励和促进作用。习近平总书记多次指出:文化兴则国家兴,文化强则民族强。坚定文化自信,离不开对中华民族历史的认知和运用。当代中国,江山壮丽,人民豪迈,前程远大。时代为我国文艺繁荣发展提供了前所未有的广阔舞台。推动社会主义文艺繁荣发展、建设社会主义文化强国,广大文艺工作者义不容辞、重任在肩、大有可为。

早在母系社会中晚期，我们人类的祖先就在这里创造了与西安半坡齐名的"东半坡"文明，这里既是秦皇汉武巡边寻仙的仙山胜境，也是徐福开启北方海上丝绸之路的起点之一，司马迁的《史记》，苏东坡的《北海十二石记》等对长岛都有实名记述。千百年来，我们的祖先在征服海洋、建设家园的进程中，孕育了长岛独有的文化基因，在历史长河中写下了灿烂辉煌的篇章。

时代大潮浩浩荡荡、奔涌向前，怀揣从未停歇的蓝色梦想。近年来，长岛人民在区工委、管委的坚强领导下，倍道兼行经略海洋、逐梦深蓝，加快建设生态零碳之岛、绿色产业之岛、现代智慧之岛、共同富裕之岛、改革创新之岛，全力打造"两山"理论的蓝色实践样板，以一域争光为全局添彩，也为文学艺术创作提供了丰富多彩的题材。

长岛的文化血脉，蕴藏着勇敢争先的闯海精神；深厚的海洋文化积淀，哺育了能文能武的海岛儿女；海岛的文化沃土，是生生不息的创作源泉；建设美好的家园，是砥砺前行的强大动力。建国七十多年来，数十位党和国家领导人先后为长岛题词赋诗，赞誉有加；上百位著名文学家、书画家、音乐家为长岛挥毫泼墨，放歌一曲；一代又一代的长岛专业创作人员和广大文学爱好者，怀着对海岛的满腔热爱，创作了大量文学作品，先后涌现出张岐、王海鸰、刘静等一大批著名作家。

特别值得我们尊敬的是那些在基层工作的文学爱好者，在做好本职工作的同时，呕心沥血写文章，默默宣传做奉献。他们中有经历过战火纷飞年代的老革命和退休之后发挥余热的老同志，有年富力强奋战在生产一线的工人、渔民和各行各业的工作人员，有长岛土生土长的渔家儿女，有扎根海岛奉献青春的外地青年，有现役守岛指战员、退役转业老战士，有从长岛走出去的莘莘学子、心系家乡的海外游子，还有许多热爱长岛的远方游客和文学之友……长岛，因为有了他们的创作而活力四射；长岛，因为多了这些美篇佳作而精彩耀眼。这些年来，他们创作了各种体裁的文学作品，先后有 800 多篇在"长岛号"发布。

"长岛号"是新形势下的融媒新平台，集结了一大批岛内和岛外作家与文学爱好者。《放歌长岛》是"长岛号"出版的第一本优秀作品选，共收录了 70 余位作者 100 多篇总计 17 万字的文学作品，分为"放歌长岛""渔乡情思""军民情深""广电情缘"四个篇章，以书写讴歌长岛的历史文化、风光物产、民俗风情、经济建设、军民共建、广电事业为重点，题材百花齐放，内容丰富多彩，既具有较强的可读性，又鲜明地突出了讲好长岛故事、传播长岛声音、展示长岛形象的主旋律，全方位地展现了海岛渔乡独特的文化魅力。

渔舟唱晚皆文章，放歌长岛踏歌行。《放歌长岛》的出版是一个良好的开端，衷心期望海岛的文学创作事业得到更多的关注，发掘更多的人才，多出作品，出好作品，为繁荣长岛的宣传文化事业做出新的更大贡献；愿越来越多肩负着传承海岛文化事业的跋涉者在这一片文学沃土上辛勤耕耘，在海岛文学的百草园栽红植绿，精心浇灌，播撒希望的种子，共享文学的芬芳。

值此《放歌长岛》出版之际，祝长岛的专业创作人员和广大文学爱好者百尺竿头，更进一步，推陈出新，佳作连连，继往开来创佳绩，百花齐放谱新篇！

2022 年 6 月

目 录

❧ 第一章　放歌长岛 ❧

第二章　渔乡情思

第三章　军民情深

❧ 第四章　广电情缘 ❧

第一章

放歌长岛

放歌长岛

⊙ **徐滔**

　　春燕衔新泥，雁阵过长空，从南岸飞来的鸟儿，给长岛带来了春风，也带来了鸟语花香。喜鹊登枝，晨曲唤醒了沉睡的山林，一派莺飞草长，桃红柳绿；一簇一簇明丽的色彩涂抹出灿烂的画卷，春天的脚步在小岛的每一个角落都踩出一串串美妙音符，演奏出万木合弦的绝美乐章；柔风含韵唱春天，飞鸟传歌闹春岛，画外音效导入一篇篇怡情好诗，同期声乐合成一首首动感金曲。

　　清晨的海空，东方那一抹光线一点一点明丽起来，天空由原来的灰暗变成了鱼肚白，然后又以肉眼可见的速度，从鱼肚白变成了胭脂红。聚眸凝视，从那最浓重的胭脂红中，一轮红日喷薄而出，万顷碧波顷刻之间被撒上大自然最绚丽的色彩，金黄，橘红，浅紫，淡咖，还有那耀眼白，大海越是波澜激荡，海天之间就越是金波飞扬，满目都是极致的渲染，流光溢彩的海潮踏着欢快的节拍为之喝彩。

　　和煦的晨曦中，山林里最先醒来的是温柔的春风，拍醒了沉睡的山间万物。鸟雀在林间啼啭觅食，高树低草在风中摇曳，小树抽枝发芽，山坡高岗披上绿色的新装，姹紫嫣红的野花在晨光中绽开笑脸，用最纯的绿色，用最美的花朵，用最嘹亮的歌声，答谢这个给予她们生命的春天舞台。

　　海风从岸滩掠过，顺着山势扶摇直达悬崖之巅，花草树木摇曳起枝叶，摆动着花朵，与热情的风儿遥相呼应。多才多艺的春姑娘，在这春天的大舞台上悠扬地演奏起一曲曲风之琴、草之弦、树之号、雀之乐，仿佛袅袅仙乐降临人间。

　　家住海边的日子，天天与大海相见，最不缺的就是大风，即使在赤日炎炎的夏日，也会常常伴有大风大浪。那一刻，风随潮起，潮伴风来；风在咆哮，潮在呐喊，乱云飞，飞云低，天海苍茫。驻守在云飞浪卷的海防前哨，虽然生活异常艰苦，但是足够磨炼意志。在一次又一次的大风大浪中，真正的海岛人民高唱闯海的英雄赞歌，乘风破浪闯四海，扬帆远航下五洋。

　　冬天的长岛，一场大面积的寒潮，裹挟着一场接着一场的暴雪，一浪高过一浪的狂涛，一阵又一阵的低寒，很快改变了长岛原有的模样。苍茫的穹庐之下，寒风怒吼，巨浪滔天；天地苍茫，冰雪覆盖；大海冰封，冰凌高挂，宛若走进了冰川时代，处处都是冰世界、雪空间、诗画卷、涛歌声。

　　在我们伟大祖国广袤的国土上，地处渤海海峡、黄渤海交汇处的长岛只能算是沧海一粟。尽管长岛身居大海深处，尽管长岛远离繁华，尽管长岛不被大多数人所知晓，但是这也无法改变长岛自古以来在中华文明发展史上扮演过非常重要的角色的事实。

　　早在五六千年前的母系社会中晚期，我们的祖先就在长岛这一片钟灵毓秀之地上繁衍生息，创造了与西安半坡文化齐名的"东半坡"文化。这里既是秦皇汉武巡边寻仙之地，也是北方海上丝绸之路的起点之一。唐王征东，这里是李世民扎寨、运兵、屯粮的海上兵站，并由此开启了长达一千多年的枢纽港口历史，成为北方海上交通要冲。北宋时期，长岛庙岛上建成史上第五座、北方第一座妈祖庙，成为南北文化交流的连接之地。元、明、清三朝几百年间，长岛的登州外港——庙岛塘不仅是粮食漕运的中转站，还是东亚属国使臣往来登岸、避风候风的首选港口之一，著名的沙门岛改名为"海神娘娘的庙群岛"，最终以"庙岛群岛"为名被标注到世界的航海地图上。

　　独特的地理位置，也决定了长岛的重要战略地位。1840年，八国联军的铁甲军舰就是从长岛海域进入渤海湾攻进北京城的。庙岛群岛周边的广阔海域变成帝国主义侵略我国的海上要道。从鸦片战争到中华人民共和国成立，这一百多年的沧桑岁月，特别是在抗日战争和解放战争时，那个战火纷飞的年代，有多少国仇家恨让我们刻骨铭心，有多少仁人志士为追求真理而抛头颅、洒热血，有多少革命先烈为了人民的解放事业牺牲了宝贵的生命。

中华人民共和国成立以后，长岛人民在中国共产党的领导下，积极投身社会主义建设，海岛发生了天翻地覆的变化。在这之后的几十年时间里，长岛县委、县政府带领全县人民投入到火热的社会主义建设热潮之中，并走出了一条富有长岛特色的改革开放发展之路，经济与社会发展走在了全国全省同类县的前列。1992 年 7 月 20 日，长岛县被山东省委、省政府命名表彰为第一个"小康县"。

70 多年来，长岛渔民以闯海人特有的胆识和气魄，在"长渔七号"救援、"2·22 海难"大营救中充分彰显出舍生忘死的长岛精神，创造了一个又一个海难救助史上的壮举。1971 年 3 月 1 日，在风雪冒烟、铺冰盖浪、船舱进水、险象环生的两天两夜里，"长渔七号"上的 10 名渔民和 16 名被他们营救的辽宁渔民同舟共济，团结一心，搏风斗浪，并肩作战，最后一个人也不少地把冻成冰山一样的渔船安全驶回，创造了救援设备最差、救援时间最长、救援环境最恶劣、救援效果最成功的海难救援奇迹。

2003 年 2 月 22 日下午，在"辽旅渡 7 号"客轮突遇海难即将船沉人亡的危急关头，长岛军民冒着 7 到 9 级的大风勇敢逆行，战胜了比"11·24"特大海难还要猛烈的风浪、还要寒冷的天气、还要凶险的海域，临危不惧，团结协作，最终救出遇险的全部 81 位旅客和船员。大爱壮举，世所罕见，这次营救被称为世界海难史上最成功的大营救之一。

"长风破浪会有时，直挂云帆济沧海。"2018 年，山东省委、省政府做出"建设长岛海洋生态文明综合试验区"的重大决策，赋予了长岛在全国海洋生态文明建设上"闯新路、树标杆"的神圣使命，海岛人民在区工委、管委的坚强领导下，凝心聚力，团结奋进，抓环保，谋发展，促民生，战疫情，各项事业取得有目共睹的发展，许多工作走到了全省全市的前列，为建设美丽富裕、文明和谐、幸福新长岛做出了应有的贡献，书写出前所未有的壮丽篇章。

一年又一年，春去春又回，为了母亲的微笑，为了大地的丰收，为了长岛的腾飞，一代又一代的海岛儿女付出了辛勤汗水甚至生命的代价。云飞浪卷的渤海海峡，有风高浪急的险滩，有深藏不露的暗礁，有浪涛滚滚的高潮，有暗流涌动的深谷，但是，在勇敢无畏的长岛人民面前，没有过不去的刀山火海，没有战胜不了的艰难险阻。长风破浪闯四海，放歌长岛创新业，在一次次与大风大浪的殊死搏斗中，长岛人民勇立潮头，劈风斩浪，唱响一曲曲"闯海人"最豪迈的歌。

2022 年 5 月 27 日于北京

作者简介

　　徐滔，男，1962 年生，长岛人，新闻专业。著有《妈祖缘 长岛情》《故事里的长岛》等，发表散文、报告文学等作品 60 万字。获奖作品有《溜鲜的年味》《金融文学沃土上的追梦人》《荒山秃岛变形记》等，《渤海深处 渔家生活》一文在天涯社区的阅读量达到 410 万，个人公众号"滔哥话长岛"发布有关长岛的原创文章 1100 篇。

长岛赋

⊙ 刘文权

　　魅力长岛，雄踞波涛。东西劈两海，南北担胶辽，纵贯海峡一陆桥。岛链断又续，地龄八亿高，穷宇寥廓海浩淼。海侵海退陆海沧桑，地质遗迹洪荒古老。生物生态自成体系，海蚀地貌鬼斧神雕。山、崖、滩、礁、洞，裸露粗犷美；雄、险、秀、奇、幽，张扬风骨傲。林海"氧吧"沁润六腑，碧海白滩裨益理疗。空气纯真天赐仙丹，消暑纳凉海作空调。海滋景观虚实魔变，海市蜃楼虚无缥缈。精美球石陶冶情操，形色质纹独领风骚。望夫礁，痴情渔妇轮回日月；将军石，戚军抗倭彰显英豪。大顶洞，吞吐骇浪释放万钧能量；通天路，两级寒暖造化海蚀栈道。老黑山，新老地层异性叠交；长山尾，蛟龙闹海游客如潮。马兰东嫁遂成母土，润泽神树蓬生仙草。平流雾随东风奔涌，似气流河如动画飘。君临长岛，品味海鲜，观海听涛，出潮渔猎，把杆垂钓。春迎东游海豹，秋送南迁候鸟。朝看黄海日出，暮赏渤海夕照。

　　厚重长岛，岁月峥嵘。出土文物有序传承。北庄遗址"东半坡"，昭示新石器文明。沙门流放，索内外军不律者；八仙过海，泅渡蓬莱各显能。仙山妙药，惑秦皇汉武求长生；妈祖济佑，庙岛群岛版图嵌名。藏械屯兵，锁钥国门，丝绸之路岛连营。记乡愁，先祖拓岛开混沌，始于明末盛于清；迫饥馑，筚路蓝缕闯关东，乡土情系东三省。忆先朝，崇祯帝，旨诏庙岛显应宫；乾隆帝，"金星雪浪"七绝咏；咸丰帝，御赐"神功济运"匾；苏东坡，"十二石记"图谱名。曾记否，奉系海军兴利除弊，老者有口皆有铭。日伪盘岛，王永利、张德昌海峡播火种，砣矶建党国土红。日寇投降，解放大军赴东北渡海行；砣矶兵站，百船千民送万军建奇功。建国前夜云水怒，许将世友挥戈戎。木帆摧敌舰，蒋军偃旗鼓，开国大典疆海宁。数今朝，首视国防彭老总，必武主席长岛颂。剑英元帅留墨宝，庙岛礼拜宋庆龄。国锋老人题"远观"，党政军领频躬行。

生态长岛，科技振兴。木帆机械化，岁月封橹篷。耕海牧渔，旅游兴岛脱贫穷。岛陆狭，种质保护裨水产大业；海域宽，蓝田玉地滋世代生灵。生态文明"综试区"，低碳富氧绿色浓。保护区、示范区、名胜区国字名片，长岛之荣；实验田、中心站、科研所秉承使命，长岛之幸。海参鲍鱼紫海胆特供国宾宴，海带扇贝金钩米空走大都城。引水济岛惠民生，海底电缆送光明。君不见，滨海湿地寸如金，"海粮"丰饶价连城。鹰奔山飞尽驿站，鸟投林行皆巢营。万鸥点点车由岛，蝮蛇衍衍黑山岭。植树种草蕴青山滴翠，海底"造林"赢生态良性。海岸治理，长滩玉带白石晶；山体修复，春山如黛松涛涌。人爱鸟，鸟护林，林储水，水养人。营造良性小气候，孕育生物多样性。环保理念拼陋习，法制文明应运生。国家环志站，打造候鸟"身份证"；飞客寰宇行，平衡生态求大同。鸟落山上组成岛，人天和谐相交融。

文明长岛，造化钟灵。济难救助，先祖秉性。"鲁长渔七"归港避风与死神抗争，风口浪尖强救"辽渔"十六命。北隍城岛风雪夜，军嫂病危急出岛求生，八渔民排万险舍命护送。"辽旅渡七"倾覆沉舟，砣矶敢死队破浪出征，八十余命脱险境。妈祖精神厚积渔德，归来文化润物无声。长岛渔号国家"非遗"，船工支前军委扬名。渔家儿女爱武装，神炮神枪巾帼雄。首都表演刘延凤百米穿瓶，毛主席笑立拍手称颂。"好个神枪姑娘"，诸老帅异口同声。富了海边的不忘戍边的，爱兵习武乐园典型。军民和谐鱼水情，荣膺"双拥"大旗全国高擎。闯海先锋范国江，两度进京议政；致富领雁王成强，享誉全国"十青"。长岛游子辈出精英：袁子仪"芙蓉花下死"风靡关外，孙荣明抗日募捐殉国安东。王希钟设计化妆堪称泰斗，林乎加革命先驱主政沪津京。羊鸣主谱"红梅赞"，刘静妙笔"父母爱情"。

　　和谐长岛、富庶亨通。卫生洁如洗，社会治安宁。岛际通轮渡，急救飞长空。街衢纵横车流水，蓬长航线客蜂拥。城乡四旁绿美香，花园文体老中青。陈宅旧居今何在，游子归乡问子童。海峡深处小岛城，诗话不让陶渊明。别墅尽住牧渔人，惠民砝码平乡城。渔家礼仪，豪放好客大度包容。待亲朋无鱼不席，汇两海珍馐于一桌；款宾客有宴皆鲜，好大碗猜拳助酒兴。海味鲜活彰特色，烹饪技艺显智能。山光水色结五湖四海友，渔家乐户交南腔北调情。如此长岛，海洋"晴雨表"，地物"导航灯"。黄金水道启百舸争流，锚泊佳地锁肆浪虐风。不沉航母，视听六路八方；交运枢纽，紧绷海天神经。渔歌唱晚夕阳红，妈祖举目眺帆影。绿水捞金走向深蓝，海洋革命长岛先行。家国情怀奉为本，初衷使命苦为荣。历史不负长岛人，建国百年伟业更恢宏。

　　二〇〇八年，拜读"百城赋"，深受启迪。赋，最宜体现文化特色，传达历史厚重，彰显盛世气象。故，笔者历时十余载，访老问贤，筛选史料，并以白话文体艰难地笔耕了《长岛赋》。虽有字字打磨、句句精炼之追求，但毕竟学识粗浅，未及心愿。敬请良师益友赐教。

原长岛县退休老者
二〇二二年仲秋　八十有六　刘文权

作者简介

　　刘文权，男，1937年生，长岛黑山乡小濠村人，烟台市、山东省观赏石协会顾问。曾编著《长岛猎奇》《人间海市》《长岛渔家》等书，担任《长岛游子》《小濠村志》《长岛赏石》等书的主编及《长岛县志》一、二部的副主编，参编《海上仙山》《山东文史集粹》等书。在全国各大报刊发表文章百余篇，累计出版书稿约300万字。曾任《话说大海》等6部专题片的编辑、顾问或嘉宾。

游在仙境中　住在神话里

⊙ 石爱云

小时候写过一篇作文，题目是《住在神话里》。别以为那是小孩子荒诞夸张的想象，到现在，我也不否认这个说法，因为，曾经我真的住在神话里，这个地方满足了人们对仙境、对神话世界的所有想象。

这个地方，是渤海深处的群岛，名字叫长岛。她像优雅美丽的女神，依偎在一望无际的烟波浩渺之上，又仿佛，秀丽端庄的女神，站在虚幻空灵的世界，身着一袭华贵的蓝色裙装。

很久很久以前，她就经常出现于奇幻的中国神话故事中，开启了无数孩童对传说的神往。八仙过海，张羽煮海，妈祖护海，精卫填海……到处都是她的影子，她在神话故事里，演绎了太多的凄美悲壮。

文人墨客的案头，一缕缕书香，云蒸霞蔚的"蓬莱仙岛"，跃然一碧万顷的渤海之上。书中自有仙境在，一地琪花瑶草，一众仙山琼阁，梦幻缥缈，神幻迷离，仙岛的神秘悄然隐匿在了海中央……

仙岛的瑞气渲染了海，周遭云雾缭绕，仙气缥缈。海水与天同色，铺展成一条温润玉带，又似少女的藕臂缓缓张开，轻舒漫舞间，温柔缠绕在翠色欲滴、神霄绛阙般的岛屿身旁……

仙气缭绕、璀璨珍珠般的群岛，每一座都是传奇，每一座都有奇迹，走到哪一座岛上，都会看到旖旎的景色，领略她风光的各异。

龙爪山、望夫礁、将军石、宝塔礁……那么多的奇礁峻石，带着传奇故事和海为伴。无暇去细读别人写的她们的故事，也不用费心自己去编撰，就与她们静静相守，默默对望，感悟一份海天之间风摧浪蚀的悠远沧桑。你只需明白，她们经风雨，历骇浪，寸步不移，矢志不渝，都是为了遇见你，她们已经在这里等了你千年万年的时光……你的凝眸一眼，深情一望，就给了她们等待下去的力量和希望。

洁净的岸滩上，散落着精美绝伦的球石，它们如琼瑶珠玑装点着迤逦的海岸，一个个珠圆玉润，色彩绚烂，图案奇幻……有人说，温婉美石系鲛人泣珠而成。可是眼泪哪有那么多色彩，美丽难道一定要悲哀相伴？也许，凄美的故事，能触动心弦，可是，我更希望有一个关于她们的传说，明媚温暖……

北庄遗址，一个睡了很久的古村落遗迹，它在半梦半醒间，讲述着自己从前六千年的往昔。谁都知道，它还只是悄悄揭开了脸上面纱的一角，神秘的身世，还留下太多的悬疑，未解之谜，引发人们越来越多的想象和好奇。

岛屿的每一处海湾，都仿若出自那首来自遥远年代的古诗：北方有佳人，绝世而独立。月牙湾，鸥翅湾……一处处海湾，美得清丽脱俗，长得那么好看，都裁一湾晶莹碧蓝做了美丽衣衫，可是面对欣慕爱恋的目光，又矜持羞涩，拿一块剔透的蓝玉蒙了脸……

岛上还有一座古朴凝重、走过千年的妈祖庙——显应宫，它声名远播、神圣肃穆。庙里的香火绵延不绝，从北宋年间缭绕到了今朝；晨钟暮鼓的余音，也从北方这座海上仙山，传遍了大江南北，四海内外，万里之遥。

千百年来，许多人寻着白居易吟唱的"忽闻海上有仙山，山在虚无缥缈间……"的诗句找到了这里，他们带着美好的憧憬愿望，想要过海登岛，寻找海上仙山，过上神仙日子。

人们历尽艰辛，排除万难，终于走进了仙境中，住在了神话里。只是，他们不屑餐葩饮露的"神仙"生活，忘不了实实在在的人间烟火。

晨起，他们泛舟海上，迎着海里升腾的朝阳，驶进一片火红的海洋，披上万道灿烂的霞光。

傍晚，他们驾舟归航，夕阳相送，每个人都仿佛披着七彩云霞编织的衣裳，鸥鸟追逐，海风吟唱，鱼鲜虾肥满载船舱。

夜晚，仨俩兄弟，一张小桌儿，二两小酒儿，四个小菜儿，或盘腿坐在炕头，或敞怀儿聚在庭院。谈谈天，说说地，吹吹儿子，夸夸姑娘……

二两不够，再来三两，高兴了，哈（喝）大了，骂骂咧咧横在炕上，像八仙里铁拐李的模样，鼾声如雷，卷进窗外的海浪，畅快淋漓在涛声里徜徉……

热情，好客，是深刻在长岛人基因里的符号；直爽淳朴，善良仗义，是长岛人都有的侠肝义胆。一家有难，众人相帮；一家无米，家家送粮。

2003年2月22日，一场惊心动魄的海难大营救，刻进了所有获救人员永生的记忆。

不是超人的神勇，在惊涛骇浪的月黑风高夜，谁能救出所有海中遇险者？

不是菩萨心肠，家家户户怎能把萍水相逢、素未谋面的遇险者争着往家"抢"？为他们腾出热炕头，换上干爽衣裳，嘘寒问暖，做饭熬汤。

长岛人，都感叹生活太美好，活得太逍遥，住在仙境里，住进了神话。

以长岛人的秉性脾气，神话生活里的幸福快乐美好，怎可独乐？怎可独享？怎可不显摆？怎可不张扬？

建屋修房，添锅加灶，敞开大门，喜迎四海八方客。

亲民渔家、高端民宿、快捷酒店、星级宾馆……如雨后春笋，应运而生。

客人们虽不能与神仙比肩，腾云驾雾、过海漂洋，却可以坐着舒适的豪华客轮，在神奇的海岛间来来往往，在盛开的浪花里把仙山海景慢慢观赏。

赏过阆苑仙山美景，吃过饕餮海鲜大餐，听过传奇海岛故事，体会了亲人般的海岛大哥大嫂的热情豪爽。

来一次环岛慢行吧。骑一辆休闲单车，带上自己心爱的姑娘，让清爽的海风撩起她的长发，让她与满天星辰对眨眼睛。

深深呼吸岛上的清新空气，才会知道，什么叫作沁人心脾，什么叫作心旷神怡，浸染过了海的味道，还飘散着丝丝花香的气息……

海，隔绝了大陆的喧嚣；人，走出了世俗的纷扰。把生活的沉重放到海的那一边，把心里的烦恼丢进大海里。

来到长岛，就好好享受这份安然静好，游在仙境中，住在神话里。

2017 年 9 月 10 日

作者简介

石爱云，女，1970 年出生，长岛人，现居烟台莱山区。中国散文学会会员、山东省作家协会会员、山东省散文学会烟台创作中心副秘书长、烟台市作家协会第四届理事、烟台市散文学会理事。参与编写多本长岛旅游宣传方面的书籍，与他人合著《传奇长岛》一书。在《瞭望》《中国旅游报》《当代散文》《胶东文学》等报刊发表作品近百篇，有多篇获奖。作品曾被收入《深情的回眸》《胶东散文年选》等。

热恋的海岛
——梦想开始的地方

⊙ 邹雅廉

不知从什么时候起，土生土长的我对于自己的家乡有了一种既熟悉又陌生的感觉。

小时候，迷恋于她那蔚蓝色的海浪，那曾是我和小伙伴们快乐的"澎湖湾"。那蔚蓝色的海浪，时而汹涌澎湃，时而静谧缠绵。跳跃的浪花，见证了我童年时的欢声笑语；铺满鹅卵石的海岸线上，留下我儿时寻梦的足迹。

不知道从什么时候起，这个满是我成长足迹的地方，渐渐地在脑海中变得模糊，昔日那个我最留恋的家乡，那令我迷恋的大海、那浪绿波翠的松林，在记忆中变得渐行渐远，遥不可及。中学时，我在漫漫的学海中破浪前行，为了实现心中的梦想，即使是那样渴望奔向她舒适的怀抱，却依然埋头于书海。

家乡的美，频频入梦。都市的熙攘和快节奏的生活让人像绷紧的发条，难得片刻的喘息。夜深人静的时候，望着深邃的夜空和满天闪耀的星斗，回忆如泉涌般充斥着整个脑海。

终于迎来了快乐的假期，这让我仿佛回到了记忆中的昨天，重温了儿时的快乐——在烈日炎炎下的大海边嬉戏、垂钓；在碧波浮翠的山间野外踏足，贪婪地吸吮着大自然清新的味道。没错，就是这种味道——记忆中家乡的味道。静静地闭上眼睛，记忆仿佛又回到了昨天。

如今，我已圆了自己的梦想，成了一名光荣的人民教师，回到日夜思念的家乡。工作上的忙碌使我无法细心体味那熟悉的味道，更无心留意她的变化。直到有一天，远方朋友的一通电话唤醒了沉睡已久的思绪。

"听说你们那儿是有名的人间仙境呀！怎么样，给我当一回导游吧！"朋友几句调侃让我的心里好一阵得意，为了给朋友一次难忘的旅行，我决定自己先故地重游一番。此时我才发现，这个我梦想开始的地方，悄然间已经发生了翻天覆地的变化。

宁静的小岛仍保留着淳朴与清新自然，同时又多了一份脱俗与纯净。独特的蓝天、碧水、阳光、海滩和纯净的空气，山水相依，如诗如画；神奇的传说和妈祖文化，也为这颗苍翠如黛的明珠披上了一层神秘的面纱；绵长的海岸、丰富的海产和祖祖辈辈积攒起来的"吃海"艺术，更是羡煞成千上万的游人。淳朴的海岛人民也紧跟时代发展的步伐，搞起了红红火火的"渔家乐"，美丽的海岛呈现出一派繁荣发展的新气象。在韵味十足的渔家特色表演中，我看到的是海岛人民积极乐观的精神和健康向上的生活追求。

身处这异于昨日的一方天地，家乡的美让我瞬间迷醉其中……原来家乡已在不经意间悄悄蜕变，在阵阵古朴的渔家号子声中，我仿佛看到了淳朴善良的闯海人在海田中愉快地劳作，仿佛看到了海神娘娘黑夜中的引航明灯。漫步于氤氲着浓郁海洋气息的海水浴场，沿着海岸小坐，临海沐风，听海浪拍岸的轻声细语，感受到的是一份独有的浪漫。夜幕降临，抬头仰望，夜空群星闪烁，对岸的灯火如霓虹般闪耀着灿烂的光芒。

登上林海悬崖峭壁托起的"观海亭"，闭目仰面，张开双臂，清凉的海风徐徐吹来，顷刻间让我如履仙境，心底有说不出的舒畅、惬意。举目远眺，长山列岛历历在目，船姿鸥影尽收眼底。在此观日出日落，你会惊叹于大自然的神奇，难得一见的海市蜃楼如梦如幻，令海岛更具神秘色彩。

这就是我可爱的家乡，感谢你陪伴我的成长。你让我继承了海岛人民的坦诚与热情，渔家姑娘的善良与淳朴。你是我梦想放飞的摇篮，是我心灵的栖息地。未来的日子我将与你携手并肩，以山为盟，以海为誓，共同努力，见证更多的奇迹！

2004 年 9 月

作者简介

邹雅廉，女，笔名"初夏"，1980 年出生于长岛综合试验区大黑岛南庄村。1999 年师范毕业后，回到家乡工作，现为长岛第一实验学校音乐教师。勤于工作，热爱生活，兴趣爱好广泛，喜欢用文字记录生活中的点滴，用画笔为生活添彩，用舞蹈和歌声表达生活的美好。

海那边……

⊙ 王世举

海那边，

有一串珍珠撒在水面，

水面上，

清晨闪着霞光，耀着璀璨，

傍晚波光粼粼，渔歌唱晚。

水面上，

画里的小舟轻摇，晕开了涟漪，

撒网人，溶在一色的天海云水间。

水面上，

铺着宽广无垠的碧蓝色的地毯，

地毯上空，飘着变幻无穷的五彩锦缎。

水面上，

浪花追波戏唱，海鸥高吟飞翔，

陪伴着海底下无尽的宝藏。

海那边，

有一段七色的彩虹挂在天边。

彩虹下，

是一片片锦绣的绿洲琼阁，

是一座座美丽的宝岛仙山，

山挽着绿水，水绕着青山，
花香、水鲜、风清，送彩虹飞天。
海岛上，
树草成荫，百鸟栖枝，恰世外桃源。
桃源边，是那万亩富饶的良田；
良田里，奏响着丰收的鼓点。
鼓点中，
看那喜人的景象，是千帆竞发；
看那肥沃的海里，是鱼跃虾欢。

海那边，
有一片群岛挺立在云间。
那些岛，
像一座座堡垒，坚不可摧；
像一道道长城，镇守边关。
城墙上，
有神圣的哨兵，手握钢枪，
保卫着祖国的安全。
海岛上，
有渔家儿女，和丰美的海鲜，
有待客的鲜花、美酒，和笑脸。
还有那，
海岛人热爱家园的忠诚，
和消灭入侵者的勇敢。

海那边，
是渤海前哨的长岛要塞，
是远行人心里挂念的家园。

海那边，

我们忘不了你那山、那水、那情；

忘不了童年的欢乐，成长的摇篮；

忘不了父亲的身影，母亲的温暖。

海那边，

你是祖国最美丽的长山列岛，

你是祖国最重要的沿海前线，

你的儿女、子孙，

时时刻刻，

时时刻刻把你放在心头！

永远永远，永远把你捧在胸前！

2017 年 11 月 30 日

作者简介

　　王世举，女，1954 年生，从小跟随守岛的父辈在海岛长大。1969 年冬季入伍，在部队退休。爱好文学，愿用文字表达生活的美好，表达对第二故乡的热爱。

我自豪，我是长岛

⊙ 黄兴

我从天地混沌时走来
经历过宇宙最初的洪荒蹉跎
世道轮轮回回
我是大千世界潮起潮落的见证者

激流从我脚下冲过
冲刷出我健壮的体魄
岁月风霜雕琢着我
塑造出我的高大巍峨

我是华夏的衣袂
像花一样点缀着祖国
我是首都的门栓
横亘在强盗面前不可跨越

我有着辉煌的历史
拥有"摇篮"之称的"东半坡"
保卫祖国我不可或缺
还有许多妈祖的美丽传说

我有着光荣传统
无私奉献是祖上留下的"衣钵"
"长渔七号"，海难救援，双拥模范……
都使我闪耀史册

自然赏赐了我万顷"牧场"
让百姓的勤劳化作美好生活
国家给了我"钢钉"的美誉
我承诺日夜守护好祖国的万家灯火

岁月流淌，浪花朵朵
那是我幸福平静的生活
滔天骇浪袭来的时刻
更彰显出我独有的气势磅礴

我每天陪伴着星辰日月
陪伴着苍穹下渤海的浩瀚壮阔
我时刻守候着山水疆土
守候着家乡，守候着伟大祖国

长夜漫漫
星辰与我倾听着海浪诉说
太阳升起
长风与鸥鸟围绕着我欢歌

啊，我无限骄傲
不是因为我风流洒脱
我无限自豪

因为我富饶，因为我婀娜
因为我有着与祖国一起跳动的脉搏

今天，我是地球上一方净土
环境美得不可言说
古今传承呈现给世界
成为自然与文化保护的楷模

这就是长岛
在世界上早已声名远播
这就是我的名片
活力四射，生机蓬勃

2021 年 10 月 31 日

作者简介

　　黄兴，男，1958 年生，山东烟台人，有在长岛工作的经历，现为中国工商银行烟台分行退休人员。文学爱好者，尤其喜欢散文、古文与诗歌。退休后笔耕不辍，创作了多种体裁的作品，部分作品发表于报刊和新媒体平台。

长岛颂（四首）

⊙ 吴忠云

（一）

你从远古走来，
披着"东半坡"的海草；
海陆 120 处遗址墓群，
见证了你 6000 年的悠久历史；
源自商周的"珍珠门"海洋文化，
带着人们回到远古的华夏。

你从天外走来，
不带一丝尘埃；
天然氧吧里丰富的负氧离子，
让你呼吸后格外健壮俊朗；
蓝天、碧海、绿树、红楼，
妙成天然的水墨画卷里，
不见车马的嘈杂和人世的喧哗。

你从海底走来，
是渤海龙王为之喝彩的"扇贝、鲍鱼、海带"之乡。
200 多种鱼虾贝藻，
把你的儿女喂养长大；

海底"捞金""捞银",
捞出了人间的海市、海上的乐园。

（二）

你锁钥京津，扼守海防，
渤海湾出入口的黄金水道上，
筑起抵御外敌的铁壁铜墙。

你伴着全军第一次渡海战役的号角，
军民用渔船摇来了山东全境最后一片土地的解放。
同守共建、双向奉献，
半个世纪的鱼水情深似海。
第一台拥军洗衣机、彩电，
第一栋拥军楼，
第一条拥军海缆……
诸多拥军第一、五度"双拥"模范载入史册美名传。

你演绎着八仙过海的传说，
见证着海市蜃楼的奇妙，
传承着妈祖文化北传的最强音。
你是风帆时代的船老大，
八处建制海岛化为八个勇猛的团队，
海神娘娘赐灯勇闯天涯，
海上丝绸之路大显神通。
进"三湾"、下海南、赴远洋，
老渔民大碗喝酒吓坏了来客，
粗狂的闯海号子回荡天地之间。

（三）

你拥有祖国第二大蛇岛，

系候鸟南迁北徙必经之地，

万物生息繁衍的天堂。

你人工造林成绩大，

海陆药物品种繁多。

林涵水、水养人，人爱鸟、鸟护林，

生态王国里，人与自然和谐发展。

你陆地面积虽小，

但海洋面积广大。

你的子女向海而生，

80 年代掀起全面开发潮，

92 年实现"小康"逞英豪，

2002 年三年打了三个翻身仗，

夜幕下，明珠广场上优美的旋律天天奏响。

你拥有诸多国家级"名片"，

渔家乐醉了游客，乐了渔家。

"风景名胜""避暑胜地"吸引四海目光。

"地质公园"里姊妹峰眺望罗汉礁，

"最具投资潜力中小城市"进入 50 强，

两次提名"联合国人居奖"，

"海上明珠""最美海岛"是青春者的向往。

（四）

你纵贯胶、辽半岛，

横跨黄、渤二海，

你把 32 座钻石般的岛屿，
镶嵌在万顷碧波。

你乘着改革的东风，
发展现代渔业、生态旅游、特色工业；
靠政策引领，科学护航，
五万海岛儿女同舟共济、奋发向上，
海上明珠再续富裕、魅力、和谐华章！

你是海，你是岛，
你是一片美丽与富饶，
你的名字就叫——长岛。
啊，长岛！
祖国的明珠，
中华民族的骄傲！

2007 年 10 月 20 日

作者简介

　　吴忠云，男，笔名"吴一"，1964 年生，长岛砣矶人。1982 年毕业于山东水产学校，历经长岛县级企业、事业和机关单位，从事过渔业通信技术、驻外渔业工作组、广播电视记者、兼职教师、县委秘书、政策研究和文史编撰等工作。工作四十载，始终倾心文学，笔耕不辍，创作并发表若干散文、诗歌等作品。著有《发现长岛》一书。

夸长岛（天津快板）

⊙ 胡迎先

竹板这么一打呀，

别的咱不夸，

夸一夸长山列岛景色美如画，

长岛没嘛说啊，

大海一枝花，

秦皇汉武看好这里齐声把她夸。

别小看俺长岛哇，

她名声实在大，

四海游客纷至沓来，

都把长岛夸。

中国长岛就是好，

外瑞够大（学外国人说话）。

长岛风景美啊，

风景甲天下，

三十二个美丽岛屿，

纵贯在海峡。

南有明珠滩啊，

北有九丈崖，

东有仙境源，

西有大宝塔，

东西南北景色美，

堪称一奇葩。

北隍海湛蓝啊，

江头翻浪花。

林海幽幽绕海岸，

碧波映海霞。

半月吐奇石啊，

九丈崖中崖。

仙境源里有神仙，

众仙安了家。

烽山鹰雕美啊，

黄渤分两家。

三六九阶通大海，

你千万别害怕。

山山通石径啊，

林深有人家。

长岛景色处处美，

最美在渔家。

庙岛显应宫啊，

妈祖传天下。

嘉祐五年传到今，

历史值得夸。

北庄遗址见天日，

考古贡献大。

我们的祖先真聪明啊，

把遗产都留下。

地质公园，

就在九丈崖。

海豹、鸟类保护区全国第一家。

交通大发展啊，

俺一步跨海峡。

快航滚装通南北，

航线翻浪花。

各路游客，

您就放心吧。

来到俺长岛住一住，

就像到了家。

旅游大发展啊，

俺长岛名声大。

全国各地的游客，

都把俺长岛夸。

进岛这么一游哇，

别说多潇洒。

舒舒服服玩几天，

比神仙都不差。

长岛在发展啊，

长岛在开发。

长岛越来越红火，

科学巧规划。

打造绿色生态岛，

长岛大步跨，

国家级旅游度假区，

我们来规划，

长岛的明天更美好，

美名传天下。

俺长岛实在美啊，

我夸了还想夸。

全岛军民团结紧，

力量比天大。

共同圆咱中国梦啊，

建设新渔家。

富裕美丽和谐长岛，

前景美如画。

对！富裕，美丽和谐长岛，

前景美如画！

1997 年 11 月

作者简介

　　胡迎先，男，1956 年生，长岛小黑山村人。自幼喜欢文学；19岁，当了"孩子王"。第一次写的文章《中业号的官兵你们在哪里》就在中央人民广播电台对台广播播出，此后便不断为孩子们写剧本、小说、寓言故事等，所著剧本 3 次获烟台市中小学生文艺汇演二等奖。2006 年调入县文化局，3 年创作了 50 多个各种题材的文艺节目，在国家和省市展演、评比中屡屡获奖。

美丽的长山列岛

⊙ 侯玉德

美丽的长山列岛，
你美名远播。
你像珍珠撒落在海中。
你南靠富饶蓬莱，
你北近辽东半岛。

湛蓝的海水，
晴朗的天空。
气候宜人，
最适养生；
胜似天堂，
美如仙境；
海鸥翱翔，
千帆竞争；
水产丰富，
味美人人称。

岛上风光，
四季不同。
春天花放，

夏天凉风；
秋天丰收，
冬天雪飘。

岛上飞鸟，
上百千种。
罕见珍禽，
汇集争鸣。
游览休闲，
绝佳美景。

渔民勤劳，
善良忠诚。
捕捞养殖，
生活丰盈。
楼房林立，
大道平平。
幸福美满，
衣食住行。
昔日贫穷，
早无踪影。

村民办起渔家乐，
八方来客，
笑脸相迎。
吃住舒适，
游玩尽兴。
年年有发展，

岁岁焕新容。

长岛，长岛，
你天天在变，
不变的是澎湃的大海，
和那蓝蓝的天空。

啊！
美丽的长山列岛，
我曾守卫的地方，
你永远在我心中！

2022 年 2 月 7 日

作者简介

　　侯玉德，男，1941 年生，山东龙口人。1960 年 1 月入伍，从军 26 年，先后在内长山要塞大钦守备区作战处、长岛高炮营服役。后来考上军校，毕业后在济南军区后勤政治部、济南军区军医学校工作。1986 年转业，现为中国农业银行济南分行退休干部。

长岛如画（二首）

⊙ 赵文年

七律·长岛如画

海上明珠耀湛蓝，
渤黄交界耸峰峦。
月牙湾秀人潮涌，
九丈崖高峭壁连。
犁浪游舟翩百鹭，
牧渔追梦舞千帆。
碧波最是欢歌唱，
仙境美名今古传。

七律·海之缘

孤岛身居祖辈延，
心和大海结情缘。
潮生潮涨观鸥舞，
春去春来赏浪翩。
依岸清晨垂旭日，
挑灯傍晚种诗田。
寻常最爱沧溟眺，
烦恼皆消乐似仙。

2022 年 5 月

作者简介

赵文年，男，网名"馨和之星"。长岛机关单位退休后有闲暇时间学习古诗词，现为山东省诗词协会会员、天津市诗词协会会员、烟台市诗词协会会员、蓬莱区诗词协会会员。近年来多篇诗词习作在纸刊和网络平台发表。

我爱长岛

⊙ 林克松

朋友，

您知道长岛吗？

您向往长岛吗？

在黄海渤海交汇处，

胶东辽东半岛之间，

镶嵌着一串璀璨的明珠，

这就是海上仙山——长岛。

我爱长岛，

长岛是我的故乡；

我爱长岛，

长岛是我的摇篮。

我在长岛上生长，

我在大海里锻炼！

长岛给我智慧，

长岛教我勇敢！

从小到大，

由近及远，

无论在军旅征程，

也不论上北下南，

长岛啊，我的故乡，
总魂牵梦绕在我的脑海心田。

我爱长岛，
蔚蓝的天，青翠的山；
我爱长岛，
碧绿的海，洁白的滩。
长岛有黄金海岸，海天奇观。
长岛环境优美，景致雄奇；
长岛历史悠久，文化灿烂；
长岛阳光充足，空气香甜；
长岛海产丰盛，生态和谐。
长岛有海鸥、海鸭、海燕……
翩翩起舞；
野生斑海豹相约此处，
跃跃撒欢。

长岛是天然的雕琢，
是立体的画卷。
长岛有扣人心弦的乐章，
有引人入胜的诗篇。
长岛能触动情思，
能激发灵感。
长岛是游览的胜地，
是艺术的源泉。

朋友，您喜欢长岛吗？
您留恋长岛吗？

长岛是绿水青山,

长岛也是金山银山。

长岛人杰地灵,

长岛儿女勤劳勇敢。

长岛是采风拾趣的宝地,

长岛是休闲度假的乐园。

2018 年 1 月 31 日

作者简介

　　林克松,男,1947 年生,长岛孙家村人,部队转业干部。30 多年来,不忘初心,潜心研究长岛文化,先后参与央视《走进长岛》《情洒长岛》等电视节目的录制,《我爱长岛》《长岛人》和《爱在长岛 美在海上》等作品深受岛内外观众喜爱,获得"长岛旅游热心人"和山东省"最美老干部志愿者"称号。

长岛颂歌（二首）

⊙ 张慧珠

海之恋

洒一片情

汇成碧蓝色大海

让思念的帆迎着曙光前行

回到我心中的故乡

不必疯狂也不要忧伤

在这不眠之夜

睁大眼眸

那就是夜空的月亮

然后封自己为海子

因为我心潮澎湃

为了这咫尺的远方

我把所有的疲惫撕碎

化作酒醉的风

在浪尖上咆哮呐喊

叫醒天边的梦

让久别重逢的情沸腾

赤身大海

来一场波浪翻滚

狂涛呐喊

太阳也羞红了脸

海风带来雨做的云

哗啦啦

载满我无数次的回眸

挥挥手

顿时激扬的泪奔跑起来

在故乡的涛声中盛开

插满潮印

温馨，憧憬

每一个华丽的转身

都是一次铮铮的誓言

伴着湛蓝永恒的旋律

放飞生命的翅膀

载上挚爱的灵魂

与大海一起远航

2012 年 10 月

长岛

是银河失落的晨星

闪跃在海中的晶莹

是女娲补天掉下的烁石

演化成人间的仙境

岁月里走进新的神话

海市蜃楼正是你的真身化成

绵长的海岸线是你心中的琴弦

合着朝阳的节拍

你和太阳一起升腾

你是摇篮

风是歌　波是舞

摇醒一个金色的梦

你是雄踞黄渤海的长城

礁为兵　浪为马

掌起一片蓝天

守护祖国的安宁

你的爱与天相拥

你的情汇聚了碧波万顷

喜欢你幸福的笑容

喜欢你澎湃的歌声

把你的美珍藏在心中

是我一生的拥有

2002 年 10 月

作者简介

张慧珠，女，长岛人。词作家、诗人、央视编导，兼任中国东方文化研究会副秘书长等职务。曾任《作家报》主编，播音主持节目"金话筒"奖评委等；参与策划北京国际动漫博览会、北京国际啤酒节等大型展会。创作《胜利就在前方》《英雄不惧》《向战》等多首主题曲，并获得诸多奖项。2022 北京冬奥会，与美国音乐人联合创作的歌曲《燃烧的冬天》获多个奖项。

儿时的海（外一首）

⊙ 张新光

儿时那片海，
碧波粼粼，帆影点点，
那么近，那么远；
儿时那片海，
海天一色，渔歌唱晚，
那么清，那么蓝；
儿时那片海，
希冀满舱，收获满船，
那么醉，那么甜。

曾几何时，
海被无尽索取，
竭泽而渔，大海呜咽，船尽海干。
求索中，
才痛定思痛，
敬畏自然，适度开发，保护为先。
于是乎，
海清如琥珀，牧场舒长卷；
景色似锦绣，仙境落人间；
客在画中游，醉美不知返。

儿时那片海，

填满乡愁，挥之不去；

而今这片海，

让我痴恋，魂绕梦牵！

2019 年 1 月 19 日

海之缘

如果说，海是生命的摇篮，

那我们世代都吸吮着大海的乳汁；

如果说，海是一曲交响乐，

那我们时刻都为每一个音符痴迷。

或许是因为海潮不停地召唤，

先祖们丢弃了长矛和弓箭，

跋涉千里向这里迁徙；

正是大海丰厚的馈赠，

才有了史前骁勇强大的东夷。

于是乎，

先民们就与海结下了不解之缘，

几千年来，

海的基因已深深嵌入每个人的肌体。

于是乎，

徐福东渡留仙踪，

林默母仪佑千里；

东坡登阁觅蜃楼，

杨朔《海市》堪称奇。

假如有一天，

命运把我安排到另一个陌生的地方，

你的一切会镌刻在我的记忆里;

假如有一天,

生命的脉搏即将终止,

我也会笑着扑倒在你的怀里。

尽管你曾掀起巨浪把我扔进漩涡,

苦涩的咸水让我窒息;

尽管你曾把我抛到深海大洋,

让我饱尝迷路的恐惧。

但感恩有你,

我仍会不离不弃、生死相依。

因为你教会我不断勇敢、坚强,

不再惧怕肆虐的狂风骤雨;

因为你赐予我广阔的视野,

不再过多纠结得到还是失去;

因为你不断地历练,

给了我笑对一切的淡然与勇气。

海之缘,

缘长恒久,

跨域时空,

生生不息!

2019 年 5 月

作者简介

张新光,男,1959 年生,山东威海人。1966 年随父母进岛,在长岛工作 16 年,后调动到烟台市工作,2019 年退休。现为烟台市作家协会会员。

渤海的翡翠项链

⊙ 张建利

初夏
我从东营走进了烟台
带着顺流而下的尘土
为圆一段情
看那黄河融进渤海宽厚的胸怀

一路激动万分
心内万种期待
听惯了黄河的涛声
大海激情澎湃应该更是可亲

离开蓬莱
船驶向深海
一路海鸥翩翩迎接
一路浪花翻涌雪白
天蓝海蓝难分清
就像航行在——
童话般的世界

远处
隐约中有黑影走来

啊，好大的翡翠
一块一块
翡翠上
红瓦白墙
绿树掩盖

啊，好长的长岛
啊，好绿的长岛
你就是一艘领航的巨轮
在渤海海峡站岗放哨

沐旭日渔船离港
披晚霞金光万道
渔获满满
渔民欢笑

近岛海田密布如阵
四季里鱼虾欢跳
那驰名中外的海带
如同纽带
将你我感情——
紧紧系牢
长岛的海参赛小猪
你可以葱爆红烧
长岛的海胆最鲜甜
生吃
能把你"美倒"

海岛的海鲜

海鲜的海岛

海鲜的世界

世界的海鲜

你想要的

这里随手可得

啊，美丽的长岛

啊，富饶的长岛

你是渤海的翡翠项链

你是上天赐予的珠宝

你是——

落入凡间的琼瑶

你的美

我已无法形容

流连忘返

也许是——

你最好的写照

2019 年 6 月

作者简介

张建利，男，1972 年生，利津县大门张村支书，"皓月农场"场主。《中国乡村杂志社》认证作家，山东省诗词学会、东营市诗词学会会员，利津县诗词学会秘书长，利津凤凰城旅游文化研究会秘书长。作品散见于《中国乡村杂志》《兰亭书画》《东营日报》等杂志、报纸。

今夜，为一座岛举杯

⊙ 赵忠娜

与海邀约，赴一场聚会

临岸的第一眼
光滑水面、浪追鸥鸣
汽笛穿透云天
潮汐在呼吸里涨满

晚宴铺设在夕阳深处
一桌熟悉的乡音
半打陌生的晚辈
外观上都是一类
若细分
他们是捕捞队、养殖队、赶小海的、下猛子的
再细分
拉网、晒海带、拔笼、捡海参、碰鲍鱼

我是见证人
懂得帆的辛苦，风的绝情
锚钩的深沉负累
樯橹高拔，耕海牧渔

腥风血雨中站起来一波又一波伟岸的汉子
拧结一根粗壮的缆绳
于汪洋大海中
锚定五千年文明

我了解他们
生生把日子过成了古铜色、大嗓门
豪饮的肚量
有无互通的慷慨
过成了洋房、轿车、蓝色牧场
咸涩中淡出的独特笑容

今夜
我为一座岛举杯
父辈老了
同代人鬓角泛白
渔号子吼大的后生
相继奔大都市刷新定位

抢眼的是滩头的女人
她们把陆地的风光尽情展现
扭动着波浪式的腰肢
引得过往的宾客惊诧、喜悦

一代一代的坚守
把眼下的好时节
复制成一层又一层的牡蛎
每打开一只都是柔软的心扉

今夜

借一瓶杜康

与这座岛干杯

迷醉于漫天星火

摇摆中化羽而飞

2018 年 6 月 19 日

作者简介

赵忠娜，女，笔名"飘然一鹭儿"，烟台市牟平区人。在长岛
工作 30 年，从事教育工作 6 年，旅游工作 24 年。一生与诗书为伴，
先后在多种报纸、杂志发表诗歌散文 400 余篇。出版《长岛恋歌》
《举起酒杯女人》《压浪石》等诗集与诗评集。1997 年加入中国
诗歌学会，毕业于山东省 21 届作家班。首届泰山诗会会员，烟台
市开发区作家协会理事，烟台市芝罘区诗歌学会理事。

长岛，游客心中天堂

⊙ 刘彩兰

你，雄踞于万顷烟波之上，
屹立于祖国海岸的东方；
横跨在黄渤二海的交界，
倾听着黄海渤海的思想。

你，矗立于胶辽半岛①中央，
遥望着日韩朝三国风光；
自家三十二颗连心小岛，
日夜闪烁着珠宝的光亮。

你，讲述着八仙过海故事，
传承着海神默娘的荣光；
营造着海市蜃楼的仙境，
追忆着求仙帝王的造访。

你，依偎在月牙湾宽阔的胸膛，
欣赏着九丈崖神奇的风光；
演绎大海不老的神话传说，
吸纳林海烽山充盈的负氧。

---

① 胶辽半岛是指胶东半岛和辽东半岛。

你，享有好多好听的名字：

中国十大美岛，山东最美地方；

十佳避暑胜地，中国海珍之乡，

科技全国百强，游客心中天堂！

2016 年 8 月

作者简介

　　刘彩兰，女，1971 年出生，祖籍山东莱阳，生活在长岛。多年来从事旅游行业，致力于发现长岛、赞美长岛、宣传长岛之美，爱好诗歌、散文及摄影、书法等。

我在海上仙山买了房

⊙ 徐万焰

您知道我国北方海域有座堪比夏威夷的海岛吗？这里的景观似一幅幅不朽的画卷，这里的生活似一首首流淌的歌。这里是上天的恩赐，这里是大自然的杰作！它就是渤海珍珠、海上仙山——长岛。

长岛，古称庙岛群岛，亦称长山列岛，位于我国渤海纬度中心线向东延伸至黄海的交汇处，地理位置十分重要，是扼守渤海和我国北方海域的咽喉要道，大小三十二座岛屿，珍珠般地散落在三千多平方千米的海面上。

长岛盛产海参、鲍鱼、对虾、紫海胆等海珍品，其品质之高为全国独有，驰名海外。年平均气温十一点九摄氏度，冬无严寒，夏无酷暑，是这里气候的显著特征。上亿年的地质变迁和海浪侵蚀，造就了独特的自然景观，人们叹之为仙境。

仙境之地岂有不往之理，今年借祭拜祖先之机，我在海上仙山——长岛买了一套渔家小院。理由很简单，前半生打拼，就是为了寻找一块有山有水的属于自己的心灵家园，让疲惫的心得以栖息。

我在海岛买房，买的是好空气，买的是健康，买的是呼吸，买的是舒适的肺，是不再受汽车尾气、雾霾伤害的安心。

我在海岛买房，买的是生态，买的是绿树成荫，山花烂漫，鸟语花香；买的是甘甜清澈的水；买的是鸟儿在海面自由飞翔。

我在海岛买房，买的是气候，买的是不用再忍受夏天的酷暑。

我在海岛买房，买的是安静，买的是没有城市的喧嚣，买的是夜不闭户的安全。

我在海岛买房，买的是属于自己的一亩三分地，园子里种着绿色的蔬菜，门口就有鲜活的海鲜儿。

我在海岛买房，买的是"天然氧吧"，我决定后半生把家安在蔚蓝的海边。

我在海岛买房，买的是好习惯。黎明即起晨练，侍弄园田，午后在湛蓝的海水里畅游，傍晚漫步在洁净的沙滩。

我在海岛买房，买的是爱好。在没有车流的滨海路上骑单车，在静谧的海边垂钓；背上背包爬霸王山，端起相机拍砣子码头、大口海湾。

我在海岛买房，买的是夜晚在虫叫的夜幕中入梦，晨曦在鸟鸣声中醒来……

2009年6月于砣矶岛

作者简介

徐万焰，男，1954年生，祖籍山东长岛后沟村。退休前为沈阳广播电视台新闻中心主任记者。爱好诗歌、散文，向往田园生活。

给礁石起个响亮的名字

⊙ 矫永生

长岛地处渤海海峡的中央，岛周围多礁石，礁石浑然天成，千姿百态，有诗为证：

> 同一块礁石，因光和影的不同，
>
> 绰约丰姿可谓石破天惊！
>
> 横看成岭侧成峰，远近高低各不同。
>
> 识得礁石真面目，缘得真情在天涯。
>
> 退潮的石头像褪去了水裙的美少女，
>
> 是如此婀娜曼妙！
>
> 那黑褐色的礁石如宝石般点缀，
>
> 是亿万年沧海桑田相拥相抱的证明！
>
> 无论天长地久，
>
> 心永远在这片大海！

流连于礁石之间，你会惊叹于大自然的鬼斧神工，同一座礁石，在不同的时间，不同的光线，不同的天气，不同的季节，都会各具神态，风采异然，定会让你流连忘返，甚至让你萌生给它起一个响亮的名字之感，不信你随我来。

（一）鸳鸯石

鸳鸯石是我给它起的名字。

它们原本是海中相隔半米左右的两块石头，毫不相干，但转换一下角度，移步二石的对面，景象却大不相同了。它们就像一对鸳鸯浮在水面，甚至雌雄都能分辨出来，大的是雄的，小的是雌的。如果再加上晴朗的天气，那更似一对鸳鸯在海面深情相望。

名字起好了，再给它赋诗一首。

> 海中二礁，
>
> 双柱对峙。
>
> 近是石头，
>
> 远似鸳鸯。
>
>
> 你站在高处，
>
> 看的是美，
>
> 读出的是诗；
>
> 我在海边，
>
> 看的是礁石，
>
> 心里满是想象。

那一天，我带着雨伞来到鸳鸯石对面。刚入秋，凉风阵阵，水面被风吹得皱皱的，雨点很大，落下去溅起大大的水花。整个海面寂静无声，空气也凉了起来。我抱紧胳膊，眯眼细看，水波拨动下，那鸳鸯也微微颤动了，斜风、细雨、黑云打破了静谧。那雄的对雌的言语道：

"你怕吗？"

"不怕，你在就不怕！"

"你呢？"

"我也不怕！"

雨逐渐大了，急急地打在石上，伴着浪花的拍打、撞击，那"鸳鸯"在颤！

"冷吗？"

"不冷，你在就不冷。"

"你呢？"

"你在我更不冷！"

它们坚定得让我想流泪，像极了忠贞的爱人，在雨中相拥，在风中对问，在寒冷中相互鼓励！鸳鸯石啊，你虽是一方石头，但也有情也有义！我愿借给你们温暖的双臂，或是我这把遮风挡雨的伞！

"不用，有温暖的怀抱已够。"它们齐声回答，是那样坚定！大海被感染了，整个世界被温暖了，那鸳鸯石仿佛在落泪，肩膀分明在耸动，泪水流过胸膛，流到海里，也流进了我的心田。

（二）海象石

距离鸳鸯石不远还有一块礁石，暂且叫它海象石吧。

因为我心中更愿意称呼它为"海中奔腾的骏马"。它卧在海中，踏浪腾云，昂视前方。那真是胸怀四方视万里，刚毅雄伟吞山河，这是何等的威武！看到它，仿佛看到在广阔的草原上奔驰的骏马，仿佛听到了《骏马奔驰保边疆》的豪迈激昂。啊，我多想骑上这匹奔腾的骏马，驰骋在祖国的海疆之上！

但是后来我发现，它只是部分与马头相似，如果真让我用海里的生命来命名，我倒愿意称之为海象石！

那礁石静卧海中，似海象般上半身挺起，前倾远望，仿佛醉倒在这一片蔚蓝色的海面上。

黎明，太阳从海面慢慢升起，与海象石相映生辉。远远望去，海象一会儿像口含赤珠，一会儿又似在喷火吐雾，实在是海中奇景。

（三）望夫礁

望夫礁，是长岛最有名也最有传奇色彩的礁石。传说一位妇女抱着孩子在海边久等出海打鱼的丈夫，最终站化成石，留下断愁心肠的悲剧故事。

天空布满乌云，海面风浪渐起，丈夫在远海打鱼……要变天了，大浪要起势，妻子放心不下，抱着孩子来到海边的礁石上，急切地希望丈夫在变天之前快快回家！你看，那边的渔船仿佛听到了呼唤，正在收网归家……

这是我心中想象的美好结局，我总是不忍心看到悲剧。

天刚蒙蒙亮，无风有点轻雾，海面平静得像玻璃镜似的。退潮了，那海边的礁石露出来了，丈夫一大早来赶海钓鱼。妻子不放心，抱着孩子来到礁石上，高声呼唤着自己的丈夫，快回家吃饭吧……多么美的海岛风光！多么温馨的人间真情！

我真的希望现代版的望夫礁是这样的传说！

（四）麒麟石

这块石头仿佛涂着一层金光，会发亮的，却没有一个响亮的名字，如鸳鸯石、海象石、望夫礁！可这块礁石像什么？

这是砣矶镇吕山村后山的一块礁石，它坐北朝南，与出海口相望，村民称它为猴石。

我看它不像猴，打眼儿一看像海狮，可仔细端量，又觉得海狮的气势不足，倒像是传说中的麒麟！对，就是麒麟，就得叫麒麟，吕山村这么安定，吕山人这么勤劳，吕山家家都安乐，恐怕就与这麒麟有很大关系！它卧在村子的中轴线上，镇在后山的北风口，遥望南面的出海口，是多么吉祥的礁石啊，猴石这名字怎么能与之相配呢？我回家时曾经跟当过村支书的邻居说，希望给它换一个名字，让村民好好保护、珍惜它，让它守护着吕山人民永远平安幸福！

（五）疗心石

在大黑山岛龙爪山的西北面，有一礁石，跟龙爪山是分离的，仅有一人造的梯桥相连。看到这块巨石，我真感叹于大自然的鬼斧神工，这么大的一块巨石，怎么从中间弄出一个"口"字呢？再仔细看，是"十"字，真是神奇，是自然形成的"十"字，这恐怕有千万年的历史吧！

龙爪山下，凉风习习，我甚是受用，大声说："真舒服！"一个站在梯口的大爷听到了，跟着一句："小伙子，别吆喝，注意安全，那个口子里更舒服！"我忙问："您是这里的安管员？""不是，我是边上村的，也是来乘凉的，怕出事，顺便提醒一下。"听了老爷子的话，我仔细地过了梯桥，来到口子里，风嗖嗖地对流着，"十"字很宽敞，能坐十几人，有的地方像切割过的，很平整。这里可以躺着，因为南面有山挡着，东西又夹在巨石之间，太阳晒不到，南北穿风，风凉润和，真是纳凉的好地方。坐了一会儿，暑意全消，心情大好，怪不得老大爷前来乘凉，这个舒服真不是空调、风扇可比拟的！坐着不想走了，看看碧蓝的大海，望望远处的小岛和宝塔礁，听着嘟嘟的小船声和海鸥的尖叫声，舒服极了，也不想知道这块石头叫什么名字，就叫它疗心石吧！

其实叫什么名字不重要，那么多的礁石，尽你叫，只要如你心中所想，寄托美好心愿就行。如果你也给它们起了响亮的名字，别忘也告诉我。

2019 年 3 月

作者简介

矫永生，男，1965 年生，大学本科学历，从事学校管理工作。爱好文学，长于诗歌、散文等体裁的创作，作品先后在《胶东散文》《关东美文》《奉贤文学》等杂志和"墨上尘事""胶东文艺""诗星"等新媒体平台发表。

异乡之恋胜故乡

⊙ 高升普

我和老伴都出生在莱州，同村长大。我在那里生活了 18 年，老伴生活了 29 年。莱州是我们成长的地方，那里有我们的兄弟姊妹，有我们的亲朋好友，有我们的美好记忆……那里有美丽的山区和平原，也有辽阔的大海和丰饶的物产，是全国闻名的"长寿之乡"。

人老思乡，人皆有之。三年前，我和老伴回了一趟故乡，在家没住几天，老伴的咽喉肿痛等病症就复发了，而我也不时出现心律过快、血压升高的症状，在城里三弟家只住了不到十天就返回长岛。三年多来，我和老伴身体保持得不错，大病没有，小毛病自己就调治了，老家的亲人多次进岛或电话邀请我们回老家住些日子，都被我们婉言推辞了。两个女儿每年都动员我们出去旅游，老伴说："出去旅游干啥，长岛就是个旅游的好地方，哪里也比不上长岛。"说真的，在长岛生活了大半辈子，我们都深深地迷恋上这个小海岛，异乡之恋胜过故乡，这种迷恋概括讲就是"恋岛""恋人""恋爱好"。

"恋岛"。我在长岛生活工作了 56 年，老伴进岛也 42 年，我们都习惯了岛上的生活。岛上的气候冬暖夏凉，正好我又怕冷又怕热。冬天好办，室内有暖气，"冬藏养阳"，我们很少出门；夏天虽热，但岛上有大海这个"天然空调"，海边散散步吹吹海风，身上的燥热很快就会消退。

海岛景色优美，特别是近两年，为建设北方生态旅游度假岛，基础设施建设逐步完善，从县城到乡村，硬化的路面能通向山顶，路两边有树、有花、有草、有路灯。我喜欢沿山路漫步，站在山顶看山，山连山，高低不一，绿树葱郁；看渔村，白墙红瓦，安静祥和；看城区，在建工程热火朝天，楼房拔地而起，县城规模不断扩大。南长山岛的西侧有军港、商港和曾经的北方最大的渔港，港湾里军队舰艇、客船、渔船往来穿梭于海天之间，使人百观不厌。隔海西望就是声名远播的庙岛，那里有我国北方建造最早、影响最大的妈祖庙，距今近900年，那可是渔民的"保护神"。再往西看就是黑山岛，岛上有被考古学家称为"东半坡"的北庄遗址，它与西安半坡遗址有等同的历史价值。天晴时北望，还可看到远处的砣矶岛、高山岛、猴矶岛，祖国"东大门"最前哨的大竹山岛、小竹山岛、车由岛等二十多个岛屿，像一颗颗珍珠散落在大海中。新建的海边慢行道是长岛人漫步休闲的好去处，一路走，一路赏景，鸟语花香、海天一色。漫行到长山尾，你可清楚地看到黄渤海交汇处，东西交汇的水流激情碰撞，如长龙摆尾，蔚为壮观。

随着时代的发展，海岛渔民改变了传统的猎捕方式，开始发展特色生态养殖，"耕海牧渔"求发展。海中养殖的贝类、海带，像陆地上的农作物，成片成块，行行清晰；作业的船只，像农田地里的农机在耕作。进出岛的客船、游艇，南来北往，穿越在养殖架子中间，不时发出动听的汽笛声。近海海钓爱好者，开着挂尾机，几乎同时从几个港湾出发，像训练有素的团队，奔向近海渔场。

海岛的早上，最宜登山顶看日出，太阳带着祥云从一望无边的大海中冉冉升起，当真有"万丈光芒染海风"的气魄。更罕见的是，在大海中会出现"海市蜃楼""海滋""平流雾"等奇观，这是在陆地上绝对看不到的。大风大浪天也有别样的风景，你看那海边巨浪，一个推一个，一个比一个高，惊涛拍岸。海浪像猛兽般猛扑向海滩和礁石，响声直冲云霄，何其壮观。寒冬季节，滴水成冰，又可以欣赏到的"冰凌"奇观。长岛啊，你是中国十大最美海岛，你留下了我们的心，拖住了我们的腿。

"恋人"。一方水土养育一方人，岛上不仅有适宜居住的气候和美丽的景观，还有我们最亲爱的孩子们，有多年的战友、工友、渔友、老乡和近几年交往的新朋友，有感情深厚的好邻居，和他们来往交流，谈心散步，购物游玩，心情特别舒畅。

"恋爱好"。老年生活要有几种适宜自己的"爱好"，这是快乐晚年、幸福生活的表现，还利于健康长寿。我和老伴有共同的爱好，一是爱学习。央视《新闻联播》《海峡两岸》《健康之路》和北京电视台的《养生堂》等栏目必看；《老干部之家》《家庭健康》《康乐文摘》等刊物必读；还学会了电脑的简单操作，经常搜索我们喜欢的栏目观看学习，看到有用的知识就抄录到本子上。我还喜欢记日记，每天的所思、所想、所做都一一记录下来，锻炼自己的大脑。二是好动，除了天太热或身体不适时，我们俩常年坚持做保健操，养花、种菜、挖野菜、摘野果、赶海，总是闲不着。当然，最大的爱好是"钓鱼"，我俩的心脏都有问题，老伴的肺部也不是很好，海边空气清新，负氧离子多，对身体健康有好处，钓鱼也不累，还动脑、动手、动腿脚，钓到鱼，亲朋好友、左邻右舍可以共享海鲜美味。在老家，住的地方离海数十里，而在长岛步行十多分钟就到了，即便坐公交车也很方便，六十岁以上老人还免费。

以上的"爱好"离开长岛是很难实现的。我的青春奉献给了海岛，我的晚年活跃在海岛，我眷恋海岛，我也愿长眠于此。美丽的海岛啊，我永远爱您，愿与您为伴，为您献诗一首：

> 长岛好，长岛美，
> 像串珍珠落海中，南北走向偏东北。
> 京津门户东大门，军民共建同守卫。
> 长岛好，长岛美，
> 座座青山绿悠悠，还有慢道来点缀。
> 候鸟林中歇歇脚，鸟语花香处处寻。
> 长岛好，长岛美，
> 水产丰富品质好，畅销海外和国内。
> 水域辽阔海连天，日出日落景更美。
> 长岛好，长岛美，

乘船游玩万鸟岛，千百海鸥迎宾来。

风起潮涌好观赏，斑斓球石心陶醉。

长岛好，长岛美，

海边条条慢行道，赏心悦目乐忘归。

黄海渤海分界线，请到林海看交汇。

长岛好，长岛美，

闻名天下砣矶砚，还有海豹游出水。

九丈崖头观仙境，心旷神怡齐称美。

长岛好，长岛美，

避暑度假好地方，盛夏保你能入睡。

海水清澈好游泳，修身养性体健美。

长岛好，长岛美，

岛民好客人友善，吃住渔家宾如归。

鱼虾蟹贝任您选，尽享口福品海味。

长岛好，长岛美，

亲海公园正在建，连岛大桥通南北。

交通工具年年增，可乘游轮美一美。

长岛好，长岛美，

水电保障并省网，购物方便价不贵。

神庙妈祖保佑您，安康快乐福百岁。

2016 年 1 月 6 日

作者简介

高升普，男，1941 年生，1959 年底应征入伍进岛，1978 年转业到长岛县工作，先后在县委办、县侨办、长岛宾馆、司法局、公安局任职。热爱生活，兴趣广泛，醉心文学，著有《如歌岁月》一书。

海岛的春天

⊙ 高宏伟

春天是岛里人的。
那里有山，有海，还有礁石和港湾。

春天可以四处乱跑，
没有高楼和车流阻挡。
它可以随意在岛里吹着海风荡起秋千，
它爱听游客咔嚓咔嚓按动快门的声音，
也喜欢渔船出港时马达的轰鸣。
春天可以肆意挥洒，
只要它喜欢，
什么色彩都能在一块礁石、一朵浪花、
一片叶子或一个花瓣上惟妙惟肖地呈现。
画着渔家大嫂的花头巾，
画着渔家汉子的黑脸庞，
画着港湾里攒动的船头，
也画着海面上一串串五彩浮漂。

累了，它就到海滩躺着，
听听浪花吹奏的动人乐章；
闲了，它就对着海面眺望，

享受这一望无垠的开阔。

清澈碧绿、水藻摇曳的海边，
冒着尖尖的山里惠、杂石丛生的山坡，
都是春天喜欢去的地方，
高兴了，就随手播撒下一把种子，
荠菜、苦菜、刺儿菜、蒲公英……
争先恐后地拱出来。
阳光灿烂的日子，
它喜欢盯着大网箱里活蹦乱跳的黑鱼发呆；
夕阳西下，
它给天空和大海涂上一片绚丽的色彩；
下雨的时候，
它尤其喜欢那条古朴悠长的石头巷，
游荡找寻着每一个过往……

如果春天是个女孩，
那捞海青菜、薅牛毛菜、刳扇贝的手，
最有资格给她编上一条麻花辫；
如果春天是个男孩，
那出海、打鱼、拔笼的手，
最适合给他斟满一杯美酒。

春天在岛里想坐就坐，
不怕往来的船只把它的新衣弄皱。

竹篮、网具、花袄和岛里的人们，
都是春天的最爱。

竹篮给妈妈捞菜，

网具伴爸爸出海，

花袄让妹妹越发好看。

春天就这样四处游走着，

天空就一天天变蓝了。

海豹游了回来，

占据礁石晒着日光浴；

海鸥也飞回来了，

在小岛上翩翩起舞。

这个岛，

便一天比一天热闹起来。

亲爱的，

如果你没来过，

请一定到我们岛里看看。

来吧，

我们一起寻找春天！

2022 年 2 月 22 日

作者简介

　　高宏伟，女，笔名"天涯槐香"，1971 年生，山东莱州人，在长岛宣传文化和旅游部任职。受父亲影响，自幼喜欢文学，有多篇散文、诗歌在各级媒体上发表。

寻找春天

⊙ 孟立军

春意盎然

春光无限

细雨潇潇

浇润着迎春的花朵

争奇斗艳

晶珠连连

万物复苏

生机无限

万紫千红已将大地装扮

春姑娘跳着轻盈的舞步

来到我们的面前

亲爱的朋友

您是在寻找我吗

呵呵

爽朗的笑声有了答案

我们在找属于自己的春天

在找春的温暖

春姑娘绽开了笑脸

轻轻地说道

我将与你们一路陪伴
年轮涂抹着我们的容颜
留下了时光的印痕
却带不走我们的梦想

寻找春天
因为您的努力
没有时间的圈限
啥时都不晚
春风已悄悄吹进我们的心田

亲爱的朋友
春天在哪里
在您幸福的感觉里
在您靓丽的照片里
在您优美的歌声里
在您的诗赋画作里
春天在您心里
更在长岛美丽的仙山

让我们拥抱春天的美好
沐浴阳光的灿烂
让幸福和快乐
健康与平安
相伴我们到永远
让春天的花朵开满田园

一分耕耘一分收获

让我们携起手来

为新长岛的建设

添上一笔浓墨重彩

描绘出一幅绿水青山的画卷

为长岛的生态文明

做出一份贡献

2019 年 3 月 12 日

作者简介

孟立军，女，军人子女，1960 年生于长岛。在原长岛县生资公司退休，业余爱好写作。《八一感怀》《诗情画意》《母亲》等百余篇作品发表于各类报刊和新媒体平台，现为烟台市作家协会会员。

五月，梦也香甜

⊙ 肖洪莉

五月

在浅夏的光阴里

槐花携手清风婉约而至

像有了约定似的

山峦沟壑整齐换装

远望皑皑白雪覆盖了山岗

近看串串花朵挂满了枝头

层层叠叠连阳光都难以穿透

几片绿叶点缀其中

鸟儿的歌声在花海中回响

这盛景已多年未见

一场香甜的约会开始了

一树树的花儿随风摇曳

醉人的香气已弥漫全城

直击每个人的五脏六腑

香的软糯

香的甘甜

香到梦里还在回味

夕阳还未西下
白白的月亮就爬了上来
嗅着花香羞了脸庞
爱在长岛难以离开
同框一张
花好月圆

那花香治愈了多少心伤
让忐忑的心绪得以释放
花香又带走了多少惆怅
让忧郁的眼睛有了光芒
用槐花制作的美食
都是传承中的经典模样
更是承载着记忆的篇章
一蔬一饭中饱含多少思念的过往
花香让乡愁得以安放

红槐花是最靓丽的一道风景
像一串串红灯笼随风起舞
热烈得光彩夺目
张扬得瞬间"破防"
貌美如花非她莫属
绝世美颜吸"粉"无数

蓝天之下
月亮之上
五月的美直击心田
所见都发自肺腑的赞叹

美得超乎想象
美得无法移动视线

轻轻地一个吻
已经打动我的心
美好的画面让五月的浪漫
在心中激起波澜
大自然馈赠的盛宴
我们一一装在心间

红槐花的美已足够惊艳
蜂飞蝶舞美不胜收
树下赏花的美女笑声不断
留下彼此最精彩的瞬间

五月的槐花
像略施粉黛的少女
情窦初开清香四溢
想摘不忍心动手
想吃不忍心下口
看着就有一丝心动
清纯灵动的样子让人疼爱

五月的香甜
丝丝缕缕涌入心田
全岛的香甜度"严重超标"
带来的"不良"反应
是人们的兴奋度提高

连不苟言笑的人都嘴角上翘

走出户外运动的人数增多

一下子都变得心胸开阔

沐浴在五月的花香中

连梦都散发着幽香

槐花还是一味良药

安神健脾驱病健身

让一场槐花盛开

赶走所有的阴霾

愿山河无恙

家国安康

五月

每个梦里都是香甜的味道

每个早晨都伴着花香醒来

2022 年 5 月 16 日

作者简介

肖洪莉，女，1966 年生，山东长岛东村人，退休职工。喜游山海美景，爱好手机摄影，常以文字抒发情怀，热衷于社会公益活动，现为烟台市作家协会会员。

初夏·长岛

⊙ 吴强

九丈崖外起浪烟，
汽笛声声到客船。
鲲鹏扶摇凌霄志，
极目高山^①碧连天。

海市蜃楼常醉客，
曾经沧海化桑田。
秦皇不识寻仙地，
而今长岛正华年。

2020 年 6 月

作者简介

吴强，男，1969 年生，山东长岛人，在烟台市审计局长岛分局任职。喜爱文学，时常创作散文诗歌，偶有作品发表，现为烟台市作家协会会员。

---

① 注：高山，指长岛海拔最高的高山岛，高 202.8 米。

屿乡月色

⊙ 王利贤

海流平，

赤轮如火燔燃。

望彤云、

丽姿百态，

展延千里霞烟。

见波光、

辉煌灿烂，

映耀处、

万珠①斑斓。

鸥侣吟归，

渔舟唱晚，

牧田琼玖

蛎肥鲜。

港湾乐、

船笛长啸，

宾客奔家还。

亲情聚，

眉开心惬，

笑语欢颜。

---

① 注：珠，此处指海上养殖用的球形浮漂。

夜朦胧，

华灯璀璨，

胜那银汉星繁。

邑乡村、

戴红妆锦，

声悦耳、

锣鼓喧天。

远瞩苍穹，

牛郎织女，

嫦娥玉兔舞翩跹。

闻潮动、

浪花拍岸，

感慨涌心间。

歌遥递，

举头明月，

普照仙山。

2022 年 2 月 14 日

作者简介

　　王利贤，男，笔名"怡闲"，1949 年生，祖籍长岛。1968 年参加工作，本科学历，研究员。长期从事水土资源开发、生态环境保护、旅游地理等工作。爱好文学，尤以学习古诗词为乐，先后创作诗歌 2000 余首，诸多作品见于报纸、杂志或新媒体平台。

仙岛海滨（二首）

⊙ 吴刚

七律·仙岛海滨

漫步滨城走岸边，
花红柳绿叶如兰。
石雕玉砌扶栏望，
亭榭廊台赏景观。
汽笛送宾迎客到，
海鸥报喜绕船旋。
夕阳西下依山尽，
潋滟金池碧水端。

七律·海滨夜色

氤氲夜色缤纷美，
霓虹流萤仙境呈。
十彩波光清倒影，
粼粼海面映美景。
游移探照乾坤射，
指路塔灯航向明。
沿岸钓鱼过把瘾，
小船摇曳碧涟生。

2021 年 9 月

作者简介

　　吴刚，男，笔名"露珠"，1964 年生，山东长岛人。爱好文学，长于诗词。现为中国诗歌学会会员、中国散文学会会员、烟台散文学会编委、青年文学家杂志社理事会理事。2008 年至今，共创作作品 800 余篇。先后在《青年文学家》《烟台日报》等报刊杂志及新媒体平台发表作品 100 余篇，在各类创作比赛中获奖 30 余次。

彩虹奇观

⊙ 邹新萍

最近，外孙女拿来一本《种彩虹》的绘本让我讲给她听。绘本讲述了主人公通过梦境，帮助丢失了彩虹的彩虹仙子种彩虹的故事。故事内容新颖，情节生动，想象力丰富，让人不由得浮想联翩。

其实，彩虹是气象中一种光学现象。太阳光照射到天空中的小水珠上被折射和反射，形成弧形的七彩光谱，由外圈至内圈呈红、橙、黄、绿、青、蓝、紫七种颜色，常出现在和太阳相对的方向。

彩虹在水汽重的晴天比较多见，长岛更是常见此美景。有时彩虹的色彩浓烈，像一条彩带向天边奔去；有时则很短，斜卧在天空的西边或东边，若桥似带，如弓似箭；有时彩虹又悬挂在山涧上，有时横跨在江海上。在长岛的不同岛屿上，彩虹的呈现方式也是不一样的。如在砣矶岛，太阳西下时，常常可以看到大海东边的大竹山岛、小竹山岛和车由岛的上空出现拱桥般的彩虹。这时，三个小岛仿佛离开了海面，被彩虹簇拥着慢慢升起，悬浮在天边，宛若仙境。

长岛人民爱生活，喜欢晨练的人很多。2002年5月中旬的一天，晨练的人们一如既往地在清晨5点左右走出家门，但他们一出家门却被惊呆了，因为在往日，此时天并没有这么亮，天地间更没出现过那么浓烈的橙红色霞光。不过，人们很快就发现把天空渲染得如此霞光蔚气的是彩虹。李白曾用"疑似银河落九天"来形容庐山瀑布的壮观，这道彩虹也仿佛从天而降。它像一条巨大的彩龙，更似一个巨型拱门，横亘天空，一端落在军港码头，另一端则落在庙岛山前。彩虹的最高处耸入云天，两端却近似落于地面，红、橙、黄、绿、青、蓝、紫的拱形彩带在朝阳的映照下光芒四射。一瞬间，人们仿佛产生了错觉，天地都在缩小，而彩虹却在无限放大。连绵的英山翠峦和对面的庙岛群山都躲到彩虹的两端，变得那么小、那么小，只有客轮的汽笛声还是那么清脆和嘹亮。苍穹变得黄澄澄、金灿灿的，天地间这道彩虹桥让人有了上九天揽月的冲动。随着朝阳冉冉升起，持续了近 20 分钟的彩虹才慢慢地变淡、消失……

彩虹是美丽的，也是奇妙的，目前已深深地融入人们的日常生活中。在书刊里，在影视广告中，在热闹的婚礼现场，在隆重的庆典活动上，都会出现彩虹元素。而在孩子们的服饰和玩具中，彩虹更是随处可见。彩虹就像一粒种子，种在了孩子的心里，让他们生长出五彩斑斓的梦。

2022 年 5 月

作者简介

邹新萍，女，1956 年生，长岛县大钦岛人。从事过教育和党史研究等工作。在《胶东文学》《文艺报》等报刊上发表过散文、小说等数十篇作品。曾主编《碧海仙山话长岛》《中国共产党长岛地方史（第一卷）》等书。

庙岛印象

⊙ 陈元胜

　　一只白鹤在碧海蓝天间的草坪上信步，怡然自得，随性曼妙。一会儿舒缓轻踱，间或跳跃急驰，忽而飞起盘旋，或若有所思般地左摆右摇。远处海涛阵阵、船笛声声是它的伴奏，宇台楼阁、红墙廊檐和苍郁的翠柏、悠悠的白云、袅袅的炊烟是它的舞台，芸芸众生便是它最好的观众。声声清脆的钟声，悠远绵长，白鹤在与这季节和鸣，更与这万籁共舞，与这山、这海、这天、这地、这人，这众生万象，汇成无与伦比的仙岛圣境。

　　这是庚子鼠年暮春，人间仙境庙岛的定格一瞬，这画面徐徐展开，幻化出万般意境。

　　亘古久远，日月辉映；沧海桑田，更迭不息。在这天地世宇间，渐渐有了山，有了海，有了岛，有了万物。沙门岛与庙岛，这两个名字也流传了百年千年，无声地向人们展示着它平凡中的不平凡。

　　庙岛古称沙门岛，居于黄渤海之间，宛若璀璨珍珠镶嵌在碧波万顷间。庙岛的东、北、西边都有岛屿与之遥相呼应，一个海上塘湾浑然天成。塘外惊涛骇浪，塘内风平浪静，真可谓风水宝地，世外桃源。庙岛三面的岛屿各有特色：东面是南北长山岛，两岛之间有玉石街相连，宛若兄弟，手手相牵，相守永恒；岛的北端，耸起一个山头，临海处高崖险壁，与其对峙的是一个圆圆的小岛，形似烧饼，俗称烧饼岛，又称为太阳岛。太阳岛北面有一海峡，为南来北往船只必经之路，号称"珍珠门"。海峡西面，螳螂岛、挡浪岛、犁铧把岛、小黑山岛一字排开，成为庙岛北面的屏障。与小黑山岛鸡犬之声相闻的是大黑山岛，它集独特的地质奇观、丰富的生物资源和悠久的历史文化于一身，有中国猛禽环志放飞第一岛、中国第二大蛇岛之称，有中国发育最典型的石英岩群——龙爪山、中国最大的海蚀洞——聚仙洞，还有号称"东半坡"的北庄遗址……诸多岛礁美景与历史遗迹，为庙岛增添了神秘色彩和万般传奇。

"八仙过海"的故事历史悠久，几经演绎，版本不一，有汉八仙、唐八仙、宋八仙等，但长岛的传说最为"经典"。

据传北宋年间，凡军人犯了法，多发配于沙门岛。年复一年，岛上犯人越来越多，但朝廷每年只拨给300人的口粮。后来，沙门岛看守头目李庆便想了个狠毒办法：当犯人超过300人时，便将其中一些捆住手脚，扔进海里淹死，使岛上犯人始终保持在300人以内。一次，有50多名囚犯得到即将被杀的消息，便趁着天晴月朗，避开看守，抱着葫芦、木头等漂浮物跳入海中，往蓬莱方向游去。最后只剩下8名体格健壮的幸运者游到蓬莱，躲在城北丹崖山下的狮子洞内。第二天，渔民发现了他们，获知8人是从沙门岛游水越海而来，惊奇万分，称作"仙人"，此事在民间传开，便有了今天"八仙过海"的故事，可以说庙岛是"八仙"的源起地。后来沙门岛成了庙岛，出现了自然村落，八仙过海的故事久经传说，有了其独特的文化属性，八仙文化也成了具有时代属性的文化元素。

庙岛自从有人类居住开始，就有了耕海牧渔的传统，人们与海同歌，与天共存。南来北往的船只到这处得天独厚的天然良港避风，进行贸易，渐渐形成了独特的海岛人文风貌。

提到庙岛名字的由来，就不得不说到妈祖。宋建隆元年三月二十三日，湄洲林惟悫家喜得一女，"生至弥月，不闻啼声"，父母故名之默。默娘聪颖过人，精医术，擅水性，一生为乡邻治病疗伤，救海上险难，深受周边百姓的爱戴与敬仰。宋雍熙四年，默娘卒于湄洲岛。百姓感其恩德，立妈祖庙祭祀。自宋始，两广、福建、台湾、江浙、山东、河北、辽北甚至高丽，凡港口、锚地、海埠、渔岛处，都建有妈祖庙。至明郑和七下西洋、郑成功光复台湾之时，均于湄洲岛祭祀妈祖，以祈神助。沿海商贾舟旅，均将妈祖奉为祛灾、赐福、济渡的护海女神，世代供奉以祈丰收平安，"娘娘赐灯"的故事更是家喻户晓，源远流长。

庙岛显应宫是北方建造最早最著名的妈祖庙，庙岛因此而得名。显应宫始建于宋宣和四年，明崇祯元年皇帝御赐庙额"显应宫"，船只多于此避风休整，祈拜妈祖保佑，几百年香火不断，被喻为"北方第一海神宅院"。显应宫大殿是全庙最大的建筑，为硬山式结构。殿内，妈祖坐像居神龛龙墩之上，两侧有14尊站班。殿外两侧房内有碑、碣、匾200余块和历代船模300余艘。后宫建筑风格为歇山式，保留了明代的建筑特点。宫内殿正位神台有铜铸镀金天后圣母像及2米高的青铜穿衣镜，服饰用品及床帐、摆设应有尽有。显应宫之所以建于庙岛，也因庙岛形若凤凰，与北面的太阳岛相映生辉，状若"丹凤朝阳"。

踏上庙前28级台阶，似乎能听到妈祖的声音。有爱便有了方向，有大爱便有了富庶的太平盛世。

庙岛是一颗明珠，更是各路文化的汇集之地。八仙、妈祖、航海文化，以及耕海牧渔的生产方式，都镌刻在庙岛璀璨的年轮里。

庙岛是一颗明珠，因为有了"太平"湾，便成了过往船只的安全港湾，也成为进出渤海的门户与枢纽。徐福东渡、海上丝绸之路、长岛要塞等古今故事无一不讲述着这一福地的重要之处。

庙岛是一颗明珠，这里人杰地灵，海珍丰富，是众多海洋生物和鸟类的重要迁徙地和栖息地，有着得天独厚的生态环境，成就了天然的宜居宜养的胜地。

海是龙世界，云是鹤家乡。在这龙鹤聚合之地，丹凤朝阳之域，庙岛随着白鹤的轻盈舞步，踏出时代的节拍；随着白鹤的到来，舞出春的精彩。

一只白鹤在碧海蓝天间信步，怡然自得……

2021年12月

作者简介

　　陈元胜，男，字"易人"，号"老莲"，祖籍山东龙口，中国民主同盟会盟员。受祖父影响，自幼酷爱舞文弄墨，专攻山水，善书法，研篆刻，好文学，先后发表散文、小说、剧本、文评等文学作品30多万字。现为中国散文学会会员，烟台市文艺评论家协会副主席，烟台散文学会理事，烟台市美术家协会会员。

砣矶岛上醉乡愁

⊙ 袁克廷

从蓬莱乘船向北航行两个小时，就来到了砣矶岛。踏上砣矶岛，谁不为之惊艳。惊艳于那一座座闪光的石头房，一道道五彩的石头墙，一条条古老的石板路。

砣矶岛石板路的美，是一种率性的美，就像醉意微醺的渔夫在沙滩上踩出的一串脚印。大的石块如锅盖覆地，小的如被泥土埋了半截的鹅蛋。颜色如青花瓷、如鸭蛋皮，如胡乱堆在一起的各色颜料，说不清是什么颜色，看着却非常舒服。夕阳辉映之下，随便哪块石板都金光闪闪，宛如一条金光大道。据介绍，砣矶石属绢云母千枚岩，其中绢云母晶体呈灰色、紫玫瑰色，具丝绢般的光泽，还因嵌有黄铜矿晶体而泛点点金星；还有白钛矿呈白色；石英如水晶般晶莹，闪现点点银光。绿泥石的颜色随含铁量多少呈现出深浅不同的绿色，又因间杂铁氧化物而表出深浅不等的红色黑色。正是这些色彩艳丽的矿物造就了砣矶石的五色斑斓，流光溢彩。

走在这样的石板路上，心也醉意阑珊，不由自主地就去看脚下的石头，看它的形状，看它的纹理，看它的颜色，看它的图案。走在这样的石板路上，看着路边摆放的腌鱼用的大肚坛子，空气中就飘来熟悉的香气，耳畔就响起孩童的笑声……莫非这就是乡愁？

砣矶岛的石头墙美在自然天成。"清水出芙蓉，天然去雕饰。"石头垒砌的护坡，几乎就是用长短不等的条形石头像楔子一样插进山体而成，一头朝天一脚朝地。而百姓门前搭建的院墙，很多都毫无章法，用大小、形状、颜色各不相同的石头随心所欲地叠加起来，没有石灰或者水泥加固，就是纯粹的石头垒砌，看起来歪歪扭扭，似乎要倒，可是却偏偏历经百年纹丝不动。看起来毫无规则和技巧的随意中，透着一种无法言传的美！

石头房子的美是内敛的。那些石头房，乍一看并不起眼，但是那岁月风霜掩盖不住的美，瞬间就能抓住你的目光。一块块石头被雕琢成方形、菱形，组合成一串串巨大的铜钱；山墙一侧腰线以下的石头上竟然还雕刻着鲜花、松鹤、寿桃等寓意吉祥的图案。房檐使用的材料也是石头，一张张长达两三米的石板，被打磨到五六厘米的厚度，完美代替木料，不仅别具匠心，而且千年不朽。顺着阳光看，那是一座座低矮的石头房子；斜对阳光看，像是一块块闪着光芒的金疙瘩。

据考证，砣矶岛的这些石头房子大都建于清朝后期，距今已有上百年历史，均为当时岛上的大户人家邀请岛外能工巧匠进岛精雕细琢而成，随后大家便竞相模仿，石头房子越造越精美，今天的砣矶岛俨然就是一座"石房博物馆"。

砣矶岛我来过多次，2003 年"2·22 海难"抢险的英雄群体中，绝大部分是这个小岛上的渔民。男人们冒着七八级大风、迎着 3 米高的巨浪，从大海里捞起了 81 名遇险旅客。女人们则烧好热炕、煮好姜汤，用棉被给冻僵的获救者取暖……我知道砣矶岛还有很多这样的故事。

以前只泛泛游览过，但是走上石板路、走进石头房，这还是第一次，我被震撼了！或许，正是这样的石头房、石板路的建设者，才养育出那样无私地舍身相救的男士；或许，也只有这样淳朴善良的人们才能守住这一岛的石头房、石头墙、石板路，才能守住这一方"乡愁"。

乡愁，什么是乡愁？其实就是人们在现代都市的水泥丛林中看惯了世态炎凉、人情淡漠的时候，对故乡石板路上承载着的淳朴善良的怀念啊！这一次，我从砣矶岛的石板路上，找到了那一缕乡愁。听说，砣矶岛正在实施保护性的旅游开发，但愿他们能好好守护住这份难得的、永远的乡愁。

2019 年 5 月

　　袁克廷，男，长岛人，1967 年生。从蓬莱师范学校毕业后，任教数年。目前为长岛区工委宣传文化和旅游部副部长。由于工作关系，经常撰写经验材料、典型事迹，比较擅长创作演讲稿、诗朗诵等，作品屡屡获奖。业余时间经常进行书法、摄影创作，偶尔也涉猎歌词、散文等。

南隍城日出

⊙ 李昌

在南隍城岛看日出，你若有幸，会看到一轮从大海上冉冉升起的鲜艳无比、金光灿烂的太阳。它带来的不仅是一种视觉上的享受，更是一次心灵的冲击与震撼。难怪许许多多的摄影爱好者不远万里纷至沓来，只为一睹奇观。

2020年6月上旬，因督导渔业安全生产工作，单位安排我在此"蹲点"一周。有道是近水楼台先得月，我因此独飨了"一顿"南隍城日出的"饕餮大餐"！

6月初的南隍城槐树花刚开，一大早，我嗅着沁人心脾的花香，趁着天光微微放明，从一条半山腰的水泥路独自登上了毗邻港口的那座小山。此时，小小的渔村还沉浸在恬静而安宁的睡梦之中，只有早起收割海带的渔民在一阵阵马达声中，驾着小船，悠悠驶向那一望无际的海上牧场。

天上繁星点点，宛若倒映在海面的点点渔火。放眼望去，一片黛色的蒙蒙雾霭之中，东方的天际线已露出一道微微的光亮，就像紫色的天幕下一条没有合上的缝隙中，透进来的一缕光晕。周边越发明亮起来，由暗淡变得清透，由绛紫变成殷红，越来越红，越来越亮。

就在这时，天边最远处，大海仿佛被谁轻轻划了一道口儿，顺着这股流淌出的鲜红，豁地露出了太阳的边缘，天空由红色转眼变成金色，鲜艳夺目，摄人心魄。

这时，大海已泛起了红色的光晕，近处波光粼粼，东方大半个天空都被染上了一抹迷人的玫瑰红。这正是最让人惊叹震撼、心潮澎湃的时刻！此刻，我那双紧盯着天边的眼睛已然舍不得眨一下，甚至在屏住呼吸的同时，连心跳都不由自主地快了起来。只见那鲜艳的太阳像一个新生的婴儿，从海面慢慢地越露越多，越露越大，越来越圆，直到露出整个浑圆、润泽而又耀眼的面庞。

它的身体仿佛与母体紧紧地连在一起难以割舍，就在它与大海分离的一刹那，似在一阵剧痛中一下子挣断了脐带，带着湿漉漉的海水，哩哩啦啦离开了海面，向着头顶的天穹不停地升腾、升腾。

这时，天空和海面已映射出千万道绚烂的霞光，由远到近，从天边一下子铺洒过来，就连我的身上都被打上了一层淡淡的金黄色。这一刻，几只海鸥在晨晖中翩翩飞舞，声声鸥鸣犹如一支悠扬的海上晨曲，明丽而又欢畅。

此时再回望身后的渔村，白墙红瓦的小楼栉次相连，错落有致，一条条整洁的街道掩映其中，几处花园式休闲健身公园绿树如盖，花簇如绣，宛如一块块精致的玉件，点缀着清新淡雅的村落。

村庄的周围翠绿环抱，山上是郁郁葱葱的黑松，山下是成片成片的槐林，而这所有的一切，都被那一轮刚刚升起的朝阳笼在一片微红的而又透着金色的霞光中。

晨雾乍起，一团棉絮般的白雾从海面慢慢飘来，漫过礁岩与沙滩，向着岛上柔柔飘去，恰似一位轻妙曼舞的少女身披白纱，顺着山涧、村舍缓缓地舞着、跳着，静静地飘着，让人恍惚间突然生出错觉，误以为自己已身处仙境，置身世外。

南隍城岛地处渤海海峡，基本属于山东省的最北端，地域上与大连相隔较近，仅有23海里。据史料记载，贞观年间，唐太宗李世民东征高丽时曾登临此岛，故而得名。但因地远荒僻，人迹罕至，明代之前一直为无主地。

然而，丰饶肥美的海产资源吸引并养育了一代代闯海人，他们在此驻留扎根，繁衍生息。中华人民共和国成立后，作为京津门户和海防前哨，几代海岛军民在此艰苦奋斗，守岛建岛，为南隍城的今天创下了不朽的基业。

20 世纪八九十年代之后，这里的干部群众通过"耕海牧渔"大力发展海珍品养殖，创造了骄人的业绩，岛上的基础建设和渔家生活也发生了巨变。1996 年，时任村党支部书记王成强被评为"全国十大杰出青年"；2015 年，南隍城荣获"全国最美休闲乡村"称号。此后也荣誉不断，人居环境和海上牧场建设一直走在全国海岛乡村的前列。

东方那轮朝阳，转眼间已高高跃出了水面，晨辉下的大海显得格外美好和宁静。这时，我突然想起十几年前写过的一首小诗，题目叫《太阳——大海之恋》，诗是这样写的：

为赴约那个绚丽的黄昏，

你匆匆地，匆匆地走着，

顾不上身边的白云。

接近海面的那一刻，

你害羞的脸，

红红的、烫烫的，

只为了，

这壮丽的一吻。

这一吻，

便坠入大海，

在海底孕育了一个深沉的夜晚。

第二天，

又在东方升起。

2020 年 6 月于南隍城

作者简介

李昌，男，1963 年生，长岛小钦岛村人，现于区自然资源局工作。作品偶见于《山东文学》等杂志、报纸和网络媒体，出版个人诗集《踏歌长岛》。现为烟台市作家协会会员、烟台市诗词学会会员、烟台市及山东省散文学会会员。

梦里故乡北隍城

⊙ 卜庆利

　　这些年，在梦里，我时常回到久别的第二故乡——长岛县北隍城岛。一串串唤起美好童年回忆的梦境，几乎都是以日出东方的壮丽景观开场。

　　每天伴着清晨的第一缕霞光，火红的太阳从烟波浩渺的黄海喷薄而出，站在北隍城岛放眼望去，北岸的旅顺老铁山一衣带水，近在咫尺；向南看，南隍城岛、小钦岛、大钦岛、砣矶岛、车由岛、大竹山岛、小竹山岛、高山岛、猴矶岛等诸岛尽收眼底，清晰可见。

　　朝霞映红了海面，照亮了渔村，唤醒了渔船。丰收的季节，海带铺满了银色的海滩，勤劳的人们忙着将海带晾晒、修剪、装箱、入库。岛上盛产的野生鲍鱼、海参、顶盖肥的海胆和岛里人称之为"海怪"的寄居蟹，都是蓝色海洋的馈赠。

　　风景如画的北隍城有缥缈的仙境，还有鬼斧神工的观音礁，更有深受人们喜爱的垂钓场。即使是大雪纷飞的冬季，北隍城也有不一样的风光。

　　从长岛中学毕业后到上大学，直至参加工作，四十多年的岁月过去，我距离北隍城岛越来越远，但我的那颗心，却与亲爱的北隍城越贴越近。

　　北隍城岛位于山东省的最北端，有着世外桃源般的美丽风景。这个"弹丸"小岛承载了我们儿时太多的美好回忆：日出日落，潮涨潮落，碧海蓝天，彩石浅滩，小伙伴们的欢声笑语时常在梦里浮现……

　　童年夏日的黄昏，在海滩暖暖的鹅卵石上，小伙伴们仔细清点潜海的收获：鲍鱼、螃蟹、海红、香螺……嶙峋的崖壁被夕阳晒成了红色。

海鸥、海燕、云雀翻飞起舞，啼鸣婉转，在崖壁缝隙间回荡，空旷而悠远。

静静的海面上一条金色的光带连接着远方一轮红彤彤的夕阳，汇成海天一线，太阳正不紧不慢地沉向大海，大海托住了夕阳，不，是夕阳投在大海的倒影接住了它。天空变换着颜色，金黄、火红、酱紫……像少女身上的纱丽。我们在船上，船在海中，海里飘着各色的云。抬起头，天空也是一片又一片的云彩，点缀了我们儿时的梦想。

童年的记忆里，城东、北洞、大尖、外楼、海滩、礁石、坑道、灯塔、服务社、卫生队、俱乐部、炮阵地……每一个地方，都留下过我们的足迹。很多年过去了，北隍城岛的日出和日落都已经成了生命中最多的回忆。那里有童年，有校园，有青春，有梦想，有浓浓的乡愁，有我割舍不掉的亲情。这片海滋养了我的少年时代，也滋养了曾在海边生活的每一个人。从此，我的人生变得清澈、甘甜，即使狂风暴雨侵袭，我也从未退缩。

最美好的童年记忆，是梦里的渤海渔乡——我的第二故乡北隍城。清梦美好，情深勿扰，万物寂然无声，海涛仿佛也放轻了拍打海岸的声音。海鸥告别了归宿的云雀，循着海面上的那片金光，追逐着夕阳，飞向远方……

2022 年 5 月 31 日

作者简介

卜庆利，男，"60 后"，在长岛北隍城岛部队大院长大，毕业于山东药校。喜欢朗诵、唱歌、徒步旅行，偶尔写点随感小文。

高山岛树语

⊙ 张状庆

把我带到这岛上的鸟啊，
你再往西南一点我便是最高。
那时我不但俯视全岛，
更是长岛的骄傲。
落向大海的甘露我先沐浴，
飞舞的雪花先吻我的树梢。
虽说高处不胜寒，
旭日和晚霞都是我先看到。
假若把我带到西边的悬崖，
那里却更加峻峭。
万鸟伴与腰间，
景致该有多么美妙。
我确实并不高大，
却常常庇护小鸟。
虽说我很渺小，
多少炮位却用我校正坐标。
航船向我行注目礼，
水手们向我招手呼叫。
此地是那么土薄石厚，
却更能历练我不屈不挠。

我享受风平浪静波光粼粼，
更喜欢乌云翻滚波涛怒吼。
日月星辰见证我的成长，
咸湿的海风抚摸着我的衣帽。
那南崖底下的象鼻洞，
为我装扮得地设天造；
北头海边上的姊妹峰啊，
每天都在向我眉舒眼笑。
那站在西海的大将军，
早已经史册彪炳；
东山坡下军营的励志牌，
让我仿佛又听到那久违的军号。
我不知根在南邦的平原，
还是在北地的山包。
纵使我不能成为大树，
亦决不甘为小草。
虽为草木一秋，
不枉此生闪耀。
孤独与海叙，
寂寞和风聊。
既然生长于此处，
唯有默默坚守。
待那夕阳沉海，
鸥歌鹭舞，
伴我仰天长啸！

2020 年 8 月 28 日

作者简介

张状庆，男，笔名"鼍岛渔翁"，1956 年生，长岛县砣矶岛后口村人，退休干部。曾在长岛县环境保护局工作，首届山东省生态学会理事、国家环境空气背景站建设顾问。爱好文学，曾出版过《后口张氏考》《民考鼍岛》等专著。现为山东省散文学会会员、烟台市作家协会会员。

黄渤海交汇处

⊙ 王勇

借太白金星的令箭
在似水柔情间
分解幽怨
割出黄渤海"爱恨"的底线

融入母性的温婉
黄河是渤海的内涵
浑厚的底蕴
坐拥上下五千年

当黄色沉淀成蔚蓝
伤感衔接着太平洋的浩瀚
跌宕的胸脯上
每只鸥鸟都是扬起的帆

一份柔韧守着家园
厮守着安国宁家的恬淡
默默耕耘着海湾
寻味黄土高原的情感

另一份豪情赤胆

在惊天骇浪中拓展

撒入大海深处的渔网

如经纬线遍及地北天南

一脉心绪总割舍不断

倾慕互为缠绵

你中有我的爱恋

我中有你的万里江山

2019 年 7 月

作者简介

　　王勇，男，笔名"荷塘清风"，山东潍坊人。山东作家协会会员，中国金融作家协会会员，中国诗歌学会会员。1985 年开始发表作品，作品散见于各级报刊和文学网站，迄今发表诗作 3000 余首。著有《一瓣花香，落在江南肩上》等 4 部诗集，多次在全国诗歌大赛中获奖。

月牙湾

⊙ 孙寅昌

　　人和自然万物之间一切美好的交流，都来自一种平和、舒畅的心情，难以想象我们在和伴侣怄气或是在商场宦海偶有失落时，还能欣赏天边飘来的那朵云。即便是一支盛开的牡丹，此刻也会使人厌倦。但是，月牙湾却不同。

　　月牙湾真的不同。一颗萎靡的心也会随着她的清纯与浩气舒涨、辽阔起来。站在她的十里长滩之上，脚下是洁白如玉、闪着珠光宝气的万斛卵石，眼前是深翠万里、坦荡无垠的碧海。海风会像慈母的手，轻柔地梳拢着你稍显蓬乱的长发；海浪呢，在亲吻着卵石的同时也在默默地鼓舞着你，和女友背在身后的手，不知在什么时候已经鬼使神差地牵在了一起。随着彼此相视一笑，一切恩怨和不悦都不复存在。朗朗的天，朗朗的海，朗朗的月牙湾，给了我们如此朗朗的心境。

　　月牙湾，又称半月湾，这两个名字与两位老帅有着一段情缘。老帅未来时，人们只管这里叫作北口。1955 年彭德怀同志视察长岛要塞，于高炮阵地侧畔见到了这片神奇的所在。戎马一生的彭老总也禁不住感慨："好一处半月湾啊！" 24 年过去，叶剑英同志来到长岛，于十里长滩处看到妇女们捡球石的情景，欣然挥毫题诗："内长山岛月牙湾，勤事渔农并石田；昂价球石生异彩，妇孺皆惜指头艰。"于是这里就有了半月湾和月牙湾的名字。

　　步入月牙湾公园，你就踏上了一条长长的用滩上鹅卵石铺就的石毯。石毯选料圆润，晶莹如珠，色彩斑斓，凹凸不平，赤足走上去，就感觉到一种不可名状的惬意与舒适。有人从中悟出了商机，认为这是难能可贵的足底保健按摩材料，便采得长岛的鹅卵石到各地去铺筑保健的"石毯"，风靡一时，上海、北京、济南、青岛等不少城市都有用长岛鹅卵石铺设的"健康路"。

公园的西侧，是一处长约千米的挡浪大堤，它的粗犷为月牙湾平添了几分威武。公园的东侧，则是一白顶白柱、洁静素雅的百米长廊。在T型的廊柱下，有做工精致的石桌、石鼓和石凳供游人小坐休憩；几座雕塑小品散落其间，人们喜欢倚着"月亮"或"神女"雕像留下自己潇洒的身影。长廊尽头，是古朴典雅的"望月亭"，琉璃檐顶，镂木门窗，前瞻碧海，后枕青山，称得上是月牙湾的点睛之笔。在月牙湾尽西头的危岩绝壁上，有一翘首欲飞的小亭陡挂其上，这便是"观澜亭"了。登斯亭也，观皓月一痕，碧波万顷，是否也会有"居庙堂、处江湖"之感。

然而，月牙湾最令人神往的，还是那满滩色彩斑斓的"珠玉宝石"，一踏上那长滩，才真正感觉到被月牙湾迷住了！听着海潮漱刷球石的叮咚鸣响，望着雪浪亲吻滩头溅起的波光，好像那潮那浪所冲刷洗涤的正是自己的心灵。豁达的情怀轻轻地就拨走了混浊的思绪，那满滩的球石犹如阿里巴巴为我们打开了芝麻之门，珍珠琥珀，争奇斗艳，只要肯俯下身来，随时都会捕捉到滚动着的惊喜。一枚不起眼的石子，定睛一看，上面很可能就是一幅神韵天成的图画。那白石矶上的彩斑，也许像是被云遮雾绕着的巍峨的群山，也许就是一枚纹理毕现的枫叶……著名作家肖平曾在此捡到过一副精美的围棋子，听说有的游客还曾在此寻觅到了整套"京剧脸谱"呢！

人们都说月牙湾的海滩上堆积了许多的希望，孩子们能拣到一个美丽的世界，老人能拣回失去的童年，音乐家能拣到跳跃的音符，天涯游子能拣回故乡的云彩……当有一天我们与月牙湾结识，在跳跃的音符里，我们真的会望见故乡的云彩，那云彩里必定有一只弯弯的月亮，月亮下面必定有一只弯弯的小船，小船悠悠地泊在月牙湾的长滩上，谁能说我们不会在这里与童年的"阿娇"相见?

2006 年 6 月

作者简介

　　孙寅昌，男，长岛北城村人，1950 年生，初中学历。爱好文学，曾编著《长岛风物》《仙境·长岛》《长岛神话传说》等书，现为烟台市作家协会会员。

畅游高山岛

⊙ 吴春明

有朋友来海岛游玩，他是个准摄影爱好者，又喜拍鸟，当然首选目的地就是高山岛了。

高山岛海拔 202.8 米，位于庙岛群岛中部西侧，面积仅有 0.46 平方千米。它集海蚀崖、海蚀洞、海蚀柱、海蚀礁、卵石滩于一身，形似直角三角形，陡崖呈 90 度，崖之背坡近 45 度，可沿"之"字形的羊肠曲径抵达山顶。当地老人对它有个形象的比喻，叫"海峡摩天岭"。

乘游艇从县城出发，抵达高山岛需近一个半小时的航程。随着游艇的慢慢靠近，神秘的海蚀地貌便一一呈现在眼前。岛的西侧，仰望是绝壁欲倾的断崖峭壁，头顶万鸟齐鸣，顿觉云飞山动，头晕目眩。往西南侧偏之，有一高险深邃的海蚀洞穿透山底，造成陡崖悬空之势，只见四根擎天石柱将半个岛托起，远远望去，石柱岩洞组合在一起，好似大象的鼻子伸入水中，故称"象鼻洞"。游艇慢慢行至岛的东北角，忽见两个并列的海蚀柱兀立水中，导游称之为"姊妹峰"，我倒觉得像一对情侣在水边嬉戏，引来无数海鸥与之玩耍。

游艇沿高山岛转了近一圈，来到东南角。一块平卧水中的礁石让我身边慧眼识珠的摄影师捕捉到了，人们惊喜地发现，原来是"老人鱼"礁，在摄影师的指导和讲解下，我发现礁石果然呈现人面鱼身，但不是美人鱼，而是酷似一位饱经沧桑的捕鱼人。他枕着高山，卧入大海，变成了一个永恒的故事，令后人去慢慢遐想、解读。

四月正是海鸥孵蛋的季节，游艇的到来让海鸥开启了"迎客模式"，游客们早已忘掉了刚才一路颠簸带来的不适，纷纷拥到甲板上。相机和手机的咔咔声、游客的惊叹声与海鸥的鸣叫声响成一片。

海鸥越来越密集，我赶紧掏出相机，一只手抓住船舷边上的栏杆，一只手握紧相机，一阵狂拍，但那时船晃得厉害，也顾不上找最佳角度了。

船长也是顾及游客的心情，把船慢慢停了下来。我趁机跑到最顶层的甲板上，放眼望去，那真是"海到天边云做岸"，近处的岛，翱翔的鸥，组成了一幅壮观的万鸟翱翔图。仰望，海鸥全都呈一个姿势，一个方向，在蓝天的衬托下，像去参加一个盛大的典礼；俯瞰，海水是浅蓝色的，海鸥列队从水面掠过，场面极其壮观。近处，有游客备足了火腿肠、方便面等食材，拿在手里往空中一伸，瞬间就有海鸥俯冲下来，刹那间，手中的食物就成了海鸥的猎物，叫声中带着胜利的喜悦。有游客把整包的方便面丢入水中，海面顿时一阵骚动，一群海鸥纠缠在一起，嗷嗷声更加激烈。也有顽皮的海鸥顺势丢下一串"炸弹"，一包粪便便落在游客的身上，引起船上一阵骚动和欢笑。

不知不觉已近正午，依依不舍中游艇慢慢驶离高山岛，船尾掀起的白色浪花更激起了海鸥的热情，仿佛那就是最好的欢送礼仪。很久很久，依然有几只海鸥紧追其后，不肯离去。

回到船舱里，也顾不上晕船的不适，我翻看着朋友刚才收入镜头的美景。镜头里的景色一点也不逊色于刚才亲眼所见的鲜活，精彩的定格也弥补了肉眼未来得及捕捉到的细节。细看，海鸥的嘴是三色的，依次是红、黑、红、黄，嘴尖呈钩形，难怪捕捉猎物时百发百中、嘴到擒来。海鸥的整个身子是白色的，尾巴是黑色的，腿是黄色的，翅膀是浅灰色的，飞翔时张开的翅膀足有身子的两倍长。

待我再走出船舱，站在船舷边上，高山岛已变成了一个模糊的小黑点。船慢慢进入"珍珠门"，不远处的海豹礁有几只海豹在懒洋洋地晒着太阳，更远处的宝塔礁似一艘扬帆远航的古船矗立岸边，东面的九丈崖上的灯塔指引着大海中船只的航向……烟波浩渺之中，我也把自己融于大自然之间，感叹于大自然与人类的和谐相处所带来的融合之美！

2017 年 5 月

作者简介

吴春明，男，山东长岛人，"60 后"，本科学历。喜欢读书、藏石和文学创作，现为烟台市作家协会会员。一路耕耘，虽然写作大多以自娱为多，但依然乐此不疲地追求着梦想。

长岛松

⊙ 林海

　　长岛岛屿众多，绿植千百种，我最喜欢、最难忘的还是漫山遍野，挺拔伟岸的长岛黑松，青山如黛，四季苍翠。

　　长岛松，适应力极强，生命力旺盛，甘于奉献，包容心亦强，是树中的伟丈夫。碎石中，杂土里，山坡上，悬崖边，处处可见其身影，常常会听到松涛声，可以说长岛松占据长岛林木的半壁江山。近看，远望，长岛松或单株，或三五成群，或聚片成林，像大山撑起一把把绿色的大伞，也撑起了大山的希望与灵魂。你看，有的昂首挺拔，参天而立，欲与天公试比高；有的依山而生，顺势而为，曲弯有形，横向发展，向周边要空间，向天空要高度，如蓬似伞。春夏秋季，松与花草和谐共生，与鸟儿和平相处。山野间，举目尽是浓妆淡抹总相宜的山水画，满耳皆是余音绕梁的交响乐。一年四季，松枝、松针、松果随风摇曳，松涛阵阵，紧踩风之鼓点。山上松涛声，山下海浪鸣，此起彼伏，声声入耳。文友林克松诗中说得好：仙岛景色娇，碧波逐浪高，林海伴沧海，松涛和海涛。

　　早春，万籁俱寂，花草尚未苏醒，松涛是春天的闹钟，早早喊醒了迎春花。迎春花性子急，叶未出，花便含苞欲放了。四五月份，松花也开了，虽不鲜艳妩媚，却也同样在孕育着新的生命，松香扑鼻而来。松花粉还是珍贵的中药材呢！喜鹊渴望春天，或三两只，或成群结队，飞行穿梭于松林间，满山喜歌，不绝于耳。

　　夏日，长岛松迎来绿植家族大聚会，百草争辉，百花吐艳，百鸟争鸣。

此时的长岛松处处彰显"老大范儿",伟丈夫气十足,善于站好自己的位置,居高从不自傲,常绿却从不自夸,尽心尽力护着身旁脚下各种花草树木。金鸡菊的小黄花如群星落涧,似天撒黄金,随夏风舞动,仿佛一群花仙子热舞于山海间。有诗云:嵩山顶上小黄花,碎石缝隙吐芳华;任凭狂风与骤雨,婀娜多姿舞潇洒。一些花花绿绿不知名儿的小鸟鸣啾着,在松林间跳来跳去,从一个枝头飞落另一个枝头。蜜蜂奔忙在花丛与松林间隙中,发出阵阵嗡嗡声。此情此景,煞是好看、好闻、好听。

秋时,凉风乍起,树影婆娑,松果渐渐由绿转褐,宣示着一个丰收的季节已然到来。野山枣、"小孩拳头"等山珍野味粉墨登场,松林间好似挂满了随风飘动的红灯笼,引来三三两两的孩童采摘品尝,使人不免想起《采蘑菇的小姑娘》这首歌谣来。长岛松颇有爱心,与牵牛花、南蛇藤上演了一出出藤缠树、树缠藤的好戏。深秋,南下的苍鹰,跨海而来,盘旋四周,审视着下方的松林,待无人时直落松顶,露宿山间。

冬季,长岛郁郁葱葱的山野转瞬间由绿变黄,唯有长岛松依然葱绿,蓬勃向上,给人以希望与美感。即便松针飘下、松果落地,那也是一种甘于奉献的美。它们有的被村妇、老人捡拾回家变成柴火,燃烧自己,温暖了别人;有的逐渐变成养料,回馈山野。遍山的花儿不见了,只有山雪正旺,漫天雪花仿佛会飞的花朵。大雪压青松,青松挺且直。长岛松无论落上多厚的雪,从未弯腰叫屈,待到雪化时,又是一条"英雄好汉"。山雪映衬,阳光照耀下的松林格外耀眼,一道道银光从松隙穿过,魅力四射。数九寒天,北风凛冽,无论风多大多狂,长岛松只是舞动几下身子,始终笑迎朝霞,挥送夕阳。黄褐相间的黄雀在松间欢快地飞来飞去,啄食松子,山歌唱个不停。

松望着大海,我望着松。忽然想到,它们不但是些生命顽强、四季苍翠、蓬勃向上的长岛松,更是一个个站在我面前的扎根海岛,为海岛奉献青春与生命的海岛人啊!他们有的土生土长,一辈子守护和建设海岛;有的从外地来到长岛,不惧条件艰苦,让自己像长岛松一样深植于海岛;有的尽管调到外地工作,或是退休后随儿女到别处定居,但无论走到哪里，都还是心系长岛，荣辱与共……拳拳爱岛心，款款建岛情，这里有闻不够的海腥味，吹不够的海岛风。

我赞美长岛松，我更为那些平凡而伟大的海岛儿女歌唱！

2020 年 12 月

作者简介

　　林海，男，笔名"倚林听海"，1958 年生，山东长岛人。当过教师，进过机关，下过乡镇，管过国企，现已退休。作品散见于《诗刊》《星星》《大众日报》等报纸、杂志和齐鲁晚报"壹点号""烟台散文"等新媒体平台。现为山东省散文学会会员、烟台市作家协会会员、烟台市散文学会会员。

候鸟放飞

⊙ 张晋明

双飞燕子几时回，北国雄鹰今又来！

1998 年秋天的一个上午，长岛国家级自然保护区管理局的鸟类研究专家范强东给我打来电话，告诉我环志中心的工作人员已经在大黑山安营扎寨有些日子了，问我不是要拍环志么，来看看？我说去。第二天下午，我就到了长岛。

范强东年龄比我小，是一位学者型领导，他长期从事野生动物保护、管理和科学研究工作，特别是在鸟类生态、候鸟环志研究方面造诣颇深，在业内享有较高声誉和知名度。

距长岛县城西 7 海里处，有个大黑山岛，是庙岛群岛中较大的一座，面积有近 8 平方千米，6 个村庄、人口 1000 多。大黑山岛有充足的淡水资源，土层厚实，土质肥沃，绿树环抱，景色宜人，有著名的"龙爪山"、新石器时期的"北庄遗址"和 100 万年前火山爆发的火山岩遗存；岛上生态环境优良，繁衍生息着大量黑眉蝮蛇，是我国第二大蛇岛。

在大黑山岛的"老黑山"，有一个叫"老鹰窝"的地方，这里有一座简易的小房子，旁边还搭建了一顶帐篷，每年秋季都会有一批人住在这里。他们是以孙为连站长为首的长岛候鸟保护环志中心大黑山环志站的科研人员，他们的任务就是在山上设网场捕候鸟，环志放飞。工作要求细致、耐心、准确、小心翼翼，一丝不苟。虽然辛劳，但望着一只只肩负特殊使命的环志鸟被自己亲手送归蓝天，他们的心情也感到无比的骄傲与喜悦。

我对孙为连印象挺深。长岛台的朋友曾给我放过一段录像：1991年秋天，时任国务院总理李鹏和夫人在长岛烽山鸟展馆外放飞了4只戴着腿环的苍鹰，它们就是孙为连亲自递到总理手中的。总理放第一只苍鹰时，没飞多远就落下了，大家说它可能舍不得走，也想多看看总理吧！放飞第二只时，总理使劲儿往空中一送，那只鹰呼啦啦地飞远了，大家纷纷鼓掌。这段视频是长岛电视台记者拍摄的，拍得不错，现场感抓得好，还有录音对话，十分珍贵，后来被我用到纪录片《放飞》中，在山东卫视播出了。

每年9~10月，生活在中国长白山、大小兴安岭、蒙古草原和西伯利亚的候鸟，都会长途跋涉、携儿带女飞往云贵高原和海南岛越冬，再远一些还有到东南亚的；次年3~4月，它们又成群结队飞回北方繁衍后代，一个地方住半年。

长岛位于胶东辽东半岛之间的黄渤海交汇处，森林覆盖率高，植被多样性强，为候鸟过路栖息、补充能量提供了良好条件。由于海岛的独特地理环境，使这里成为环太平洋西岸、东北亚内陆的候鸟"驿站"。

2个多月的候鸟环志工作很辛苦，风吹日晒、蚊虫叮咬，蛇蝎相伴，条件简陋。孙为连和同事们不辞劳苦，每天都要工作12个小时以上。

那天，我和范强东还有县委宣传部的同志赶到的时候，已经上午9点半了，他们刚开始吃早饭。餐食很简单，馒头稀饭加咸菜，每人还有一个鸡蛋。孙为连告诉我，从1984年开始，他在大黑山搞环志已经14年了，那时环志站刚成立不久。在候鸟环志季节，环志站人手少忙不过来，就从各单位抽调人来帮忙，有候鸟馆的、有检疫站的，粗略计算至少环志了4万只候鸟。

在山上，我和工作人员猫在帐篷里，通过一个小窗口观察不远处的网，突然看见一只体型硕大的鸟撞到网上，直扑腾。"猫头鹰"，范强东对我说，猫头鹰是民间叫法，准确的叫法是雕鸮，有大大小小几十个品种，属国家二级保护动物。环志人员小心翼翼地将其从网上取下，用秤称了称体重，量了量身长翅展，足足有5千克重！它好像很生气的样子，嘴里发出"呼呼"的声音，两只眼睛瞪得溜圆，很有气势。工作人员给它戴上头套，拿出脚环，登记序号，然后迅速用专用钳子箍在脚上，一系列工作做完，便摘下头套把它送回蓝天。

而对那些在长途跋涉中受伤的鸟，环志站的科研人员则精心为它们医治。治好了，环志放飞；治不好死亡的，制成标本，放在烽山的鸟展馆展出。

环志回收工作很重要。通过回收环志鸟，研究鸟的迁徙时间、路线、范围、繁殖、换羽、越冬及鸟的种群消长等规律，为保护鸟类资源提供科学依据。

我通过公开的环志回收资料得知，放飞后回收时间最长的鸟是1994年9月18日在"大黑山岛安桥山"猎场回收的雌性雀鹰，系1988年9月29日在同点放飞的，历时6年；飞行速度最快的鸟是1984年9月28日放飞的红隼，经过11天在广东省的博罗县回收，飞行距离1760千米，除去歇息时间，每天平均飞行160千米。

在大黑山岛，环志工作者依山就势布设网阵，形成里外三层的"迷魂阵"。每过2个小时，孙为连他们都要巡查一遍，在2个多月时间里，他们每天要给50只以上的候鸟打上脚环、登记数据，回到中心站再归纳数据录入电脑，便于统计上报。

鸟环由镍铜合金或铝镁合金制成，上刻环志的国家、机构、地址或信箱号和鸟环类型、编号等，格式为国际统一，一般都是脚环，少数是颈环。

孙为连曾到香港鸟类环志中心考察过，他对那里的环志工作十分赞赏："说实在的，咱干得比较粗糙。我1992年去香港考察，香港有200多个岛屿，森林密布，候鸟极多，环志工作做得很好。人家对环志工作要求很严，一丝不苟，鸟身上掉根毛都不行。咱们应该向他们学习。"

"候鸟环志，全世界都一样吗？"我问。

"差不多，也有先进的，比如美国，可以给鸟安上微型的卫星追踪器，咱现在没这个条件，以后肯定会有的。"孙为连告诉我说。

人类的环保意识不是与生俱来的。起初，人们破坏了环境却不以为意，往往在遭到了大自然无情的报复以后，才如梦初醒，再通过不断地宣传教育，观念才会逐渐转变。

以前，鸟的天敌主要是人类。为了生计，海岛人猎鸟的习俗由来已久。人们采取各种手段、利用各种工具，成千上万的候鸟惨遭捕杀。20世纪70年代，有几个大岛建有鸟类罐头厂，有的部门大量收购猛禽，加工成标本出口，大雁和老鹰等珍贵鸟类还上了餐桌。然而，由于大量候鸟被捕杀，岛上虫害成灾，人工林大面积枯死，人们不得不自食苦果，开始反思自己曾经的愚昧行为。

虽然环志工作很辛苦，但也充满了人类与鸟类互相交流的情趣。吃过树木大量死亡的苦头后，过去一些捕鸟高手也放下手中的捕猎工具，自愿加入环志工作中来，义务协助环志站工作。

在老黑山站点的捕鸟网场，我结识了一位叫葛德树的老渔民，60多岁，他曾是大黑山岛的捕鸟能手，每年都有数百只候鸟被他捕获。他说，捕鸟一是为了吃，二是为了卖钱。自从大黑山成立了候鸟环志站，他每年都来，已经14年了。

"您从什么时候开始捕鸟的？"我问。

"我从9岁就开始捕鸟，上瘾呐，抓起鸟来饭也顾不上吃。我以前就是个'杀手'！"老葛从网上小心翼翼地摘下鸟，有些内疚地说。

"从'杀手'到保护者，这个变化不小！"我对他说。

"可不是嘛，咱也得为子孙后代想想，不能光为了自己这一辈。我每年过来帮忙就是为了'还债'。你看，我现在在网上摘个鸟，都不敢使劲儿，就怕掐坏了，哈哈哈！"

从老葛的笑声中，我听出了他现在工作的愉悦和惬意！

范强东还带我到大黑山岛南面的小濠村采访了另一位捕鸟高手刘文钧老汉。71岁的刘文钧精神矍铄，戴着一副变色眼镜，人显得很干练。他过去是大黑山岛的捕鸟大王，捕鸟技术一流，自己还会发明改进捕鸟工具。捕鸟猎鸟曾经是他生活中最有乐趣的一部分。

回忆起往事，他记忆犹新："60 年代，抓一只大鹰能卖 150 多块钱。有一年我一下抓了两只，卖了 300 多块，那时候的 300 块钱是巨款呐！我买了三间房料，还给母亲做了口棺材，剩下的用作日常生活费。你说说，这有多大的吸引力！"刘文钧很健谈，他又感叹地对我说："迷到什么程度呢？工作都辞了，眼睛伤了一只也顾不上去治，忙得晚上连觉都不睡，就是一门心思去抓鸟，最后这只眼看不见了，真是报应啊！"刘文钧无奈地摇摇头。

据科学普查数据显示，每年春秋途径长山列岛的候鸟有 21 目 70 科 330 多种，上百万只，其中国家重点保护的珍禽有丹顶鹤、大天鹅、游隼、雕鸮等 60 多种。1982 年，山东省人民政府批准在长岛建立鸟类自然保护区；1984 年，原国家林业部批准建立山东省长岛候鸟保护环志中心站；1988 年，国务院批准长岛设立"国家级自然保护区"，为山东省第一个国家级自然保护区，是中国开展鸟类环志工作的主要基地。这些机构成立以后，再在岛上捕鸟自然就不被允许了。

刚开始禁捕时，刘文钧也是想不通，他认为中国那么大，为什么只在长岛禁？你不捕，人家外地还捕呢！刘文钧不爱惜鸟，却对葱绿的青山情有独钟。鸟少了，岛上虫鼠就泛滥，山林大面积枯死了。看着自己亲手栽培的大片松树林一棵棵发黄枯萎，刘文钧心疼不已。残酷的现实摆在面前，他终于放下手中的捕猎工具，加入到植树造林和爱鸟护鸟的队伍中来。

像葛德树和刘文钧这样的捕鸟能手最后变成鸟类的朋友，成为爱鸟护鸟能手，在长岛不是少数。他们的现身说法加上宣传部门、媒体和环保工作者的大力宣传引导，爱鸟护鸟已在长岛成为一种道德规范与自觉行为。人们遇到迷路或者受伤的候鸟，都会自觉主动交给候鸟保护部门，工作人员再给这些鸟登记造册，放到烽山暂养区精心照料，然后环志放飞。

这样的事我也碰到过一次。那是 2005 年 5 月，原长岛国土局正在申报"国家地质公园"，我被时任局长于洪社约去拍摄申报片。一天，我们正在招待所商量拍摄脚本，突然一只鸟扑到房间的地上，我赶紧上前捡起来。仔细打量，这鸟全身呈灰褐色，嘴部很长，有 10 厘米，体型有鸽子那么大。我问怎么办，于洪社说送鸟展馆呀，我恍然大悟，赶紧给范强东打了个电话。不到 10 分钟，老范开着一辆大吉普来了。我问他这是什么鸟？他拿在手上仔细看了看说："这叫黑腹滨鹬，涉禽类鸟，吃鱼。'鹬'是'鹬蚌相争，渔翁得利'的'鹬'，这个成语说的就是这种长嘴鸟。"无意中我又被科普了一回。范强东对鸟类的了解和关爱，由此可见一斑。

大黑山的候鸟放飞镜头拍摄完毕，范强东领着我到长岛县城南面的烽山候鸟暂养区去了一趟，他说，让你看看你从来没见过的一种鸟，别说你没见过，就连我研究了 20 多年，之前也没见过。

在一个暂养笼里，一只比斑鸠小一点的鸟欢快跳跃着。

"这只鸟是 1998 年 9 月 25 日，在夜间迁徙途中迷失了方向，碰到砣矶岛渔民家的窗户落到院子里，渔民看这只鸟非常漂亮，从来没见过，一定很珍稀，就送到保护区来了。你看看多漂亮，它的学名叫蓝翅八色鸫，是世界濒危物种，该鸟被我国收入《中国濒危动物红皮书》，排在第 167 位，属于国家二类保护动物，在山东省基本看不见。"范强东详细介绍了这只鸟的来历。他随身带了一本很厚的工具书，上面有蓝翅八色鸫的专门介绍：蓝翅八色鸫因身体具有红、绿、蓝、白、黑、黄、褐、栗等八种艳丽的色彩而得名，是很有观赏价值的鸟类。

暂养区收养的鸟不少，有黑水鸡、苍鹭、雕鸮等，范强东指着一只雕鸮说："这是蓬莱一个农民在野外捉到的，是猫头鹰中最大的一种，体重 6 千克多，翅展一米多，一顿能吃一只兔子或 10 多只老鼠，昨天上午坐船送过来的。现在老百姓的环保意识很强，人爱鸟、鸟护林、林涵水、水养人的生态理念已经深入人心，这真是一件让人欣慰的事！"说起鸟和环保来，他眉飞色舞、滔滔不绝，这爽朗豪放的笑声和率真豁达朴实的形象我始终记忆犹新！

2012 年 11 月 18 日，我和同事李永林、长岛台记者林勇一起在大钦岛拍摄纪录片《海妮》，晚上吃饭时，时任乡党委委员的张世伟和我们坐在一起。张世伟原来和范强东在一个单位，他告诉我们，上个月范强东突发脑出血去世了！闻此噩耗我非常震惊，不敢相信，唏嘘不已，老范正值年富力强之际，既是我的良师益友又是专家学者，才55岁啊！真是世事无常，悲上心头，我们从此生死两茫茫，唯有泪千行！

8年了，范强东的音容笑貌依然在我眼前，还是那么侃侃而谈，妙语连珠，还是那么一身正气、人品如山。

我忘不了他！我想，被他救助的千千万万的鸟儿也忘不了他吧！

2020年7月21日

作者简介

张晋明，男，祖籍山东龙口，1955年生于山东招远。1970年12月于烟台入伍，1976年在华中工学院（今华中科技大学前身）学习，1978年10月在济空司令部航管中心任职，1987年3月开始在烟台电视台工作，2015年12月退休。爱好文学，偶有作品发表于报纸、杂志。

长岛生态资源"十字言"
——长岛海洋生态文明新名片

⊙ 吴忠波

庙岛群岛胶辽半岛居间
渤海海峡三分之二岛链
渤黄温带海洋东西连理
两海生态系统左右相伴

海域岛陆潮间系统完整
生态类型温带海岛地缘
国家典型海洋代表之一
北方独有海岛优秀典范

植物区系国际地位突显
中日森林植物东亚区园
植被区划南北二带连接
暖温北南落叶栎阔林间

地理地盘动物区划归属
辽东胶东半岛交汇北南
面朝古北华北黄淮平原

背依东北地亚长白山峦
海岛生物北方海域区片
稀缺特性突出特征明显
岛群海域"十全"野生动物
重点保护两大"网红"出圈

西太平洋海豹东亚江豚
海洋生态系统物种繁多
连接海豹辽东湾繁殖区
选择江豚黄渤海"别墅院"

中国物种繁衍海豹唯一
世界独立进化分支一员
全域总数量两千只群体
群岛三五月四百余组团

东亚江豚洄游通道关键
年过境二千多数量可观
砣矶东大钦北世袭领地
栖息地五六月行宫御苑

鲛鳀银鲳对虾洄游路线
大带鱼小黄鱼生境食链
贝藻鱼虾六百余种栖息
经济鱼类春季洄游产卵

皱纹盘鲍参光棘球海胆
许氏平鲉栉孔扇贝魁蚶

海带之乡海藻经济生物
原种产地重要分布区间

黄渤分界沙洲分布罕见
黄土地层奇异海蚀独现
多样性重要性意义重大
海洋地质地貌奇特景观

海蚀遗迹类型多种多样
地质遗存让人拍手称奇
海蚀崖洞礁柱拱桥平台
科研观赏具有极高价值

海洋生物多样特性犹显
珍稀濒危物种分布可观
野生动物保护种群价值
全国全球堪称典型示范

"国保"级动物一百零八种
一级二十七海空一比三
二级八十一飞游七一分
国家保护鸟九十种重点

中华秋沙鸭白鹤丹顶鹤
金雕白雕肩海三雕黑鹳
鹰鸮隼禽大鸨疣鼻天鹅
信天翁黄嘴白鹭白额雁

东西亚澳洲国际候鸟全

黄渤海通道重要迁徙点

我国候鸟南北跨越桥梁

"国保"珍禽海陆停歇驿站

猛禽迁徙数量多种类繁

海岛涵盖生态地理区圈

物种规模庞大鸟类半数

海峡岛群列为保护重点

海岛特化中国特新物种

庙岛蝮蛇长岛黑山爬行

保存保护栖息环境良好

全国全球保护价值非凡

2022 年 3 月 20 日

作者简介

吴忠波，男，笔名"蓬莱海上峰"，1962 年生，长岛人，曾在岛工作 32 年，在烟台市直部门工作 10 年。在岛期间，先后从事广电乡镇旅宣等工作，担任县委常委。现为中国摄影家协会会员、山东楹联家协会会员、烟台市作家协会会员。曾担任央视《四海心妈祖情》制片人，协拍《走遍中国》等 10 余部纪录片，出版书籍10 多本。

祖国赞歌

⊙ 王宏章

当和平与幸福习以为常，
是否还有人去回望昨天？
也曾列强环伺，也曾割地赔款；
也曾受尽凌辱，也曾尽丧主权；
也曾烧杀抢掠，也曾生灵涂炭；
也曾流离失所，也曾哀鸿连年。
经历过这些，我们才懂得：
哪有什么岁月静好，
只是有人替我们负重前行；
哪有什么花好月圆，
只是有你为我们挡雨遮风。

你是谁？
你是喜峰口上的勇士，
用血肉大刀抵抗日寇炮火。
你是海外归来的学者，
将蘑菇云升腾在炙热的罗布泊。
你是高炉前的工人，
星火洪流里锻造钢铁。
你是九亿勤劳的农民，

披星戴月，用手背上的老茧换取丰收。
你是白衣天使，
增强人民体质，抵御病魔。
你是辛勤园丁，
秉承教书育人，传道解惑。

你是宽阔的平原，
是那万马奔腾中无垠的绿野。
你是豁达的浩渺，
是那渔舟唱晚里激起的碧波。
你是炙热的奔腾，
是那孤烟落日下蜿蜒的黄河。
你是雄壮的巍峨，
是那连绵群山上覆盖的白雪。

有多少次探索，
就有多少的曲折。
七十年的种子，
都是燎原的星火。
原来，
你就是十四亿你我的集合。
你是这九百六十万远近的纵横辽阔，
你是这上下五千年不辍的求索选择。
您，就是我们亲爱的祖国！

七十年前，
天安门一曲东方红，气壮山河
　　——中国人民站起来了！

四十年前，

南海边春天的故事，相继谱写

　　——中国人民富起来了！

时至今日，

传承千年的中国梦，复兴蓬勃

　　——中华民族强起来了！

星光浩瀚，日月如梭。

短短七十年，

我们远离了纷飞战火，远离了殖民侵略；

短短七十年，

我们远离了任人宰割，远离了饥寒交迫。

短短七十年，

我们从流离失所，到安居乐业；

短短七十年，

我们把悲号血泪，化微笑欢歌。

您，是人民的抉择，

也是历史的选择！

有人说我们是"东亚病夫"，

我们却重新振作又精诚团结；

有人说我们是"东方睡狮"，

千年的怒吼将震彻世界。

没有什么一成不变，

没有什么牢不可破。

像冲破迷雾的复兴号列车，

像量子卫星从容闪耀银河，

像航母乘风破浪劈开逆波，

像港珠澳大桥将天堑连接。

是谁，
让我们从千年封建牢笼中挣脱？
是谁，
打碎这魔咒般坚固穷困的枷锁？
是谁，
在伤痕累累之中开出新的花朵？
还是您啊，
我的祖国！
是您，抚慰伤痛的我；
是您，喂养饥馁的我；
是您，滋润出强壮的我；
是您，点燃了沸腾的我！

您的七十岁诞辰在即，
在这庄严的时刻，
让我致以最美的赞歌：
祝福您！
我的母亲，我亲爱的祖国！

2019 年 9 月

作者简介

王宏章，男，1984 年生，中国民主同盟盟员，祖籍山东莱芜，现于长岛机关工作。立足本职，从事国内外工程工作 12 年。尚武备，爱交游，文体广涉，皆浅尝辄止。亦喜书画篆刻、古典文学，偶作随笔以自娱。赖前辈引荐，加入烟台市作家协会、文评协会，山东省散文学会。

第二章

渔乡情思

海岛五月槐花香

⊙ 高宏伟

海岛的五月，正是槐花盛开的季节，馨香的花朵送出了洁白的请帖，蜜蜂悄然登门，蝴蝶翩然起舞，海鸥欢鸣着归岛。

因为槐，我喜欢上了这个季节，但到底是何时，喜欢上了槐，却又说不清楚，仿佛它是很早就根植在我生命中的那一颗种子。随着我的成长，它慢慢地发芽、吐绿、打苞、绽蕊、茂盛、苍劲……就这样快乐了我的童年，摇曳了我的少年，芬芳了我的青年，现在已经深深扎根在我心灵深处，成为生命中不可或缺的一部分，甚至影响着我的性格和为人处事的态度。

也会问自己，就是这样一种普普通通、漫山遍野随处可见的树，我喜欢它什么？

喜欢槐花的美丽。或许是一场春雨过后，细小洁白的苞蕾如同顽皮的孩童，慢慢探出头来，东张西望，窃窃私语。突然在某一个清晨，它娇羞地绽开花蕊，缀成串串风铃摇曳歌唱。花瓣小巧洁白，花蕊处透着嫩嫩的黄绿，如纯情的少女，不艳丽、不张扬，有着别样的风韵，引得蜂儿蝶儿登门造访。

喜欢槐的清香。从没有一种气味会像槐花香这样清新怡人而又持久，达到"一树槐花开，十里香如海"的美妙境界。在槐花盛开的季节，海岛的每一个角落，从清晨到夜晚，无处不萦绕着槐香，它包裹着你，浸润着你，感染着你，不浓烈、不俗媚，随着你的每一次呼吸洗涤你的心肺。这一季，便可枕着槐香甜甜入梦。

　　喜欢槐的千姿百态。每棵树都有每棵树的形态，季节轮回展现着它不同的美丽。冬天，它默默屹立，积蓄力量，你可以欣赏它虬劲的树干和疏朗向上的枝条，那是向苍天伸出的臂膀，造型极有国画韵味。春天，槐生出细小的嫩芽，像一片绿色的梦，充满希望，惹人怜爱。初夏，是槐风华正茂的时节，有力的枝干和坚硬的棘刺孕育了美丽的花朵，一串串缀满枝头，在风中舞动，花、叶、干形成动与静、柔美与力量、洁白与翠绿的对比，冲击着你的视线。不管是驱车环岛，还是爬山登高，海岛随处都可欣赏"玉塑冰雕千簇锦，槐花片片白胜雪"的美景。初秋，花朵凋谢，花香飘散，树叶却更加浓密，交织成一片片绿荫，可于树下闻鸟啼、听蝉声，或沏茶读书，回归自然与本我，那又是另外一种境界。

　　喜欢槐树顽强的生命力。海岛的山上土地薄脊，干旱缺水，又多岩石和沙砾，树木一般很难成活，可是槐却在这艰苦恶劣的环境中顽强地坚守着自己的位置，将根深深地扎入砂石缝隙之中，与天斗，与地斗，展示着自己的生机与活力。它可以独守寂寞，也可阅尽繁华；或一棵独秀，或三五相伴，或成片成林，总是在人们不经意的时候送出一片惊喜。槐也因此成为海岛植树造林、保持水土的主要树种。

　　喜欢槐博大无私的胸怀。槐之所以为人们所喜欢，不仅仅是因为它的美丽和芳香，更是因为它甘于奉献的精神。槐木材坚硬，防腐烂，耐水湿，是家庭和工农业的理想用材。在海岛，渔民多用其做海上养殖打桩的材料，它深埋于海底，为生态渔业发展默默奉献。它无毒无害，全身是宝，各个部位均可入药。槐叶含粗蛋白，是喂养家畜的好饲料；槐花是上佳的蜜源，蜜色白而透明，是人人喜爱的滋补养颜佳品；槐树种子可做肥皂及油漆原料……据说灾荒年代，槐树曾用他的身躯延续了千千万万饥饿灾民的生命，可以说为了人类无私奉献出它的所有。

　　槐花也是深受人们喜爱的绝佳美食原料。在花朵打苞将开未开之时采摘最佳，不会太过甜腻，又不失槐花独特的清香。采下来的花苞清洗过后，加糖、拌干面粉，再上锅蒸，是最能保持槐花原始风味的做法；可以直接加入鸡蛋、葱花、胡萝卜、白面等摊成煎饼，速成早餐，营养丰富；可以揉到面里，做成发面馒头或者烙饼，咬一口，槐香就在口腔四溢。海岛人最喜爱的却是包槐花包子，将槐花焯水，放上新鲜鲅鱼块、五花肉、头刀的韭菜，包成烫面包子，槐香配鱼鲜，鲜香可口，口舌生津。趁槐花初开时节可以多采摘一些，焯水后放入冰箱保存，冬天也能解馋，可以一直吃到来年槐花开。

槐如同我的亲人，每每看到槐，都会让我有想家恋家的感觉。"如果漂泊，迷茫了视野，回来用一缕清香打开心结。如果累了，遗失了纯洁，回来用一杯清醇唤回笑靥。"看到槐花开，就会想起儿时妈妈为我蒸的槐花饼，想到学生时代伴我公园读书的缕缕槐香，想起恋人塞在我嘴里一把甜甜的槐花……

喜欢像槐树一样平凡坚忍的人，他们默默无闻，没有显赫的位置，也不需要高声的赞扬，甚至，工作生活的条件十分艰苦，可他们乐守清贫，以一种积极向上的态度笑对人生，靠勤劳的双手经营幸福，奉献社会。

"槐林五月漾琼花，郁郁芬芳醉万家，春水碧波飘落处，浮香一路到天涯。"我何其幸运，住在美丽的长岛，可以随时欣赏槐的美丽。那就让我做一个有着淡淡槐香的女人吧，不需要艳丽的容颜，不需要显赫的位置，不需要炫耀和张扬，只需要默默积蓄，静静等待。清风拂过，槐花自开，槐香自来。

2015 年 5 月

作者简介

高宏伟，女，笔名"天涯槐香"，1971 年生，山东莱州人，在长岛宣传文化和旅游部任职。受父亲影响，自幼喜欢文学，有多篇散文、诗歌在各级媒体上发表。

紫色花季

⊙石爱云

不经意间，一路繁花的人间四月天，就要隐没在看似还是花团锦簇，实则已春意渐远的暮春背后了。

"柔似浅云初照水，娇如粉蝶扑流霞""淡淡微红色不深，依依偏得似春心"……千姿百媚的花姑娘们，在四月的舞台次第登场，争先恐后把美丽绽放在春天。人们流连花海、陶醉其中时，她们却悄悄回转身，留下遍地残妆、一缕幽香，匆匆离去了。

一时间，山上的杏花、梨花、桃花，路旁的玉兰、连翘、樱花、海棠……只能在照片里再见其倩影。春天似乎一下子安静了下来，连每天繁花争艳的朋友圈也顿失颜色。

临近四月底的一天，住在老家长岛的母亲发来一张她拍的图片，是家门口那堆马莲开花了。墙根儿底下的马莲堆里，几朵紫色小花在墨绿叶子间怯怯地开着，娇俏得十分惹人怜爱。

"小皮球，圆溜溜，马莲开花二十一。"母亲发来的马莲花，让我想起了儿时的童谣，一股暖意在心里荡漾开来。小巧的紫色马莲花，美得素雅又青涩，它们隔着手机，把遥远的童年缓缓送到我的眼前。

家乡长岛端午节包粽子的缠绳，用的就是马莲叶。岛上几乎每家门口儿都会种堆马莲，等马莲叶子长长了，收割下来，晾晒干，备着来年端午用。

那时候，满街马莲多得像数不过来的孩子，谁也没有工夫正眼看它。开在街门外的马莲花，自然比不过养在院子里的花娇贵，它们散落在街边，寂寞地开着。只有淘气的孩子，偶尔看上它们两眼，随手薅下几支，把玩一会儿，便扔得满街都是。

我算是村里不多见的喜欢马莲花的孩子。每到花开，我就采下一些，插在装了水的瓶瓶罐罐里，摆在家里的桌子上、窗台上，时常会因为花蕊里或花瓣里藏的蚂蚁跑得满家都是而被祖母训斥。

母亲发来马莲花的同一天，多日不见花的朋友圈，也出现了花的身影。我的朋友圈里多是一些心怀诗和远方的姐妹，借着她们的美图，足不出户就可畅游各地，观景赏花。

朋友发的照片中，一袭白衣、嫣然浅笑的她，站在一架盛开的紫藤花下。"藤花无次第，万朵一时开。"一串串艳美丰硕的紫藤花铺满藤架，像瀑布一样从长廊两端倾泻而下，美得炫目。

初识紫藤花，是在老姑出嫁的时候。老姑的嫁妆里有幅玻璃画四条屏，那曾经也是祖母的陪嫁，20世纪30年代，富裕的娘家从上海给她购置了这份嫁妆，是当时农村少见的稀罕物。

玻璃画古香古色，每幅条屏上画着不同的花，花上落着不一样的鸟。花和鸟画得活灵活现，变换角度看，画的色彩闪烁变幻，美轮美奂。

那时候在农村见的花少，条屏上的四种花，我就认得菊花，但我最稀罕的是一串紫色的花，花朵似开未开，饱满圆润，像串淡紫的葡萄，低垂着美丽修长的腰身。对它，我可谓一见钟情。每次去老姑家，我都要盯着那串紫花看上半天，遗憾的是，谁也说不清那是什么花。直到十几年以后，我才知道它的名字叫紫藤。

紫藤开了，紧跟着它开的花还是紫色的。也是奇怪了，我以前怎么没注意到呢？四月末、五月初，周边开的花，竟然多数是紫色的。

步行上班，绿道两旁落英遍地。对比之前的一路樱花灿烂，我顿感失落。走了一会儿，前面绿地上摇曳着星星点点的紫色。近看，原来是鸢尾。一朵朵美丽的鸢尾花，隐在绿树绿地间，微风下舞动着紫色的裙摆。

周末，我去郊区村庄办事儿，老远就望见一座老房子旁边站着一棵缀满了梧桐花的梧桐树（其实是泡桐，胶东民间称梧桐），满树紫花衬在石房山墙上，美得别有韵味。

这个场面带来的亲切感油然而生。小时候，村里到处是梧桐树，开花季节，大片大片淡紫的花浮动在轻风里，如云似霞，在古朴的村落里游走。邻居家的半树梧桐花搭在我家墙头上，那面开着紫色花朵的墙便成了我儿时见到的最美景致。刚上育红班的我，每天都依着院子里的照壁，仰脖儿观赏那道花墙。一天，又一天，直到把紫色小喇叭一样的梧桐花看败了，看落了，然后满心惆怅地捡拾起地上枯萎的落花，一朵一朵放在棉槐条子编的小篓子里，就差把花葬了，也做一回"花谢花飞飞满天，红消香断有谁怜"的林黛玉……我至今还时常把它当笑话讲。

和朋友聊天时，我把我的发现说给了她听，她也说没有注意过，还有这么个"紫色花季"。略一思忖，她就认同了，还说她单位院子里的紫丁香马上也要开了。

朋友说紫色代表浪漫、神秘、高贵，是她最喜欢的颜色，问我喜欢什么颜色，我竟一时语塞，答不上来。其实，现在的我真的没有特别喜欢的颜色，如果说二十年以前，那我最喜欢的颜色就是紫色。

也许是与生俱来的喜欢，也许是小时候在村子里见多了梧桐花和马莲花，也许是因为长大以后琼瑶的小说看多了，反正那时候就是喜欢紫色。

说起琼瑶小说，我们那个年代的女孩子应该都有印象，虽然现如今大家都对那个时代的"琼瑶现象"加以否定，可那时候确实很多女孩儿都有一个"琼瑶梦"。大家捧着琼瑶小说，随着哭，跟着笑，宁可饭不吃，也要一口气儿把小说看完。我也是个琼瑶小说的痴迷者，天天"挑灯夜战"熬半宿，把琼瑶的几十本小说都看过了。

小说里缠绵悱恻的爱情故事，深深吸引着我们这些情窦初开的小女孩儿；故事里美丽温柔的女主角，更是我们仿效的对象。那些弱不禁风、满脸哀怨的女主角，好像很多都与紫色有关联，要么名字里带"紫"字，要么身上穿着漂亮的紫色洋装。

上高一那年，表姐刚谈恋爱，当时还是她男朋友的表姐夫去外地出差，给她买了件紫色乔其纱上衣，表姐穿着小，便送给了我。我身着轻柔飘逸的紫色衣服，把长马尾披散开来，对着镜子一看，紫衣飘飘，秀发披肩，高挑瘦削，还真有琼瑶笔下的人物的影子。骑自行车上学的路上，长发被初夏的海风轻轻撩起，胸前飞舞着蝴蝶一样的紫色飘带，瞬间感觉自己进入了琼瑶小说里……

前几年，女儿翻看我的高中毕业集体照，半天没有找到哪个是我，我要指给她看，她坚持自己找，一边找一边自言自语：当年那个浪漫的女孩子，应该穿了紫色衣服吧。我笑着回她，还真是。

外甥女出生，起名字的任务交给了我。我哪能放过自己喜欢的"紫"呢，就给她起了个"紫薇"的名字。那时候，琼瑶还没写《还珠格格》呢。外甥女四五岁时，热播电视剧《还珠格格》横空出世，她从幼儿园一回家就哭，说小朋友都叫她紫薇格格，她不要这个名字，无奈，把名字改了。

前些年，女儿听说了这件事，万分"惊恐"地说，你怎么能给她起这么个名字？也太俗了吧！然后撇着嘴说，幸好您嘴下留情，没有给我起个"紫丁香"，我可不愿意是那个油纸伞下，丁香一样的，结着愁怨的姑娘。说完，嘎嘎笑着，风一样跑开了。

结婚后，第一次买房子，装修设计、家居装饰都是我亲力亲为，"大权"在手，当然忘不了用上自己最爱的颜色了。于是，窗帘、窗纱、床品、饰品……到处都是深浅不一的紫。

不再喜欢紫色，或者说是忘记喜欢紫色，是不知道从何时开始的事了。或许是始于天天在厨房里和油盐酱醋打交道，还要深夜去接下了晚自习的孩子；或许是始于一边往返医院照顾生病的老人，一边还要顾及紧张忙碌的工作……

其实，曾经喜欢的紫色，不就是自己留恋的无忧无虑的童年和美好的青春吗？不知不觉中，它们走失在生活的烟火里，只剩下一份遥远美好的记忆。

那份关于紫色的记忆，留在了我已经离开十多年的家乡长岛，留在了养育我、陪伴我的大海边、村庄里，它们连同家乡的每一朵浪花，每一缕炊烟，美丽着、温暖着我的回忆，牵动着我的思乡之情。

我突然想到，趁着紫色花开的季节回趟岛，看看母亲门前的马莲花，看看老巷子里的梧桐花，看看曾经装点过我人生紫色花季的深爱的家乡。

2020 年 5 月 6 日

作者简介

　　石爱云，女，1970 年出生，长岛人，现居烟台莱山区。中国散文学会会员、山东省作家协会会员、山东省散文学会烟台创作中心副秘书长、烟台市作家协会第四届理事、烟台市散文学会理事。参与编写多本长岛旅游宣传方面的书籍，与他人合著《传奇长岛》一书。在《瞭望》《中国旅游报》《当代散文》《胶东文学》等报刊发表作品近百篇，有多篇获奖。作品曾被收入《深情的回眸》《胶东散文年选》等。

那条路 那片山 那片海

⊙ 赵苗

有时候，自己并不知道为什么一定要写下这样的一段文字，只是觉得，这样的一个下午，那种淡淡的忧愁又涌上心头。那种感觉叫——思乡。

——题记

有一种味道，无关乎酸甜，因为，它只属于童年；有一种回忆，无关乎幸福，因为，它只属于童年。

我在那片海出生，在那片海生长。我一直认为，我会一直留在那片海，走我熟悉的林荫道，闻我熟悉的海风味道，直至青丝变银发。可是，有一天，我把家搬离了那里；有一天，我们全家都搬离了那里。我才明白，原来我最熟悉的那片海，竟也不是想回去就能回去的。离开小岛的最初的解脱释放感，甚至使我忘记了自己是什么时候离开那片海的。可是今天，当我漫步于林间，看见绿叶丛中那片熟悉的山枣，这才发现，我的心从没离开那片海。随手摘下一粒山枣静静地嚼着，那种熟悉的味道，那种熟悉的感觉瞬间从口腔蔓延到整个心间。童年的，童年的那片海就这样重临心头。

那条路，那条通往学校的路，我走了无数次。上学时，常常骑着自行车拼命往前跑；回家支教时，时常静静地漫步在那条路上。最喜六月间，路两旁如雪的槐花盛开。在我眼中，槐花是最好看的花，是最好闻的花。那条路，是最美的路。阳光透过密密的枝丫洒下斑驳的影子，而我就行走在这影子间。儿时的玩伴，工作后的同事，都曾陪我走过这条路；开心的，不开心的，都曾留在这条路上。而今，那倒挂于枝头的"槐铃"是否还会在风中摇舞，是否还会等待那个扎羊角辫的姑娘从它身边经过？只是，它还能辨得出那张被岁月重新打磨过的、不再年轻的脸吗？

秋天的路，我也喜欢。无数次放学回家后，拿起一个网兜，扛着一张竹耙便出了家门。秋风落，大叶杨的叶子厚厚地铺在路上。顺利的话，很快就能划拉一大包树叶，那可是生火做饭的好"引头"。而今，踏着林间厚厚的树叶，在我眼中，它们是镜头下独特的视角，是我表达对秋独特感受的载体。童年，随着那个背着一大包树叶枯草的小姑娘渐行渐远……

那片山，那片我爬了无数次的山。小时候的我，甚至知道哪片山上的枣是圆的，哪片山上的枣是尖的；哪片山洼藏着好吃的野果，哪片岩石向着阳光很温暖。走在长岛林海的路上，望着松枝上一个个绿的、灰的松果，小时候摘松果的场景就浮现出来……摘松果多是为了交给学校在冬天取暖用的，我从小学摘到中学毕业。环着村子的那片山，几乎都被我小小的脚丫丈量过。

与摘松果同时进行的还有一项活动，就是"开山"。相信这是一个在很多人的记忆中别有意义的词语，因为这个词语只属于那个时代的人。开山的消息一般是在半夜时分，通过村里的喇叭传到每个人的耳朵中。开山的日子是不需要上学的，因为老师也是要上山储备来年一年使用的柴火的。半夜跟着父母上山，中午就随意选个山洼，背靠着砍下的柴吃几口从家里带来的干粮，回家已是半夜时分。因为"开山"是有时间限制的，看着父亲挥着斧头，把门口一捆捆的树枝劈成大小长短差不多的柴火，然后整整齐齐地码成一个个柴火垛，会有一种别样的成就感。

那片海，那片我去过无数次的海，那片承载我无数欢乐，无数忧伤，无数记忆的海。

每年的正月初四，我都要和父亲越过那片很陡很陡的山，来到山那边的海。海水冰凉刺骨，许多海菜、"摸娄"都藏在带冰的海水中，但是我从没觉得冷；背着一包海货翻山越岭、连走带爬，从没觉得累。这样，每年初五六家里请客的时候，亲朋好友总能喝上一盆母亲独家制作的海菜汤。汤中氤氲着丝丝"鲜气"，淡绿色的海菜中藏着"摸娄"肉，藏着滑滑嫩嫩的海蛎子肉。伴随着喝汤的"唏嘘"声，我看到了父母满意的神情。如今，买得到同样的食材，却再也喝不到以前的味道。

夏天的海是极其热闹的。如不是在沙滩上，白天几乎见不到父母的面。父亲忙于验菜、打捆、入库；母亲则在沙滩晒海带。下午时分，阳光正烈，我带着妹妹，跟着爷爷，推着小车来到沙滩上。只等一声"可以收海带"了，便同村里的男女老少加入了"抢"海带的大潮中。一个小时或更长的时间后，我推着满载海带的小车，因为装得太多而根本看不见路，只能在妹妹的指引下回到家。晚上，一家人坐在门口，卷菜，铰菜，压平，每晚重复着相同的工作。为了鼓励我们干活，母亲总会畅想许多美好的未来，许诺我们一个个愿望。

啊，那片海，那片海给我了太多太多的记忆，以至于我在写下这些文字的时候，总会停下来，因为，每个记忆中都有我想回去的童年。

时间，就在这样的回忆与等待中悄悄流失。我的童年，我的童年一去不返。跟随着消失的还有记忆中的那片海。可是，那片海，真的能消失了吗？感谢，生命中曾经过往的人；感恩，生命中那片海……

2017 年的 8 月

作者简介

赵苗，女，1976 年生，长岛东村人。长岛第二实验学校高级教师，山东省特级教师、烟台名师。从教 27 年，一直致力于语文教学研究，曾多次在省市等大型教育活动中介绍经验。热爱写作，有多篇文章发表于各类刊物上。

生于这片海，长在这片海，愿以文字记下每个与浪花起舞的日子，成就生命中的那片海。

梧桐花开

⊙ 徐滔

早年间的长岛，会过日子的人家一般都在房前屋后拾掇一个小菜园，种点韭菜、大葱、萝卜、白菜；靠南墙边的地方，也会栽几棵香椿树，春天腌制好两三茬的香椿芽，就够一家人吃上大半年。家境好些的，很讲究地种些比较好摆弄的杏树、桃树、梨树，开春添花香，盛夏尝鲜果，小日子过得有滋有味；还有一些准备"干大事"的人家，头个孩子刚刚会满地跑，就见缝插针地在房屋四周种下不少梧桐树，准备儿子长大后娶媳妇盖房子的木料。

早春二月，杏花、桃花、梨花总是抢先在叶子还没抽出芽的时候早早开满枝头，社员们天天在花丛中走来走去，看着五颜六色的花朵，闻着浓郁的花香，干起活来也格外有了力气。等到这些花儿谢了，便是那悠长的金梧桐花期，高过房顶的树冠上开满了紫色的花儿，一片连着一片的梧桐花，好像傍晚天空的云霞，灿烂耀眼。梧桐刚刚开花的那些日子，奶奶常常自言自语地念叨说："梧桐花儿开，笔管蛸上岸来。"

梧桐花开的季节，家家户户的饭桌上都会煮上一盆红郁郁、鲜溜溜的"笔管蛸"。这种跟海兔长得有些相似的笔管蛸，在长岛多被叫作"梧桐花"，一是它的大小、形状、颜色像极了梧桐树上的花朵，二是笔管蛸的汛期是伴着梧桐树的花期而来。在梧桐花开遍海岛的日子，它们总是巡游于海岛周边海域，一直到紫色的花朵落满地的时候，它们才踩着花期的尾巴游向遥远的深海，准时而同步，如同形影不离的孪生兄弟。

半个多世纪前，我们这些半大小子们正在"拉架子"长身体，那个时候，家家户户的日子过得都比较紧巴，粮食填不饱肚子的年景，全靠山上的野菜和海里的海菜补充着度饥荒。在青黄不接的长长"春脖子"里，长岛的好处就是山上有野菜，海里有海菜，还有那些其貌不扬的各色小海货，特别是这些生长在大海里的"梧桐花"，就成为百姓人家度春荒的"硬菜"。

那时候，生产队打的鲅鱼、刀鱼、黄花鱼、鲈子鱼和大对虾，是县里水产站统一收购的鱼货，是"统购统销"。其他的软皮蟹子、烂虾爬子、"离水烂""八大蛸""梧桐花"这些不起眼的小海货，基本属于不值钱的鱼饲料，今天看似金贵的虾爬子、八爪鱼、飞蟹子，那个时候最好的去处就是送到农业队，经过一个夏天的发酵成为庄稼的上好肥料。

"梧桐花"的个头比鱿鱼小，比海兔大，五短的身材，细胳膊细腿。与同样大小的乌贼和八蛸相比，肚子可大的太多，满满的一包籽，一颗颗像小一号的大米粒，但比大米可要有滋味多了，甜丝丝，香喷喷，晶莹剔透，软硬适中，对我们这些饥肠辘辘的孩子来说，真是好吃得不得了。

当夕阳把梧桐树的花形叶影斜斜地印撒在巷道上的时候，刨土扒食的鸡鸭三三两两地开始回窝，一只狸花猫衔着从树上刚刚逮到的麻雀从远处走来，馋得小黄狗直流口水，张家奶奶一边收拾纳着一半的鞋底，一边和隔壁的李家姥娘商量晚上做什么饭吃。这时，一群半大孩子斜刺杀进老街，"八路军打鬼子"的游戏从学校一直持续到家门口，所过之处一片鸡飞狗跳，人仰马翻，平静的老街顿时沸腾起来，充满了生命的活力。

太阳落入大海不多会儿功夫，出海打鱼的叔叔大爷们陆陆续续从小巷那头走回家来，小半网兜的"梧桐花"夹杂着乌贼和八蛸，"呼啦啦"地被倒进米色的大泥盆里，孩子们从水缸里舀水的舀水，清洗的清洗，盖上锅盖烧起柴火，清水煮起"梧桐花"。因为鲜度好，原汁原味的"梧桐花"要比今天加上这调料那酱汁的所谓料理不知要好吃多少倍。

有句老话说得好，美味不可多用，再好吃的海鲜也架不住天天吃，顿顿吃，总有吃"伤"的那一天。为了照顾大家的肠胃，奶奶从面缸里挖半瓢白面，兑上半瓢苞米面，调和好了擀一锅手擀面，发芽葱炝锅，"梧桐花"主打，海青菜搭配。热气腾腾的海鲜面，最显眼的是紫色的"梧桐花"，青绿的嫩海菜与金黄金黄的面条相得益彰，看着漂亮，闻着鲜香，吃着解馋。鲜在嘴里，美在肚里，"呼呼啦啦"吃了一碗再盛一碗，酣畅淋漓，大快朵颐，那真叫一个过瘾。比较讲究的人家，还会从小菜园割点韭菜，兑点山野菜，包一顿"梧桐花"发面包子，算是春天里对一家人最好的犒劳。

谁家的"梧桐花"攒多了，就倒进锅里加点盐，大火煮熟后放到太阳底下晒三两个"日头"，晒到半干不湿、软硬适中的时候当零食添嘴，又垫饥，又解馋。换了新的口味，"梧桐花"再次得到大家的追捧，成为那一代孩子们最经济实惠的零食。"趁货"的家庭，能从春夏之交吃到寒冬腊月。风雪冒烟的大冬天，有的同学中午上学去得早，就偷偷地在教室的煤炉子上烤软了吃，这又是另一种风味的"梧桐花"。烤"梧桐花"好吃不假，只不过浓烈的味道也久久不散，教室里到处飘荡着"梧桐花"的鲜气。

童年的艰苦岁月，珍藏着我们的美好记忆，感谢"梧桐花"陪伴我们走过了那个难忘的年代。在这个梧桐花开的春天里，多么渴望能再来一把被那遥远岁月风干了的"梧桐花"，一壶老酒忆当年，细嚼慢咽用心品，重新回味那曾经走过的艰辛岁月和快乐童年。

2022 年 5 月 8 日上午于北京

作者简介

　　徐滔，男，1962 年生，长岛人，新闻专业。著有《妈祖缘 长岛情》《故事里的长岛》等，发表散文、报告文学等作品 60 万字。获奖作品有《溜鲜的年味》《金融文学沃土上的追梦人》《荒山秃岛变形记》等，《渤海深处 渔家生活》一文在天涯社区的阅读量达到 410 万，个人公众号"滔哥话长岛"发布有关长岛的原创文章 1100 篇。

山 桃

⊙ 张沛田

在公路西侧的山麓上，有一片山桃与刺槐杂生的树林。每年四月中旬，山桃花便率先开放。花盛时节，那嫣红嫣红的花朵儿好似一丛丛火苗闪烁在还只有绿叶芽儿的槐树间。远远望去，整个山头像一支烈焰蹿动的巨型火把，舐舐着湛蓝的云天。这时，你便会心头一动，感到那刺骨的春寒就是让它给烧化了的。

今年节气晚，已经是四月下旬了，却仍然不见那撩人心魄的倩影。每天我都从这里经过，都是怀着希望来，带着失望去，心里怅怅的，一如热恋时被爽约。

引而不发，意在蓄势；一旦爆发，便倍加动人。记得那是一个早晨，我走在上班的路上。猛然抬头，啊！像夜空中跳跃的繁星，那千朵万朵一下子扑入了我的眼帘，这真真儿的是"忽如一夜春风来，千树万树梨花开"。此刻，我怎能不为这突如其来的重逢而欣喜若狂、驻足致意呢！虽然严冬之余威尚未止息，但它们还是傲然地开放了，大概是为了不想让人们盼得太久而过于伤心吧。于是我想，山桃是善良的、守信的。山桃的这种品格使我敬佩，而那百折不挠、昂扬奋进的精神，更使我折服。

十几年前，这角山麓只有寥寥的几棵山桃。它们藏在密密匝匝的槐树丛中，悄悄地开花，悄悄地结果，默默地壮大。然而，这份低调却并未让它们过上平静的生活。那是四月的一天，一群不谙世事的孩子，蹦蹦跳跳、叽叽喳喳地扑来了。"嘿，好漂亮！"于是你折一枝，我捋一把，一会儿工夫，便花败枝残，惨不忍睹……孩子们心满意足地嬉笑着走了，而山桃的心里却无比苦涩！然而，开花就得结果，哪怕花已所剩无几。于是，它们一如既往地孕育着生命。可是当那毛茸茸的桃儿刚上指头顶儿大的时候，孩子们又来光顾了，他们不管三七二十一地动起手来：开始是往嘴里塞，而后是往口袋里装。虽然桃儿苦得他们龇牙咧嘴，却依旧照摘不误……反观那些枝丫纵横、刺针遍身的槐树，却都纤毫未损。由此我想：难道这只是因为山桃没有槐树的刺，而又有槐树没有的果吗？我善良的朋友，这太不公平了！我不禁有些愤愤然。我也曾多次地劝阻这群捣蛋的顽童，然而收效甚微。

那么，山桃就因此完了吗？没有，它们善良但不孱弱，温顺却不怯懦。屡屡的摧残不但没有使它们绝种，反而更加蓬勃。你折一枝，我发两条，你摘十果，我结百个，永不妥协。十几年的生长，山桃终于拥有了今天的规模；几千个日日夜夜，它们就是这样一步一步走过来的。

今年的山桃花虽然姗姗来迟，但这并不影响我对它们的偏爱。每每往返于此，我便惬意地欣赏这生机勃勃、漫山红遍的壮丽景色。

1995 年 10 月

作者简介

张沛田，男，1939 年生，长岛王沟村人。从教 36 年，曾先后在莱阳一中、长岛中学、长岛县委党校任教。1999 年退休后，专注于书法、文学创作，对经典书论也有所涉猎。

雨中即景

⊙ 郭明

初秋，雨绵绵。

透过玻璃窗远远望去，窗外的天空泛黄，像是老照片的底色，时光仿佛回到了从前。

最先映入眼帘的是一大片待建的工地，浸洇在雨水里，静静的。这里曾是长岛地标性建筑——灯光球场，而今灯光球场易址，这儿已被重新规划。寂寥的它从前是消遣的好去处，承载了海岛群众几十年的热闹与欢乐。篮球爱好者三五成群，不分昼夜，在此尽兴角逐。每年"六一""七一"等节日，这儿更是锣鼓喧天，笙歌不断，老幼咸集，尽显才艺，为平凡的日子掀起欢乐的高潮。最难忘每年八月酷暑时节的全县职工篮球比赛，明亮的聚光灯下，赛场上运动员挥汗如雨，比赛如火如荼；赛场下观众热情似火，喝彩声此起彼伏。那情不自禁的鼓掌叫好声，沸腾了海岛的夏夜，点燃了青春的激情。

日子像年轮般一圈一圈，渐行渐远。当喧嚣归于沉寂，留下的是最难忘的记忆。

雨越下越大。雨点斜穿进低洼的水窝，犹如流星坠落，又像是在跳着好看的舞蹈。下班时分，一把把颜色各异的雨伞游走在大街小巷，从容不迫。伞下的人一手持伞，一手提菜，雨再大，也拦不住回家的脚步。孩童们放了学，一边蹦跳地躲着水坑，一边小心翼翼地护着身上鼓鼓囊囊的大书包。

天色暗下来。大街上，一辆辆汽车在雨中缓缓驶过，悠然地穿行在路人中间，不急不躁，用温柔的车灯彼此打着招呼；居民楼的灯光渐次亮起来，窗户都打开着，让凉爽的秋雨为一曲曲锅碗瓢盆交响乐伴奏，慰劳一天的辛苦。女人清秀的剪影和男人打着赤膊的身影，在柔和的灯光里呈现出一幅温馨甜蜜的图画。

风渐弱，雨渐歇，温润的海风挟卷来氤氲的雾气，为海岛笼上了神秘的面纱。远山的轮廓已全然不见，山路上点点路灯的光亮在雾气中也变得朦胧起来。楼群隐没在夜色里，五颜六色的霓虹不停地闪烁，把海岛的夜色装扮得五彩斑斓。路上行人稀少，高大的法桐静静地依偎在路灯旁睡去，雨水洗涤过的叶子绿得格外耀眼。在这初秋的夜晚，在这热闹了一夏的海岛的雨夜里，这份安静祥和来得太过突然。

我心里忽然起了微澜：从何时起，有了这多彩的夜色？从何时起，我开始留意这夜色之美？岁岁年年，奔走忙碌，从来不曾放缓脚步，更不曾停在原地驻足欣赏。因而未曾留意，渔民先辈世代久居的村落矮房已变成了拔地而起的高楼大厦；乱石丛生的海边滩涂已然被整治成新的海岸景观带；青山绿水环抱着多彩的渔家别墅，美丽的渔家乐风情园更是一张靓丽的海岛名片。山更青，海更蓝，就连日日走过的大街小巷都变得更加洁净。这些巨大的、细微的乃至点点滴滴的变化，不都是我们用每天的忙碌和辛苦换来的吗？当我们终日埋头工作，无暇静下心来去欣赏身边的美和变化的时候，在那一个个看似平凡得无以复加的日子里，在一件件看不到尽头的烦琐的工作中，我们用辛勤的汗水和不懈的坚守、用一颗颗爱岛建岛的赤子之心，让昔日的海岛渔村变成今天文明富裕的生态海岛，而这翻天覆地的变化还在不断地发生。

小雨又淅淅沥沥下起来，带来丝丝凉意，望着窗外万家灯火，我的内心不禁生出一些感动！

2019 年 9 月 4 日

作者简介

郭明，女，山东平度人，现居长岛。山东省散文学会会员、烟台市作家协会会员、烟台市散文学会会员。热爱海岛，讴歌海岛，用心记录生活。有多篇文章在报刊、新媒体平台发表；有作品被收录于纪念《烟台日报》创刊 60 周年的图书《一路同行——"我与烟台日报社"征文集》中。

海与岸的眷恋

⊙ 刘彩兰

海由汗水与泪水汇集而成，

所以苦里带着咸；

岸是大自然的金钵银盆，

所以曲里带着弯。

我就是海，你就是岸，

所以此生注定要与你相依相伴。

海与岸，相知相恋，

日复一日，年复一年。

春天，

海用调皮的小手轻抚岸的脸，

他们陷入热烈的爱；

夏天，

岸用温柔的臂弯迎接海，

他们说要相守到永远；

秋天，

海用热情的吻回报岸，

他们卿卿我我，缠缠绵绵；

冬天，

凛冽的寒风吓得海直往岸的怀里钻，

此时的岸，已容纳不了受惊的海，

因为他已失去了活力，身心疲倦。

海见了，退却了，

她说，给你时间，

你该好好歇歇了，

待到春来的时候，

你会发现，

海的心，永远跑不出岸的边。

2015 年 10 月

作者简介

　　刘彩兰，女，1971 年出生，祖籍山东莱阳，生活在长岛。多年来从事旅游行业，致力于发现长岛、赞美长岛、宣传长岛之美，爱好诗歌、散文及摄影、书法等。

望·幻

⊙ 吴刚

凭栏处远眺，
一叶扁舟，摇曳。
蔚蓝的空间感，
将漂泊定格。

一道白色的弧线
划过海面，
长发披肩的女子
振臂挥衫。
消失在天际间，
是人？是仙？

海岸边，
听脚下的涛声阵阵，
望夫回家的渔妇，
站成雕塑。
在夜色茫茫中搜寻，
远处平添了几点光明。
是星星？是归船的灯？

2018 年 5 月

　　吴刚，男，笔名"露珠"，1964 年生，山东长岛人。爱好文学，长于诗词。现为中国诗歌学会会员、中国散文学会会员、烟台散文学会编委、青年文学家杂志社理事会理事。2008 年至今，共创作作品 800 余篇。先后在《青年文学家》《烟台日报》等报纸、杂志及新媒体平台发表作品 100 余篇，在各类创作比赛中获奖 30 余次。

行吟长岛

⊙ 齐海滨

2001年9月底回岛照顾老人，在岛上生活十余天，恰逢国庆、中秋同日，感念顾人不足，做仙不及，立业有欠，在世有幸。

——题记

依山傍海，院落佳木葱茏，月季花正红，

石榴含笑，吐出叽叽喳喳一声声。

炊烟船号，狗吠鸡鸣，

阳光沙滩，浪花海风。

似画非画，似蜃楼，似仙境。

有道是：月牙湾上九丈峰，

妈祖庙，仙源境。

望夫礁前三叩首，

宝塔镇海中。

神、幽、险、秀、古，

山、海、岛、礁、石、崖、洞。

列岛石林千帆过，

林海峰山万鸟鸣。

上古有传说，

千年梦，几世情。

海峡一溜点点翠，

疑是九天落碧琼。

莫道蓬山远，

有缘方在此山中。

晨起，披衣推门，仰望星空，鱼肚已现天穹，

冷风拂面，灵台顿然清明。

于是乎，童趣油生，

吾登靴戴盔，横跨铁骑，阵阵轰鸣声

回荡在空旷之中。

也不知惊扰了谁的清梦，

但闻两耳生风，老鹰山中任驰骋。

登崖远眺，旭日东升。

蓬莱阁上云腾腾，

壮如渤黄两龙欲相争。

吾欲乘风东去，无奈身重心也重。

求仙莫如问道，望穿眼，八仙早已无迹踪。

闲暇侍弄菜园，家焖黄鱼味正浓。

中秋生日同赏月，把酒谢老翁。

四十五秋已逝兮，一切醉在不眠中。

除杂草，扫落叶，剪冬青，

柿子树旁平石坑。

拔茄秧，渍白菜，撸大葱，

香椿灌旁刨地垄。

曰仙非仙，说神非神，其心淡淡，其乐融融。

柴米油盐酱醋茶，人生。

喜怒忧思悲恐惊，七情。

鸳鸯只能世间有，急煞仙人偷出宫。

百态人生多少事，一壶花茶，都付笑谈中。

秋日高照，大雁南飞，

渡轮汽鸣。

卧碧波，心已空，

但闻白沙冲岸窃窃声。

望落日余晖，

渔歌唱晚，倦鸟已归丛。

吾蓦然回首——

山沟那深林呼啸，

营盘那军旗烈风。

学府那飘零枫叶，

迁徙那疲惫身影。

岁月如歌，往事如风。

人成各，今非昨。

昨，昨日小楼听春雨，

雨，雨送安东杜鹃红。

花开落，浮云长。

长，长山岛外别样情，

情，情归故里海滨行。

繁星点点，万家灯影，

海深邃，山寂静。

举头望，明月仍如当年，高悬半空。

2001 年 10 月

作者简介

齐海滨，男，1956 年 10 月生，籍贯山东文登。在东北部队大院长大，毕业于辽宁大学，长岛女婿。下过乡、扛过枪、进过工厂，又入学堂；从事酒店行业，现退休归乡。喜好冬泳、徒步、球类运动及琴棋书画等，闲暇时写点随笔和小诗。

追赶太阳的人

⊙ 林海

三年前退休后，我重新拾起许多中学时期的兴趣与爱好，尤其喜欢欣赏"日出江花红胜火，春来江水绿如蓝"的壮美时刻，也爱品味"一道残阳铺水中，半江瑟瑟半江红"的意境，常常也会拿起相机，与很多爱好摄影的长岛人一样，成为一名追赶太阳的人。

去年金秋十月的一个清晨，寒露刚过，我来到城东长园宾馆前面的湿地公园，走进粉黛乱子草"打卡地"。朝阳和周边的亮眼景物都成了我镜头的"囊中之物"。

蓝天白云，浩渺无垠，朵朵白云忽而像一大团棉花飘荡天空，忽而似一位老者行走天涯。太阳初起东山，纵情熏染着粉黛草，粉紫色的诗意随风荡漾。

远望粉黛草，一望无际。石板小路和柳树林将其隔成片片粉紫色花海。蒲苇花花穗擎天而立，阳光里银光四射，随风摇曳，像是在尽职尽责地拂去空中的飞尘。

不远处山前村的围港码头引起我的兴趣，我快步前行想去一观。或许是因为曾经管过海上生产工作和出过远海钓鱼的缘故，凡是到了码头边，我都要向泊在码头里的渔船望上几眼，仿佛要找回曾在大海中搏击风浪的感觉，找回"有钱难买鱼抖钩"的快乐。

朝阳下，几艘渔船身披霞光驶离港口，桅杆上的红旗猎猎作响，像是把红太阳挂在了桅杆上，乘风破浪驶向远海。

码头上，一对中年男人在低头修补渔网。霞光映射下，渔网银光闪烁，我走近那位头戴鸭舌帽的汉子，跟他攀谈起来。闲聊中，我觉得此人十分眼熟，他可能也听出我的声音，两人不约而同地直视对方，然后哈哈大笑起来。原来他是我的学生，初中时跟我上过课，我乐着问他："王彬，听说你这几天梭子蟹打得不错呀？"

他笑了笑说："还行吧，老师。今天拾掇这些流网，准备下午去大钦岛外海放小鲅鱼了。"

我一听出海打鱼，来了兴致。"那你跑这么远肯定很辛苦了，鱼好打吧？"

他笑了笑，说："不辛苦，老师。稍微远点儿，今天下午启程，要跑两三个点，赶潮流。晚上撒下网，船随流走，在海上晃荡一宿，第二天天不亮，太阳还未露头，我们就满载鱼虾往回返了，趁新鲜劲儿能卖个好价钱。"

我接着问："王彬，你孩子多大了？"

他说："老师，我儿子23了。他喜欢当兵，前年参军去了。"说完，他弯腰放下刚修补好的渔网，又扯起另一块损坏的渔网补起来。

我说："孩子都这么大了，你也50多岁的人了，干活不要太拼命。"

"不拼命干哪行啊！我们两口子有四位老人要养活，儿子也快要成家了，用钱的地方很多。老师，我不抽烟，喝点小酒，也不爱打麻将。一想起出海打鱼挣钱，我就心里痒得慌。"王彬哈哈一笑。

多么好的一个男人！我不愿再打扰他，挥挥手向他告别。回头望了他一眼，在学校平淡无奇的一名学生，转眼间成为一位年过半百、尽职尽责的丈夫、父亲。阳光下，我忽然觉得王彬伟岸高大起来。

傍晚，依然蓝天白云，是追日的好天气。太阳西下时，我朝太阳走去。

踏上南海沿大坝，只见人头攒动，男女老少在一片片盛开的紫色鼠尾草旁边驻足，拍照；许多人争相在"豹豹"（长岛吉祥物海豹塑像）面前抢下珍贵的镜头。几位年轻姑娘含羞站在花丛边拍照留念，留下一串串轻声笑语。紫色鼠尾草在晚霞照射下是那样绚丽多彩，一个多么美妙的紫色黄昏啊！

忽然想起，我今天傍晚的主要任务是拍一张"挽留"夕阳的照片。大坝最西头新建的码头上，乐园村为了生产方便，装了一台固定吊车。这几日我忽生奇想，假如在太阳入海前，抓住夕阳与吊车接触的瞬间，抢拍一张夕阳依依惜别却被吊车"挽留"的照片，那该是怎样的一种意境。

我一溜小跑向夕阳追去。

夕阳宛如一只大红灯笼，待我赶到最佳位置时，它已经缓缓入海，余晖染红海天相接之处，连海水都是火红的一片，一群正在收拾海蛎子笼的人们，身上也被染成了红色。未抢拍到吊车"挽留"夕阳的那一刻，我难免心生一丝惆怅。好在海边美景瞬间赶走了这种失落，我的心情好了许多。很快，华灯初上，拦海大坝通海路一侧路灯已然亮起，对岸的蓬莱已经灯火辉煌。一轮上弦月悄悄升上夜空，撒下一片温柔，海水泛着银波，微微荡漾。好一幅"海上生明月，天涯共此时"的画面。

码头上干活的人们散工了，一群头戴花围巾的妇女说笑着向我迎面走来，远远望去，像一簇簇盛开的海葵花。

这是一些给乐园村海水养殖专业合作社分拣海蛎子的妇女。我跟走在后面的一位约莫 50 岁出头的妇女攀谈起来。

我说："听口音，你们不是本地人。"

她笑着答："俺们是泰安的。"

"哦，泰山脚下的。海蛎子怎么分呀？"

她说："大的由老板找好价卖了。小的再装笼放海里继续养，到年底卖。"

我有些纳闷，"你们怎么跑这么远干活？这多辛苦啊？"

她说："听说这里挣钱多。我也不愿来遭这个罪，但这是我应该干的。我男人上半年干瓦工从翘板上摔下来，把腰摔坏，干不了重活了。女儿还在山大上大学，都需要钱。趁我还不算太老，多挣点辛苦钱吧。"

"刘萍，你快点呀！"合作社来车接了，我催她快走。告别了我，她追赶前面的姐妹去了。

望着这位叫"刘萍"的女人和她的伙伴远去的身影，我陷入了沉思。今天傍晚虽未抢拍到理想的照片，但我分明追上并看到了人间最红、最美的不落的"太阳"。王彬、刘萍这些普通的劳动者，他们用勤劳的双手和坚实的臂膀为家庭撑起一片天，仿佛一轮"红太阳"永远呵护着家人，而天底下又有多少这样永远照耀并温暖着家人的"红太阳"呢。正因为有了无数这样的"红太阳"，才使我们的国家繁荣稳定，屹立在世界的东方！

2022 年 2 月

作者简介

　　林海，男，笔名"倚林听海"，1958 年生，山东长岛人。当过教师，进过机关，下过乡镇，管过国企，现已退休。作品散见于《诗刊》《星星》《大众日报》等报纸、杂志和齐鲁晚报"壹点号""烟台散文"等新媒体平台。现为山东省散文学会会员、烟台市作家协会会员、烟台市散文学会会员。

砣矶岁月如歌 归来仍是少年

⊙ 吴强

　　前几天，在"长岛手机台"拜读了原县人大常委会副主任葛晓云的一篇回忆在长岛工作时的文章，心情久难平静。人到了一定年龄就容易怀旧，我也常常想起自己在乡镇工作的往事，每次都是那么清晰，那么亲切。

　　1990 年 7 月 16 日，接到县委组织部调令，任命我为砣矶镇团委副书记。说实话，参加工作以来，长岛 10 个居民岛中，唯独砣矶岛我还从未去过。渔村生活对我来说并不陌生，但真正去乡镇工作还是第一次。

　　7 月 26 日，风和日丽，海不扬波，我乘坐"鲁民 209"号客船与刘海霞同志一起去砣矶岛报到。当时，她被安排在镇政府办公室干文书，多年以后我们又成了对门邻居，也许这也是一种缘分吧。在码头接我们的是镇团委书记李明，后来我和他共事两个多月，同住一个宿舍，也算是我的"启蒙领导"，直到今天我们也是兄弟情深，属于不常在一起但心里总是有对方的那种友谊，这也算是一种"缘"吧！

　　我 22 岁去砣矶镇工作，27 岁调离，这六年的岁月是美好而又终生难忘的。因为我的生命中有太多太多的"第一次"都在这里发生：第一次远离父母；第一次踏上砣矶岛这块风水宝地；第一次到乡镇机关工作，近距离接触渔民群众；第一次办实体开饭店；第一次组织篮球、乒乓球赛和交谊舞会；第一次组织团员青年晒海带、分装扇贝苗；第一次组织表彰"十佳外来务工青年"；第一次组织爱心捐助受伤青年外雇工；第一次成功拉赞助；第一次被市级以上报刊电台采用稿件；第一次到省团校培训……这六年，不敢用波澜壮阔来形容，但也没有虚度光阴、蹉跎青春。奋发过，消极过；有作为，也发过牢骚。年轻人在成长中的酸甜苦辣都一一尝试了。

记得那时砣矶镇有 1.2 万人口，因为长岛县是山东省唯一的海岛县，所以写上报材料时，一般都会冠以"全省人口最多的海岛镇"之名。砣矶人淳朴、善良、厚道，六年的日濡月染，泮林革音，砣矶人的性格深深融入了我的血液，我也深以自己变成一个"砣岛人"为傲。

（一）这六年，我与共青团结下了不解之缘

共青团是党的助手和后备军。最多时，砣矶镇有 22 个团支部。记得第一次开会讲话，面对 20 多个团支部书记，我拿讲话稿的手一直在打战、出汗。发现典型、树立典型是共青团工作的重点。那几年，砣矶岛人才辈出，先后有两人被团中央和团省委表彰，被评为"新长征突击手"，市县级的先进个人就更数不胜数了。对共青团根深蒂固的爱，使我对它走到哪儿就关注到哪儿，到现在也十分重视共青团工作，注重发挥青年人的作用。倡树敬老爱幼、扶危济困的传统，一直是我坚持的工作理念。我们单位经济责任审计处目前一直保持着"市级青年文明号"和"省级青年文明号"称号，成立十年的志愿服务团队也获市级部门表彰。

（二）这六年，我懂得了奉献的意义

在海岛乡镇工作，条件十分艰苦不说，最难过的是晕船关。特别是秋冬季节，风浪大、客船少，往返乘坐的大部分是渔船。那时也不讲"逢七不开"，八九级大风照开不误。许多时候坐渔船，穿件军大衣，或站在船舷，或坐在船尾，也不管干净不干净。风浪越大，船晃得就越厉害。晕船时，先是冒虚汗，然后胃里翻江倒海，一张嘴，"哇"地一口喷了出来，厉害时苦胆水也能吐尽。有时眼看着海浪劈头盖脸扑过来，每次都是把船高高托起，船头顶着天空，然后又重重抛下，船头插进海里。此时，看不见近处的船、远处的岛，只看见海浪涌在周边……这场景，让你连晕的感觉也不敢有了。我经常开玩笑说，晕船的时候就是有人踹你两脚，你也没有还手之力。著名散文家梁衡在《长岛读海》中有一段非常精彩的描述："我们像一个婴儿被巨人高高地抛向天空，心中一惊，

船就摔在水上，炸开水花，船体一阵震颤，像要散架。大海的波涌越来越急，我们被推来搡去，像一个刚学步的小孩在犁沟里蹒跚地行走，又像是一只爬在被单上的小瓢虫，主人铺床时不经意地轻轻一抖，我们就慌得不知所措……"但让我引以为豪的是，六年来，在经历了无数次呕吐后，我终于闯过了晕船关，一般风浪都能顶得过去。

长岛素有"候鸟驿站"之称，每年9月中旬到10月中旬是候鸟迁徙季，县里把这段时间定为"爱鸟月"。这时，途径长岛的鸟类品种多、数量大，因此，岛上一直存在着捕杀食用鸟类的习惯。曾经有一段时间，在宣传长岛的材料中写着"长岛是鸟类的天堂"，后来被人调侃说，候鸟到这儿就被捕杀了，可不是就进了天堂了嘛。自此就很少有这样的提法了。每到候鸟迁徙季，镇里都会成立爱鸟护鸟指挥部，每天组织人员上山巡逻，我还被任命为总指挥，但总是不用我指挥，因为我也不懂怎样对付那些猎鸟的人，也不知道他们经常在哪里出没。我第一次晚上跟随同志们上山巡逻，摔了好几跤，膝盖和裤子都磕破了。当时镇林业站站长名叫王国光，他爱岗敬业，铁面无私，几乎天天都"靠"在山上，发现猎鸟者就严厉查处，毫不留情，真正做到了踏石留印、抓铁有痕。砣矶老百姓给他编了很多顺口溜，话虽说得糙点，却饱含干部群众对他工作的赞誉和认可。他的事迹我曾整理成文，在《中国林业报》《烟台日报》上发表。记得有一篇题目是《信鸽千里寻国光》，说的是一只千里之外的环志信鸽受伤了，恰巧落在他家，在他的细心照料下，信鸽重返蓝天，却一直盘旋在他家上空，久久不愿离去。

那些年，乡镇工作的第一要务是完成税收任务。县财政百分之六十至七十的收入靠乡镇完成。我跟随包村领导先后联系过中村、东山村、吕山村和西村。现在回想起来，基层干部群众真是不容易，年景好还行，税收不是难事，要是遇上渔业歉收就比较困难了。但缴税是必尽义务，税收是硬性指标，许多村最后都是靠贷款完成上缴任务，这也体现了砣矶人公而忘私、顾全大局的优秀品质。这些年，对乡村建设、民生工程的投入大幅增长，村容村貌、交通、饮水条件等得到很大改善，这也许是对当初海岛群众无私奉献的回报吧。

（三）这六年，我体验到了工作的丰富多彩

1992 年，海岛兴起机关创办实体热，砣矶镇也不例外。镇上抽调了一部分同志去高山岛搞养殖开发，一部分到商贸大楼开旅店，我就被分配到商贸大楼。旅店名起的不小，叫商贸大厦，我负责客房部，兼职烧茶炉。"来的都是客，全凭嘴一张。"一年的工作经历，为我日后从事接待工作打下了良好基础，焖鱼、腌咸鱼、炒菜等技能也是那时候学会和提升的。

镇领导重视体育活动，建起灯光篮球场。每年比赛我都参与组织，最多时能组织起村、驻军、双管单位等 8 个队。开幕式各队统一服装，由礼仪小姐引导，高举队牌，像奥运会开幕式入场一样。我是机关队队员，三年里一二三名都拿过。这期间也趣事不断，记得第一年没买计时钟，只能手控石英钟掌握时间。井口村和后口村决赛，打得非常火热，临近结束时井口队落后一分，巧的是最后井口村队员出手投篮，球卡在篮筐上，恰好终场锣响，后口村队员欢呼胜利。哪知，有明眼人看见时间还剩 2 秒，掌控石英钟的机关干部又恰巧是后口村人，一时间群情激奋。那时没有假球黑哨之说，但第二天早晨，镇政府门口一片碎酒瓶。

我爱体育活动，篮球带给我快乐，耳边常常回响着此起彼伏的加油声，这些快乐时光已深深地烙在我的记忆之中。毛主席曾说过："文化思想阵地我们不去占领，敌人就会占领。"开展丰富多彩的群众喜闻乐见的文体活动，能够增加人们的团队意识，集体荣誉感、向心力、凝聚力就会增强。

（四）这六年，我感受到了亲情友情的可贵

儿子是 1994 年 3 月 30 日出生的。那天我人在砣矶岛，可能是有预感，起得特别早，接到电话立马请假坐船往回赶。儿子 8 点出生，我 12 点才赶到县医院，没能第一时间陪在他们母子身边，真是遗憾！给儿子起名"昊洋"，也是希望他能够胸怀宽广，乐观有担当。以后不管在哪

里工作生活，都不忘海岛这方水土。

1995 年 7 月 26 日，我返回县城去县科委报到。巧合的是，那天也是我六年前到砣矶镇报到的日子。天下着雨，梁海新、王国光等老同志和不少同事去码头送我。当客船徐徐离开码头，曾经的同事向我挥手告别，不知是泪水还是雨水模糊了我的双眼。"悄悄地我走了，正如我悄悄地来；我挥一挥衣袖，不带走一片云彩。"

现在，每当送别调离长岛的县领导时，看见他们流下的热泪，我始终相信那是发自内心的情感流露。在一个地方生活工作过几年，说没有感情，那是假话……

人生如梦，岁月如歌。有时漫步海边，面向大海，我思绪万千。人就像海滩上的一枚枚石子，不断地经受海浪的冲刷洗礼，磨砺成型的被相中，大多数还得静静地待在海滩上，十年如此，百年依旧。

六年的砣矶生活，使我受益良多，也难忘每一位老领导、老同事对我的谆谆教诲和支持帮助。六年的基层磨炼，使我深刻体会了基层干群的鱼水情深和无私奉献，在不同的工作岗位上要求自己"接地气"，理解群众所需所盼，做到不唯上、不唯书，只唯实；我也懂得了如何分辨真善美、假恶丑，明白了"樱桃好吃树难栽，不洒汗水花不开"不只是句歌词那么简单。不忘初心，方得始终。最后以一首小诗作为结束语吧！

> 五十回眸感恩多，青春挥洒未蹉跎。
> 功名利禄浮云事，甘当绿叶为家国。
> 天伦融融和谐景，一曲悲欢离合歌。
> 遥想春暖花开日，结伴踏海逐浪波。

2018 年 4 月

作者简介

　　吴强，男，1969 年生，山东长岛人，在烟台市审计局长岛分局任职。喜爱文学，时常创作散文诗歌，偶有作品发表，现为烟台市作家协会会员。

侠之大者

⊙ 叶靖凇

哪个男孩心中没藏过一个侠客梦？金庸、古龙等大家为我们的少年时代构建了一个精妙绝伦的武侠世界，那时的我们，酣畅其中，却只记住了各种神功、各大门派，却从未深究过书中的侠客精神。所以，当我们长大后，就像美梦方醒，才知现实生活中没有深山可以参禅，没有孤岛可以闭关。我们平凡而普通，现实的世界里既没有神功，也没有门派，少时书中学到的那一腔孤勇无处可用。关于武林英雄梦的唯一念想，便成了去嵩山少林、峨眉青城游历，以此来圆少时情怀。于是我便觉得，侠客不过是小说里的浪漫主义，都是假的。

可是，你没见过这样一群人。你没见过寒冬深夜里，他们风雪中的蹲守；你没见过滂沱大雨中，他们洪水中的救援。你没见过那刺破夜空的警灯闪烁，警车风驰电掣地驰往犯罪现场；你没见过那迅如神兵天降的抓捕行动，让罪恶无所遁形，歹徒立时伏法；你没见过那良辰佳节的万家灯火后，清冷街道的孤独坚守；你没见过那走街串巷的嘘寒问暖，扶危救困的雪中送炭。

为维护社会稳定，保护人民安全，全警严阵以待，多少个日日夜夜坚守岗位、有家不回。为人民带来安全感的是他们寒风中坚毅挺拔的身躯，是骄阳下汗水浸透的背影，他们的凛然大义，不正如大侠郭靖死守襄阳的碧血千秋？他们打击犯罪的种种努力，不正如各显神通的华山论剑？他们就是热情真诚、为群众排忧解难，雷厉风行、对恶人铁面无私的人民警察。

书中的侠客，可能并不曾真实存在，但他们的侠客精神却是真的，因为人民警察就是新时代的侠客。同样都是普普通通的人，但因为这一身警服，他们又是那么与众不同，一腔热血写春秋，他们在平凡的岗位上成为"侠之大者"。

我也一样，在有幸成为一名人民警察后，从小的侠客梦化为工作后的使命感。手中的笔，心中的歌，就是宝剑宝马；业务素质，工作本领就是神功绝学。前路漫漫，大侠们会剑挑一壶老酒，策马扬鞭，在夕阳中绝尘而去；而我的"行侠"之路，就是吊民伐罪，除暴安良，是在青春年华的无限奋斗中。

少不更事时，读古龙金庸满腔豪情，曾以为"一丈刀头血，三碗女儿红"才是侠客。而今凡尘初历，方才了悟那句"侠之大者，为国为民"的深意。

2020 年 1 月 10 日

作者简介

叶靖凇，男，1992 年生，籍贯山东临沂。2015 年大学毕业后考入公安边防部队，2019 年随部队转隶，现任职于烟台市公安局海岸警察支队。自幼喜读书写作，有《长岛公安赋》《五月的风》《芦花》《远乡》等多篇作品在报刊发表。现为烟台市作家协会会员。

晒

⊙ 葛红艳

有阳光，才能晒。

冬日暖阳，软软地爬到脸上，有些困倦。又是 12 月份，长岛的天是湛蓝的。不刮风的时候，海也是蔚蓝的。丈夫把一堆白菜和地瓜放在阳台上晒，他说阳光是最好的防腐剂。

阳光是魔术大师。豇豆角焯水晒干，翠绿的裙衫剥落变成白衬衫；大枣焯水晒干，黄绿的棉袄变成红嫁衣。柔嫩的花生晒干了，坚强起来；涩涩的地瓜晒一晒，心里甜蜜。想起母亲在世时，晒玉米、晒地瓜干、晒苹果干、晒鱼米、晒小干鱼、晒海兔、晒虾米、晒鱼排……苍蝇是最喜欢在海鲜上逡巡的，我得拿着拂尘不停地挥动，很像童话里一下打死七个的小裁缝，一会就累得呼呼大睡。

渔村的大道上总晒有海产，家家户户的窗户散发出各种鲜味。整个岛屿弥漫着鲜、香，也有腥的味道。海兔、鹰虾、八蛸、大头广、针良鱼、辫子鱼……我就是在辨味识物中长高了，结婚了，变老了。鲜艳的行李晒掉色了，黑发也晒掉色了，染了白，白了染。

最喜欢看晒海带。晨曦初绽，渔民出海割海带；骄阳似火，妇人们围着花头巾，拖着沉甸甸的海带在沙滩上、道路边行走，扬臂、空展、铺好，经常一个不小心跌倒，爬起，再滑倒，解颐大笑，冠缨绝倒。我背着书包从她们身旁跑过，闻到一股大海的味道，感染了她们的好心情，快快乐乐地奔向学校。

每天上班都会路过一户人家，那家门前有一片菜地，整齐的菜畦，高大的树木，蜿蜒的瓜蔓，虬曲的藤萝。夏季，无花果偷偷咧红唇笑；秋季，经霜的柿子羞涩地垂着头。品种不多，但都很好看。巷子的拐角是旧军营，曾经双杠上腾跃着年轻的身躯，操场上飞扬着青春的军绿。曾经没有门岗，曾经没有围墙，我，一个老百姓的孩子也可以随便出入这"军事重地"。曾跑到师部的会议室看《上海滩》，跑到高炮营看士兵调整炮位，爬到部队的厨房天窗看做饭，翻过部队医院的围墙看打针……

朋友圈里各种"晒"。"晒"美食、"晒"美景、"晒"儿女、"晒"父母、"晒"家庭、"晒"幸福……《世说新语》记载，晋七月初七有晒华服和书籍的习俗。郝隆敞胸露腹晒肚皮，别人问他干什么，他说晒书籍，自负又好玩。"非汤武而薄孔周"的魏晋风度，是真名士自风流，腹有诗书气自华。我的肚皮是三层"游泳圈"，八块腹肌被三层板油很好地隐藏着，满腹脂肪，不敢轻易示人。看到朋友们能"晒"，知道她们很幸福，我很欣慰。

跟生病的人，不能"晒"健康；跟残缺的人，不能"晒"完整；跟失意的人，不能"晒"得意……这是最起码的修养和善良。不如意也不能"晒"，会增加别人的负能量。我的人生距离化成宇宙中的一颗粒子还有一段时间，现在还能"晒"活着。

"晒"海岛美食吧。大海给我们提供了丰富的海产，养育了我们的祖先，值不值得"晒一晒"？建议把相声的贯口改一下：海兔酱、鱼拐子酱、虾头酱、寄居蟹酱，蒸鲅鱼子、蒸结巴鱼子、蒸老板鱼排子、焖老头鱼肝肚，焖刀鱼、焖鲳鱼、焖黑鱼，熏鲅鱼、腌鲐鱼、炸黄鱼、炸小黄肚、炸针良鱼、炸蛎黄、炸大头广，烤大虾、烤干鱼、烤乌鱼、蒸鲍鱼、煮海虹，芙蓉扇贝、葱爆海参、手扒鹰虾、水煮虾爬、凉拌海兔、廷巴鱼皮冻，紫菜汤、片口鱼水饺、酱爆牛牛、骆驼毛包子，裙带菜、海青、黑瞎菜、牛毛菜，海胆、八蛸、海螺、摩罗、香蛯……这仅是我"晒"出的一小部分海岛美食，是不是可以比肩满汉全席了？

"晒"家乡吧。亿年地质文化、万年史前文化、千年妈祖文化、百年渔俗文化，还有70年的"老海岛精神"，值不值得"晒一晒"？海上丝路、京津锁钥、黄渤海交界，物华天宝，人杰地灵，值不值得"晒一晒"？

五年前，曾创作《长岛遐思二首》，拿出来"晒一晒"吧。

《半月湾和望夫礁》

看
　一湾
　　红月亮
　　　姮娥的粉面
　　　　或鲛人的尾剪
　　　　　　玉兔、桂树、金蟾
　　　　　　珍珠、泪水、半月湾
　　　　　　神女捂住眼睛的花手绢
　　　　　　鹅卵、沙滩、海岸线
　　　　　　什么时候，圆满
　　　　春水、月明、花瓣
　　　与其在崖畔展览
　　不如在爱人肩上
　痛哭一晚
广寒
怨

《九丈崖》

九叠石镇住了风的呼吸，
亘古洪荒里的一次肩并肩地对挤，
留下来自远古的印记。

从哪里漂来一桨旧楫？

高鼻窈目是哪里的基因？

太阳和鸟是图腾的旌旗。

你来自哪里？

夷族的弓矢，秦皇的童女；

田横的壮士，吕祖的踪迹。

海市幻化，仙山缥缈，

你笑而不语。

抚平海的怒气，挽起陆的手臂，

你是寒武纪留给大陆架的奇迹。

2017 年夏

作者简介

葛红艳，女，1973 年生于长岛乐园村。中学高级教师，在教学
一线工作 27 年，带过小学、初中、高中，教过地理、政治、语文。
现在长岛教育和卫生健康局工作。一直以长岛"土著"自居，曾为
《长岛美》《美丽的长岛，我的家乡》两首歌曲作词，获得过全国
华东赛区优秀诗人、烟台市"教书育人先进个人"等称号。

黄 昏

⊙ 吴春明

傍晚，暮色，落日，夕阳……

总是在不经意间拍下这些景色，又乐此不疲地发到朋友圈里。

有好友直言：你老了。

一时惊愕。我顺着这个"老"字一路追寻下去，朋友圈里的图片竟被黄昏塞得满满的——

残阳如血的黄昏，浓云密布的黄昏，风轻云淡的黄昏，海天交融的黄昏，沙滩上一只孤独残船的黄昏，映着岸边一对情侣模糊背影的黄昏，甚至路边拐角凸镜里的黄昏……

看着看着，心里就有了淡淡的伤感。这样的伤感不是因为岁月年轮上那不断叠加放大的圈，而是因为不经意间的某些行为，让我感觉到自己在慢慢变老。

一种防不胜防的老，一种不知不觉中的老。

或许，我拒绝去公园晨练，也就没有了与朝阳邂逅的机会。

或许，我不愿直视正午的骄阳，也就失去了活力和镜头下的奔放。

或许，这就是最自然的状态，身不由己地顺着内心早已规划好的路线走着，或欣喜，或无奈，或喜欢。

就像不知不觉中喜欢上黄昏。

或许，这就是个自欺欺人的借口。

或许，有人会问：蒙在鼓里慢慢变老不是很好吗？无须在意岁月的流逝，无须在意生命的沧桑，无须修饰那脸上那独有的纹路，也无须去和岁月讲和。

可是，我怎么没有这样的豁达呢？

我就连在心里喊一声"为何只许春回去，却不容我再少年"的自信也没有。

有人说，城市没有乡愁，只是因为夕阳无山可落。难道非要找寻心中那座山吗？是不是人们听多了关于黄昏的诗句，也就会将黄昏刻上某种独有的烙印呢？

——夕阳无限好，只是近黄昏；夕阳西下，断肠人在天涯；东篱把酒黄昏后，有暗香盈袖……

仿佛，黄昏就是这样，就该这样。

其实不是的。

我曾无数次地在内心里说服自己，尝试着从另外一个角度去解读夕阳与黄昏，寻找到一种新的意境——

一对手牵手的情侣站在黄昏的海边，海天如画，背影镶嵌其中。画感朦胧，不失恬静之美。

若把停泊在港湾的小船放入镜头之中，水波粼粼，还有两只小憩的海鸥恰巧停在上面，试问谁的心还会嘈杂？

如果你爬到山顶，眼前就剩一片花海，有风刚刚掠过，那就最好不过了。云会被扯得如同一丝丝彩色的绸缎，随着黄昏的脉搏而渐渐隐去。

那时再看夕阳，谁还会在意这是黄昏。

何况，就算夕阳西沉，明天也必将用另外一种方式来到我们身边。

如果，我的心不经意间已靠近了黄昏，那就这样吧。我愿意做一个黄昏收集者。

过了好久，我也不知道该用怎样的词汇去辩解朋友眼中的黄昏，只能不服气地道：我就是黄昏。

他回了个笑脸和竖着大拇指的赞，丢过来一句心灵鸡汤：愿你成为自己的太阳，无须凭借谁的光。

我沉默了许久，想，其实人的一生谁不会遇见霾呢？但，不管怎样，有光就是希望。莫道桑榆晚，为霞尚满天。如果我的心真的已经靠近了黄昏，那就索性爱上它吧！

2016 年 5 月

作者简介

吴春明，男，山东长岛人，"60 后"，本科学历。喜欢读书、藏石和文学创作，现为烟台市作家协会会员。一路耕耘，虽然写作大多以自娱为多，但依然乐此不疲地追求着梦想。

悲伤的小瓶盖 ①

⊙ 王宏章

　　许多年以后，经历过无数浮沉的小瓶盖，在一个棕黄的编织袋里向周边的新朋友讲述着过往的经历，平静的像在讲别人的故事。

　　她曾是游艇上一瓶价格不菲的饮料的瓶盖，被拧下后，便飞向了大海——惊涛骇浪、碧波万顷是每一个小瓶盖的诗与远方。

　　小瓶盖太旧了，她下意识仄了仄身子，回想自己入海时的惊喜，只是当时有多惊喜，日后悲伤就有多漫长。

　　日本暖流、北太平洋暖流、加利福尼亚寒流、西风漂流……这些年，大海带她走过了七大洲四大洋，经历了无数酷暑严寒。被海鸟吃下，被海龟吃下，经历过高空、浅海和深渊。小瓶盖的寿命很长，她有足够的时间去经历各种场合。

　　"在拉普拉塔岛，我曾被一只信天翁吃下，腾空感让我恐惧，但是鸟胃仿佛青年旅社，旅居了很多同类。一只塑料杯告诉我，我们马上会出去的。他也是一个游走大海、见多识广的家伙，身上印着我看不懂的文字。健谈的他告诉我，信天翁是最能飞、最长情、最勇敢的鸟类之一。'信天翁虽然莽撞，但有一项技能，就是能把消化的食物吐出来，所以我们马上就要出来了，你猜我们会落在树顶还是悬崖？''不过这位老兄'，他指着一个扎在胃壁里的塑料牙签说，'估计还得过个几年。'

---

① 本文为长岛"美丽海岸线，你我共守护"活动而写。初衷是告诉孩子们，随地乱扔垃圾是很可耻的行为。文中的故事都是真实案例，但愿大家能有所感悟。保护环境，从我做起。

那只牙签低沉地说：'四个月了，胃壁已经发炎和穿孔，可能也不会太久了。'我终于重见天日了，被吐出来的地点是个鸟巢，里面有个毛茸茸的小家伙，长大了嘴巴。可是妈妈吐出的食物都是塑料，并不能缓解他的饥饿。鸟妈妈也似乎油尽灯枯，痛苦地扑闪着翅膀，蠕动着胃壁，可是始终吐不出那根牙签，直至倒下。雏鸟依旧张大着嘴巴，不知道发生了什么。我很悲伤，那时候我真想化身一条小鱼，给他提供营养，但我只是塑料。几天后，雏鸟饿死了，小小的躯体和母亲一起腐烂。几个月后，我看到那根羞愧的牙签，他说：'我没有手，我没得选。'"

"在新西兰海域，曾有只海龟向我求助。他是畸形的，像一只虚弱的亚腰葫芦，几十年前套住他的塑料网套仍然缠绕在它的身上，把他勒成这般模样。海龟这种物种，在地球上存在上亿年了，是的，那时候还没有人类。见多识广的他们依旧分辨不了水母和塑料，就这么缠住了。几十年来，他无数次恳请相遇的物体为他解开束缚，然而我们都没有双手，只能看着他颤巍巍地游走。我特别难过，但是我知道，他的痛苦也不会太久了。"

"在挪威，我曾经在一头鲸鱼体内生活过，那是一条领航鲸。领航鲸是鲸鱼中最活泼、最聪明的，不但有语言系统，而且还有团结的家族。但当他们用超声波定位食物时，柔软的塑料袋被当成了鱿鱼。很多成员因此健康受损，有毒的塑料导致小鲸鱼死掉，母亲叼着他游了好多天。我所在的那头鲸鱼吃掉了30多个塑料袋，塑料袋被鲸鱼的胃打磨成为碎块，无法被吸收，变成坚硬的一堆。他太痛苦了，我能从胃壁的抽搐中感受到。最终他选择了搁浅。那是一头挪威突吻鲸，重达2吨，长达7米，游动时翻江倒海，觅食时所向披靡，然而却被轻飘飘的几十个塑料袋折腾得再无生趣。我很难过，因为折磨他的这一团塑料里就有我，可是无能为力。"

"一直以来，我总是在海潮里惊醒。我见过被塑料袋罩住脑袋窒息而死的鸟儿，那脚爪上的抽搐，像一场醒不来的噩梦；我见过被缠住脖子的海豹，四周因挣扎而带动的海水，如地狱里翻腾的岩浆；我见过大片被塑料污染而枯死的珊瑚群落，仿佛静寂无声的坟场……"

"我见到渔民丢弃损坏的旧网，我想到那只有腰的海龟，我说：不要扔！不要扔！可我发不出声，我想捡回，可是我没有手。"

"我见到游客丢弃野炊的塑料袋，我想起那只自杀的鲸鱼，我说：不要扔！不要扔！可我发不出声；我想捡回，可是我没有手。"

"我看见垂钓者丢弃散乱的渔线，我想起那只眼睛如死灰的海豹，我想大声喊：不要扔！不要扔！可我发不出声；我想捡回，可是我没有手。"

我很悲伤，我想去没有人类的地方。

"我去了南极，这里被称为'最干净的圣地'，我要把自己封禁在一块晶莹的冰块里，不再伤害其他生命。可我最终发现，南极也不是净土了，不断有海鸟因误食塑料碎片而死亡，或身体过重而无法起飞、饿死。白茫茫的冰川在消融的轰鸣里，散布着鸟类尸体。"

"你们知道塑料微粒吗？像我这种旧瓶盖，降解了也不是消失，而是变成了微塑料。"

塑料降解后，人类真正灾难开始了。仿佛因果循环，塑料微粒被微生物、贝类吸收后，通过食物链到达食物链顶端的人类体内，此时才是真正的终点。塑料微粒会侵入组织，导致癌症，甚至使胎儿畸形。今天扔下的一个塑料袋，将会在未来缠绕子孙后代的喉咙，他们也会有同样的眼神，像饿毙的雏鸟，像窒息的海豹。

"随着洋流，我不断地在各地出现。地球上每一分钟都会有一辆垃圾车的塑料被倒入大海，每年有900万吨渔网、绳索和各类垃圾被倒入大海。每一次的潮涨潮落，都是大海胸膛的起伏，我就是这样来到的这片海滩。"

"今天早上，薄雾里出现了一面红旗和一群红马甲，有人在说'不要扔！捡起来！'然后，我就被一只手捡进了这个编织袋。"

不断有新的伙伴加入，绳子头、旧拖鞋底、废灯泡、破网兜……都静静地听着小瓶盖诉说这些似曾相识的故事。

小瓶盖觉得自己彻底累了、老了。

最好自己已经没有回收的价值了吧，而是希望被归入有害垃圾，那样就不用在下一个轮回里伤害那些海洋里、蓝天上的动物了。

2021 年 5 月

作者简介

　　王宏章，男，1984 年生，中国民主同盟盟员，祖籍山东莱芜，现于长岛机关工作。立足本职，从事国内外工程工作 12 年。尚武备，爱交游，文体广涉，皆浅尝辄止。亦喜书画篆刻、古典文学，偶作随笔以自娱。赖前辈引荐，加入烟台市作家协会、文评协会，山东省散文协会。

漂泊的小帆

⊙ 张慧珠

我是大海上漂泊的小帆

奔波天涯乡愁依然

白天我把乡愁放在心上

小帆便迎风破浪

追赶太阳

夜晚我把乡愁藏在梦里

滚落的泪珠溅起满天星光

思念便是天上的月亮

不管多远

永远把家乡瞭望

蓝色的海

蓝色的天

还有海边的小屋快乐满满

爷爷的故事也总在耳边

家乡的味道真的就在心间

回家是酝酿已久的心愿

路，仿佛很远

让我走过一年又一年

妈妈牵挂的眼神

温暖而绵长

爸爸深情的目光

是我前进的力量

深一脚浅一脚路慢慢变宽

其实回家的路真的不远

一步之遥

咫尺眼前

带着收获

走进我熟悉的家园

路已变 房已变

爷爷已故去

曾经年轻的爸妈白了头发弯了腰背

海面上全是大轮船

不知谁还能记得我这叶归来的小帆

2006 年 10 月

作者简介

张慧珠，女，长岛人。词作家、诗人、央视编导，兼任中国东方文化研究会副秘书长等职务。曾任《作家报》主编，播音主持节目"金话筒"奖评委等；参与策划北京国际动漫博览会、北京国际啤酒节等大型展会。创作《胜利就在前方》《英雄不惧》《向战》等多首主题曲，并获得诸多奖项。2022 北京冬奥会，与美国音乐人联合创作的歌曲《燃烧的冬天》获多个奖项。

北岛之年

⊙ 赵伟

家，在渤海深处的北岛。
年关赶船回老家，
携着一家老少，
带着大包小卷，
像一场胜利的逃亡。
客船在风浪中颠簸，
白浪翻腾的碧蓝渤海，
唐王山浮出海平线的苍茫剪影，
客船靠泊的汽笛响彻云霄，
像心底一声呼喊：
我回来了！

骇浪，悬崖，劲松，阴云相映，
风雪欲来，冬云低垂，
渔船蜷伏在港口。
小渔村张灯结彩，红旗猎猎，
炸花鱼、蒸圣虫，
封对联、请家谱，换牌位……
渔村紧锣密鼓奏响春节序曲。

大年三十，夕阳西坠，天刚刚擦黑，
各大家族尽数而出。
西山和北山，老坟地冥币火红，
鞭炮如雷滚动，唤醒逝去的列祖列宗。
魂兮归来，回家团聚，红灯笼飘摇引路，
正屋祖宗牌位前摆起三摞大馒头。
美酒斟满，肉菜飘香，
接受虔诚地膜拜和丰收的献祭，
阴阳同聚，众神归位，一元复始。

三十拜妈祖庙，龙王庙。
龙王庙扼守港口进出口，
港口外西风烈，风浪急，
港口里渔船安稳休眠。
船头妆着对联，桅杆飘着大吊红绸。
渔民敬畏龙王爷在海上兴风作浪的神威，
但也让它承担看护港口的重任。
让龙王爷看港——
这是渔民和龙王、渔村和大海，
抗争妥协后的归宿。

三十守岁，照例要蒸粽子、下饺子，
粽子寓意挣钱，饺子形似元宝，
祈愿来年挣钱发财，一网两船。
初一、初二拜山神庙、佛爷庙。
愿望和期盼充斥在神庙前的人潮中。
初一拜年、初二送神，初三请女婿，
古老的风俗循序渐进，丰富而多彩，

排满了过年的日程。

走亲访友，
团聚和酒醉是春节的主题。
盘腿围坐在热炕头，
听听发小聊聊一年的浪里闯荡。
任窗外西北风刮得"鬼哭狼嚎"，
天空撕扯着乱絮般的雪片。
吃生猛海鲜，喝最贵最烈的酒，
这是渔民最大的奢侈，
也是一年辛劳打拼的释放。

推杯换盏，鲸吸海饮，不醉不归。
风涛作枕，鼾声如雷。
"轰雷掣电泰山摧，万丈海水空中坠，
臣忒此时正酣睡。"
枕风涛而酣眠有一种"大安稳"。

发小聚会，
呼喊起小时候的外号：
猪头、保长、程犟犟、唐司令、马蹄子、战斗贩子……
一嗓子喊回童年。
偷桃摘李、赶海钓鱼，
调皮捣蛋的记忆历历浮现。
那晚也是醉了。
在东口路上逆风而行。
那剔透彻骨的海风啊，
撼动渤海，摇荡渔村，

打着呼哨，梳骨而过。

仰望，渔村之上，

像捅了马蜂窝，

漫天星斗蜂拥而至。

北斗七星伸手可摸，

北斗如勺，北极星赫然在目。

漫天星斗颤欲堕，

趔趄归根原乡人。

——今年不回大钦老家过年，以此为记。

2019 年 1 月 10 日

作者简介

赵伟，男，笔名"朝花夕拾"，1968 年生，长岛大钦岛东村人。在税务局工作，喜文学，爱美石，好旅游。

今春回不去的长岛老家，在梦中

⊙ 马素平

每每想起老家长岛，心中便会泛起一阵阵幸福的涟漪。那是一种无法名状的悸动，用家乡话说，就是"还有一处亮场！"

我离开老家长岛已经整整 34 年了。

1988 年 1 月下旬，时任长岛农行会计出纳科长的我，忙完上半年的决算工作，便调任烟台市农行会计科。我在海岛出生长大，25 年来第一次远离家乡，记得那天离春节还有 24 天，时任行长袁明男安排行里的面包车和几位同事，一路把我护送到烟台。当同事们把大包小卷的随行物品放下与我告别时，我初尝了别离的滋味，泪如泉涌！

好在家在长岛，父母和哥姐们还在岛上，尽管以后与他们隔着一片海，但我觉得离家的路，不远。

年轻的时候要工作、要奋斗，也不能经常回家，只有节日假期才能回去看看。那时候假期不如现在的多，匆匆小住几天就得回来上班，好希望临走的那两天有风无船，能再多住几天。

平常的日子里，长岛的亲人们一直与我保持着联系。爸爸来烟台开会，会抽空到我简陋的公管房宿舍里，陪我吃一顿从机关食堂打来的便饭；同事来烟台开会，会捎来长岛的海产品或妈妈特意准备的美食；哥姐们偶尔会带孩子们来玩玩，住上一两天，逛逛附近的南山公园……浓郁的亲情让漂泊在外的我从不孤单。

1990 年年中，我的预产期刚到，便像那些迁徙的候鸟一样，选择回到家乡生产。女儿的第一声啼哭响彻长岛县医院的夜空，接生和助产士都是我熟悉的邻家姐姐，我一点也不害怕。在爸妈家坐月子、休产假近五个月的时间里，恰逢爸爸刚办理离休手续，能在家帮着妈妈照顾我们娘俩儿。那段时间，同事好友、哥嫂、姐姐还有爸妈的邻居们，天天都有来家里探望、玩耍的，遇到新生儿出现小问题，有丰富育儿经验的大妈们七嘴八舌就给解决了。带女儿离开长岛时，我们已被家乡丰盛的特产、舒适的气候给滋养得"通肥大胖"，长岛老家就是我们的"加油站"。

女儿两岁多时，我们夫妻带孩子回长岛过春节。节后上班时，为了事业，我们狠心把年幼的女儿留下，哥嫂和姐姐抱她去码头送我们，她还不知所措地和我们挥手再见。从此，长岛几乎天天都在我的梦里出现，梦里都是亲人们的影子。

女儿在长岛上了幼儿园，长岛淳朴的民风与家人善良的品格，让女儿健康快乐地成长起来。那时每周只有一天休息时间，每逢不加班或不出差时，我为了能早点看到孩子，经常不惜花巨款"打的"往蓬莱码头赶，微薄的工资都"贡献"给交通运输事业了。每次进家不用敲门，门都是虚掩着的，有时会赶上女儿一人在家，坐在北屋的炕边上看电视。看我进来，开始还很脑腆地不说不笑，一问姥爷姥姥呢？答案往往是姥爷到老干部活动场地打门球去了，姥姥上街买菜或去邻居家送什么东西了。在当时，白天大门不用上锁，如此安全的居住环境，实在不多见。

女儿上学前班时，我便把女儿接到了烟台。那时，我正在市行的新业务部门，忙得要命，无暇接送孩子，特别是孩子生病时，我更是分身乏术，苦不堪言，只得用哭诉的方式成功地"骗"来了爸妈。爸妈说："来烟台照顾孩子行，但孩子放假时，我们得回长岛住住。"从此，爸妈带着我女儿，每年也和候鸟一样定期迁徙，暑往寒来。

爸妈一回长岛，闻风而至的老邻居们就会前来探望，妈妈在家接待老朋友们，高兴地春风满面。她心灵手巧、心地善良，回去后就忙活着给这个大姨裁件衣服，给那个大姨剪个头发。北屋炕上永远都会有来玩、来聊天的阿姨们，家里永远是热热闹闹，笑声不断。

那些年的春节，我们在外地工作的姐妹都会拖儿带女往长岛赶。威海的二姐、济南的三姐要分别坐汽车、火车到烟台和我会合，我们再坐汽车、轮船进岛。有时天气不好，交通不便，上午出发，到了爸妈家都已是掌灯时分。无论等待多么辛苦，晕船多么厉害，只要能回到爸妈身边过大年，再苦再累我们也无怨无悔。

不知道从哪年开始，年初一的早上，县委、县政府开始组织团拜活动了，就在老屋后的路口上举行。各乡镇渔村和大的企业，有序地排队过来参加团拜活动。县委、县政府几大班子的成员来到大家面前，主要领导先讲几句拜年祝福的话，然后欢庆的序幕就此拉开，耍龙、踩高跷和扭秧歌的方队依次进场。姐妹们在家一听见外面的锣鼓响了，领着大的、抱着小的就往外冲。久住在外，能看见这些久违的海岛乡土风情怎能不激动呢！小孩子骑在我们的肩上，半大孩子顺着人缝挤到了前面；女士们站在马路牙子上踮起了脚尖，男士们则不管不顾地爬上临街的小房子上，居高临下地观望起来。

一个大大的同心圆场地，刹那间彩带飞舞、锣鼓喧天、欢笑声阵阵……"小康县"的父老乡亲们在这里欢聚，形成了一片欢乐的海洋，好一幅国泰民安的幸福画卷啊。

长岛过年的美食更是让人目不暇接、垂涎欲滴。听说我们回来了，南楼李大姨送来一盆自发的豆芽；西单元曲大姨送来一包蓬莱老家寄来的花生米，张老师送来一块酱牛肉；东单元于大姨送来一碟猪蹄冻；楼下王老师送来一盆酥脆的炸黄花鱼，景云大姐送来排骨发面大包子。妈妈则把自己腌制的东北酸菜回敬给大姨们压盆底。她再给我们炒几个热菜，于是餐桌上各路美食荟萃，"百家饭"那叫一个丰盛，那叫一个鲜美，吃的那叫一个"得味"！

待到女儿上高中时，爸妈年龄大了，已经不能"迁徙"了，特别是从2008年开始，妈妈先后生病住院两次，爸爸不让我们请家政，守在烟台家里精心照顾妈妈。从此，长岛成了爸爸妈妈和我们口中的家，梦里的岛。

　　每逢佳节倍思亲。近几年，手机小视频流行起来，每到大年初一长岛团拜的点儿，我们都会捧着手机静候，等待亲朋好友发来团拜的场景，如同亲临现场，一起感受那份喜悦！特别是大姐的女儿海英在县文广新局任职，恰好分管群众艺术与文化宣传方面的工作，团拜现场演出活动都是她在指挥调度。看到她落落大方、运筹帷幄的样子，我总是感慨大姐夫终于有了接班人，且"青出于蓝而胜于蓝"。想当年，大姐夫孙盛渭在长岛吕剧团任职时，长岛吕剧团盛名远扬，是全国剧团的一面旗帜，先后多次受到文化部和省委宣传部的表彰，曾被授予"海上乌兰牧骑"（文艺轻骑兵）的荣誉称号。中央电视台曾以《有这样一个剧团》为题，拍了一部专题片进行宣传，剧团先后有五个剧目被搬上省级电视台和中央电视台。长岛吕剧团为长岛军民文化生活的改善和提高做出了巨大贡献，大姐夫也功不可没。如今大姐夫宝刀未老，七十多岁的人还活跃在长岛老干部活动中心的"夕阳红老年艺术团"里，重操老本行，专司乐队指挥一职。每年春节的团拜活动，大姐夫都会接受某个乡镇的邀请，发挥自己的特长，威武地抡起手中的鼓槌指挥着乐队，奏响一曲曲海岛人民歌颂祖国、热爱家乡的乐曲。在春节团拜的视频画面中，还能看见几个我的高中女同学的面孔，她们载歌载舞，活跃在队伍里，笑逐颜开。

　　看长岛春节团拜视频，是我以往过大年最重要的内容之一。我无数次想象过：我，一个海岛出生、海岛长大的长岛人，等真的老了，哪儿也去不了的时候，爸妈的老屋就是我的归宿。"树高千尺，落叶归根。"到那时，当春节团拜的锣鼓再响起来时，我会挂着拐杖，小步快挪，也"冲"到大街上，融入那锣鼓喧天、彩旗飘扬的欢快场面！

　　老家长岛自 2018 年 6 月被山东省委、省政府批准设立长岛海洋生态文明综合试验区后，目前正在争创全国第一个海洋类国家公园，打造绿水青山海岛的样板。无论怎么改，它依旧是我梦里的岛、心中念着的老家。

2021 年 2 月 15 日

作者简介

　　马素平，女，长岛出生，军人家庭长大，从事金融工作39年。中国金融作家协会会员、中国散文学会会员、山东省作家协会会员、山东省散文学会会员、烟台市作家协会会员、山东金融文学编委会理事、《齐鲁晚报》"壹点号·海岛寻梦"专栏作者、《齐鲁晚报》"青未了"专栏签约作者，《金融文坛》杂志烟台办事处主任。

送一枚海螺给你，长岛姑娘

⊙ 欧明京

送一枚海螺给你

长岛姑娘

你可知道其中的秘密

当你轻轻吹响海螺

海螺里便流淌出爱的小溪

啊

我的柔情

我的蜜意

都在这悠长的海螺声里

送一枚海螺给你

长岛姑娘

你可知道我的情意

当你轻轻吹响海螺

海螺里便荡漾出爱的涟漪

啊

我的恋歌

我的衷曲

都在这悠长的海螺声里

送一枚海螺给你

长岛姑娘

你可知道我的思绪

当你轻轻吹响海螺

海螺里便飘荡出爱的芬芳

啊

我的思念

我的低语

都在这悠长的海螺声里

送一枚海螺给你

长岛姑娘

你可知道我的热望和心曲

2022 年 5 月 14 日

作者简介

欧明京，男，笔名"苏乡"，20 世纪 60 年代生人，安徽省五河县人。毕业于安徽财贸学院（今安徽财经大学）。自幼喜爱文艺，现在事业单位工作。

为你画上一幅画

⊙ 高英卫

冰冷的石壁上

我

幻化为

一朵花

静静地

聆听

春的讯息

生命是一种轮回

即使

将要枯萎

也要

成为一幅画

刻在

你的心上

雪花飞高又落下

浪漫

是我的底色

我用

并不坚实的

臂膀

与你相拥

石壁
是我的
调色板
悲欢离合只是刹那
日升日落四季枯荣
我将可爱
印上你的眉间

寒风吹过
梳理我
蓬松的乱发
那发间的
一朵红花
是你心头
永恒的朱砂

新发的
绿叶
充满着勃勃生机
我在寒冷的冬日
完成了
生命的
转换

2022 年 3 月 22 日

作者简介

　　高英卫，女，1969 年生，山东莱州人，曾供职于恒丰银行长岛支行。热爱生活，爱好旅游，喜欢戏曲、音乐、古典诗词。

望夫礁歌（外一首）

⊙ 郭贤坤

　　望夫礁，高丽《朝天录》记曰"支（织）机石"，在玉石街左岸。乡人或云：昔辽阳卒妇也。卒治贡马舟，死乌湖岛。妇颙望化碧。考《续通鉴·宋纪·太祖》"诏蠲登州沙门岛居民租赋，令专治舟渡女真所贡马"云者。或其不谬也。感而作歌。太原郡姓郭贤坤诗并序。

　　望夫礁，得望夫，泣血化碧死未足。
　　寒声动地为一哭，暮雨朝云两持扶。
　　愁断东海多恨水，伤心到底泪成珠。
　　辽阳几岁息边衅，汉塞今年又输卒。
　　天子诏下蠲租赋，直为名马过海路。
　　君不见，
　　海路滔滔遽风险，八月不得渡飞仙。
　　传言精卫填海隅，至今洪波藏鸟迹。
　　况复有娥负二山，由来渤溟皆陆田。
　　道路跋涉驱役苦，颠仆马前不得死。
　　胡天八月塞草肥，飒露诣阙时欲归。
　　九斿羽盖列楼船，青旌龙旆欲接天。
　　将军令出如风行，轴舻迤逦尉迟城。
　　城下役夫驱队队，执手牵衣双泪坠。
　　感言天子初料民，以为秋赋变行军。

君恩未尝三日厨，且为朝廷充役夫。

君不闻，乌湖岛，苍岩戟列绝飞鸟。

其下狼牙生崔嵬，浊浪排空翻黑水。

岂非漂风老螭舞，舟命一旦奠鱼腹。

儿夫郎，呼儿父！咫尺海水天涯路。

轻易性命殉胡马，捐弃三良为汉家。

君不闻，

永州司马柳河东，解释苛政化毒虫。

可怜天心恤孤寡，鲁厩问人不问马。

2021 年 12 月

散曲·天仙子·七夕

湿淋淋雨打了芭蕉，

仆愣愣鸦鹊髻了鬓毛。

聒噪噪偏向天儿叫！

云道：

牛女渡河，一岁一遭。

恁银汉天漕，隔不断音耗。

去年更今日，暗把罗带结了。

破题儿见到，扑腾腾心跳。

喔！消息难凭。

恰便是盈盈一水间，

倩飞星传报。

2022 年 5 月

作者简介

郭贤坤，男，1963 年生，祖籍山东蓬莱。1980 年参加工作。曾供职于原长岛县博物馆，主要从事文物考古工作。

汝之所向，吾之所往

⊙ 肖爽爽

亲爱的老公：

见字如面！提笔给你写这封信时已经是深夜了，两个女儿都已沉沉睡去，只有在这个时候，我才有属于自己的时间来整理思绪。我参加了单位组织的"论语线上百日行"学习活动，要求给亲人写一封家书，我丝毫没有犹豫就选择了你，并不是为了完成学习任务，而是因为我有太多太多的话想对你说……

长岛的夏天马上就要进入尾声了，清凉的海风已经在我们的心头逐渐荡漾开来。昨晚和你视频的时候，你看着女儿手中的雪糕居然问我："冷不冷？"我在笑话你的同时不经意间瞥到了你身上的长袖迷彩服，突然心就疼了起来。

初次听说你要去西藏，我是坚决反对的。并不是担心你离得远，而是担心那么恶劣的高原环境，你的身体怎么能受得了？可是你说你符合进藏条件，要到祖国需要的地方去。但是我仍然想尽了各种办法阻止你，最后给了你两个选择，要么转业，要么离婚！记得那段时间我们僵持了快一个月，部队的命令已经下达，但你依然没说服我。最终看着你左右为难的神情，我还是妥协了。我知道，从你穿上军装的那一刻起，你就把"使命"装在心里，把"服从"烙进脑中。

于是，你背起了行囊，更是背起了全家人的嘱托，走进了西藏，走进了那个海拔4700多米高的驻地。从此我的心也跟着去了西藏，去了那个海拔4700多米高的地方……汝之所向，吾之所往！

西藏，多少人梦寐以求的地方，又是多少人望而却步的地方，你在那里已经整整两年了，每次我问起你那边的情况，你总是笑着说："比你想的好多了。"可是每天晚上和你视频的时候，看着你戴着氧气面罩，我都会忍不住落泪，你告诉我，你晚上都会戴着面罩睡觉，可以想象那是多么难受啊！自从你去了西藏，我就开始关注西藏的一切，因为我们小家的"顶梁柱"在那儿！从此我担心的不只是你的身体，还有你的安危。

曾经有很多人问我，怎么不去西藏看看，那么神圣的地方，多么令人向往。我只是笑而不答，其实不是我不想去，而是我不敢去，我害怕去了以后看到你工作的地方，看到你居住的环境，我会更加控制不住自己。

都说当军嫂不易，可我知道当军人更难，每次女儿问我："爸爸怎么还不回来？"我都会说等到大雪飘飘的时候爸爸就回来了，于是女儿天天等着下雪。有时候急了也会问我："妈妈，怎么还不下雪啊？"我懂得她对你的思念，只是小小的她不善于表达罢了。当然我更知道你对孩子们的思念，每天晚上视频，你什么话都不说，就是在那里静静地看着女儿，舍不得挂掉手机，只为了多看我们一眼。

书向鸿笺，红叶之萌；一堂缔约，良缘永结。转眼间，我们一起走过了 17 个春秋，你从一名默默无闻的小战士成长为现在的正团职军官，这其中的艰辛与努力只有我们自己最清楚。老公，遇见你，就像冥冥之中的安排；嫁给你，是我今生做得最正确的选择。都说"家是最小国，国是千万家"，你一心装满国，我便一手撑起家。今生你以国为家，那么无论是偏远海岛还是边疆哨所，无论是大漠孤烟还是雪域高原，汝之所向，吾之所往，更是心之所系。无论前路如何，我都会陪你分担苦与愁，分享甜与乐。

夜已深，相思成风，风卷帘动，清凉的海风似乎也在诉说着我对你的思念，老公，我真的想你了……

落笔之时，恰逢七夕，是中国的"情人节"，知道你向来不懂这些，就让我们这对"牛郎织女"祝愿天下有情人终成眷属吧！

家中一切安好，勿念！

爱你的妻：爽

2021 年 8 月 14 日凌晨

作者简介

肖爽爽，女，1982 年生，祖籍长岛东村。本科学历，长岛综试区实验幼儿园教师。热爱幼教事业，专注于研究幼儿心理学。爱好文学，多次在各级报刊和幼教网站发表文章，现为烟台市作家协会会员。

这才是爱情的样子

⊙ 肖鲁平

老头子头朝北，脚冲窗躺在炕东头，被褥厚实，被角洗得发了白，两个枕头叠在一起，两头用布条绑住固定，中间因常年被压实而陷了下去。屋里安静得只有老头儿喉头带痰的喘息声。

门开了，一儿一女搀扶着身穿厚袄、头戴布巾的老太太挤进门，踩着方凳上了炕，被二姑娘扶着肩膀缓缓躺下，头冲窗，脚朝北，侧脸对着老头。声响很大，可老头并未睁开眼，好像睡得很沉，嘴巴微张着。"你睁开眼看看我啊。"老太太抬抬手又无力地放下，声音颤抖。大儿子坐在靠门的沙发上，二姑娘盘腿坐在炕上，倚靠着窗户边，守着她的娘："妈，我给你倒点水喝啊？"老太太身上盖着被子，没有应，自顾自地说："你好好看看我吧，要是我走了，谁能这么照顾你啊。要是你先走，就是你的福。要是我先走了，我真的不放心。"二姑娘从身后掏出卷纸，擤了把鼻子。

良久，老太太冲着另一个沙发上的外孙女说："姥这次是不行了。"哽咽着，带着太多的不舍。外孙女手里攥着手机，强压着心中的酸涩，故作轻松地说："一天到晚想着不行不行的，十年前就准备好送老的衣裳，不也没用上嘛，别瞎说了哈。"其实她心里怕得很，怕自己回家时再也看不到伴她成长的老两口，怕她每次踏进这个门唤着的人再也不能欢喜地回应，怕自己的孩子出生时见不到太姥姥和蔼的面容。

炕上躺着的是我的姥姥、姥爷，虽然场面凄凄，可是当阳光铺满屋子，老头儿和老太太黯淡的脸上也有了一丝暖意，这让我看到了爱情的样子。

我记得从前姥爷总爱戴一顶蓝色带檐的布帽，睡觉前会一丝不苟地放在电视上，用梳子拢一拢没有几根的头发。姥姥总会给姥爷把杯子倒满水，放到桌子上，姥爷一伸手就能够到。

姥爷瘫在炕上八九年，可身上总是干干净净的，屋里也没有什么异味，一日三餐都是姥姥喂他吃，自己却总是对付一口。好的，稀罕的，姥从来不会馋一口，留着下一顿再给老伴吃。可这样的日子，终究一去不复返。

炕上宽敞，刚刚蹒跚的娃娃可以放肆打滚，一会儿爬窗台，一会儿翻席子，姥姥坐在炕东头，用混浊的双眼注视着小娃娃，就好像她青丝依旧时注视着我一般。

岁月如流，爱依旧……

——写于 2019 年，谨以此文怀念姥姥姥爷

作者简介

肖鲁平，女，1991 年生，山东长岛人。军人家属，爱好写作，作品发表于《齐鲁周刊》《军嫂》等杂志及"鲁祖轩"公众号，作品曾被收录于"庆建军九十周年"征文优秀作品集《爱我人民爱我家》，曾荣获第九届"书香三八"征文优秀奖。2019 年被北部战区陆军授予"好军嫂标兵"荣誉称号，2020 年被授予烟台市"十佳军嫂"荣誉称号。

两个馒头

⊙ 孙寅昌

　　我十一二岁的时候，正赶上三年自然灾害，那年头我们总是被饥肠辘辘困扰着。母亲说，我之所以没有长成像父亲那样接近一米八的帅哥，都是因为那段时间的营养不良造成的。但是我的同班同学如福茂啦、宝乐啦、前进啦、得利啦，都长得非常高大，可见身材发育与营养不良并没有什么绝对关系，但是那个年代还是给我留下了许多挥之不去的记忆。

　　那是一个很平常的早晨，我背着书包刚出家门，迎面就碰上了得利，我突然就有了一种"不祥之感"，因为得利属于"坏孩子"，他不仅经常迟到、旷课，还喜欢打架闹事。得利见到我就高兴地喊："大昌啊，你怎么才出门呀，今天我们肯定迟到啦！"

　　没等我回答，他接着说："迟到了的话苗老师能训死我们，你喜欢听他'满嘴放炮'吗？如果早上他跟肖老师（苗老师的妻子）再吵上一架，他准会抓着我俩撒气，能狠狠地训我们一节课也不算完。与其听他训，还不如去海沿儿痛痛快快玩上一场。"

　　"那怎么行啊？"我喃喃地说。

　　"你不知道，俺二哥说东海沿儿大湾里飞来了两只'穷等'，可漂亮了。"

　　我的眼睛亮了。"穷等"是什么？我们长岛人说的"穷等"就是长得类似白鹭的一种水鸟，叫它"穷等"，是因为它会一只腿站在水里，长时间地一动不动，直到鱼儿毫无防备地游过来，它就迅速地一口将鱼儿吃掉。

　　水鸟多么美啊，它洁白的翅膀撩拨着少年的心。到东海沿儿必须要

193

经过学校最后一排教室的后窗，我们必须绕道远行。

我们所说的东海沿儿大湾，其实就是海边的一小片儿沼泽地，那里有发臭的泥塘，有长不高的芦苇，还有嘹亮的蛙声。我们围着大湾转了几圈儿，并没有看到什么水鸟，只是惊动了一群麻雀飞来飞去。我知道得利是骗我了，因为"穷等"来的季节应当是深秋，现在才是初秋时节，怎么会飞来"穷等"？但是在野外的欢乐，早已让我们忘掉了旷课的烦恼，找不到"穷等"，我们干脆就到海边去。

海边是一个多么令人神往的世界！这里有光滑的鹅卵石，飘荡的水草，远远的帆影，还有嘎嘎叫的海鸥。赤脚蹲到水里，就会看到蹦跳的小虾，游动的小鱼，附在礁石上的海胆和像花儿一样盛开的海葵，更不要说成堆的锥螺、香螺、面螺、辣螺与红螺了。悄悄地搬起一块海石，"赤夹红"就会伸展开双螯挑战少年的躁动……可惜那天是一个满潮的海，我们错过了收获带来的欣喜，但是对于男孩子来说，到处都是游乐场。

我们终于发现了一个好去处——碉堡。这是20世纪50年代初期由苏联专家设计的，钢筋水泥结构，相当坚固。碉堡的门没有锁，我们跳进去，一人守住一个窗口，把双手握成圈儿，像部队首长一样用"望远镜"注视着远方。

得利突然命令我："机枪手，你把登陆的'美国鬼子'全都给我消灭掉！"

我不服："你凭什么命令我？"

"我是团长！"得利说。

当时南北长山两岛之间还没有建连接工程，北长山岛驻军的最高首长就是团长。我们那时虽然还没学到多少文化知识，可是因为经常和解放军叔叔接触，"军事素养"已经很有一套。

我觉得我不比得利差，便大声喊："我是政委！"

得利瞪着眼睛看着我，他大概是认为"政委"这个职务对于我来说似乎有点高，但也明白让我干排长我肯定也不会答应的，于是他喊道："政委，我命令你，必须把'鬼子'给我全部消灭在沙滩上！"

他喊命令，我还是有点儿不舒服，但转念一想，我既然已经是政委了，也没必要再和他计较。我捡起一根木棍，嘴巴里的机枪声就哒哒哒地响起来，我还会像电影里的机枪手一样，左右摇晃着肩膀，让"机枪"扫射出最大的扇面，那些闪烁在我眼前的影像，不知要比电影里的画面丰富多少倍！

我再转眼看看得利，他竟然将右手摆成"八字"当手枪，嘴里还发出"叭叭"的声音，他还以为他真是团长哩！我把木棍子扔了不干了，得利也不说话，坏笑着把他的"手枪"往破腰带里一插，想证明他还是团长，不过那样子简直就是个地地道道的特务。

肚子早就咕噜噜地叫了，我们爬上碉堡顶，发现村里的"富台"（烟囱）都已经冒烟了。这是我们在外面玩耍时，分辨何时该回家最好的方法。我们从碉堡顶跑下去，看到不远处老范大伯正在捻船，一只木船侧翻着，整个船底全部露了出来，老范大伯面朝船底，握着钎子，挥动着锤子忙碌着，因为担心他看出我们逃学，就悄悄地从他身旁溜走，可是一只放在光洁的卵石上的小篓子吸引了我们的目光。小篓子是用乳色的柳条编制的，篓子上盖着一条印着花的洁白的毛巾。得利瞅着老范大伯的背影，将毛巾悄悄地揭开：哇！那是多么诱人的画面啊，两只圆圆的白里泛黄的馒头闯入我们的视线。我正愣神的时候，得利两只手抓起馒头，撒腿就跑，我只能跟着他跑。惊恐的我回头望了望大伯，老人家只是一门心思地舞弄着他捻船的锤子。

我们跑进一片高粱地才停下来，我的心慌乱地跳着，不仅仅是因为剧烈的奔跑，更主要的是害怕。得利蹲下来递了一个馒头给我，自己就狼吞虎咽起来，我双手抱着馒头，看着他贪婪兴奋的样子，还是紧张得不敢动口。一个馒头眨眼间就被他吞掉了，他瞪眼看着我那呆呆的神情，夺过了刚才还属于我的馒头，一掰两半儿，端详着将稍大些的那块递给了我，嘴上说："吃吧，没事儿。"就又开始了他那丑陋的咀嚼。我知道我再不吃，这半拉馒头还是要被他吞下的，于是我纠结地，慢慢地吞咽着这羞愧的香甜……

回家的路上，我的心里翻腾着，良心让我愧疚难安。我后悔当初为什么不能说服得利将馒头给大伯送回去，我不敢想象老范大伯打开他的小篓后会是一种什么样的心情……

十九岁时，村里把我从农业队安排到养殖场，我和大伯分在一个队里，每当大伯冲着我微笑，我都羞愧得无地自容。几次想向大伯坦白年少时的错失，却又总是没有勇气说出来。

春天里一个明媚的午后，队长老滕让我和大伯用一个排子（养殖用的小船），为海带养殖区泼撒化肥。小船摇入海区，碧透的海面，晴朗的天空，只有橹桨吱呀着拨动我的心弦。我终于红着脸向大伯吐露了心中多年的纠结，谁知大伯听后竟爽朗地大笑起来："你们这俩小鳖羔子啊，抢了大爷美美的一顿晌饭，你以为我没看见你们啊，我早瞄见你们俩啦！"

我急忙问："那您为什么不喝止住我们啊？"

"那年头肚子里都空落落的，谁看见大白馒头不馋啊，何况是你们两个小人儿。我那是怕吓坏了你们！看着你俩都跑远了，我心里就咯莫着，就让我老头子饥困一天算啦，让这两个小鳖羔子得得味吧。"

大伯又呵呵地笑着说："那天晚上我一口气吃了四个黑菜团子，你大娘望着我问，我早上四点起来专为你做的馒头就一点儿也不垫饥吗？我说我就是个吃黑菜的命啊。"大伯有四个孩子，他们连看都没有看到这样的馒头，这在当年如金子一样珍贵的馒头，却让我们两个混蛋小子享受了！我们该有多么愧心啊！

我深深地被大伯的宽容所感动，我更深深地敬仰着我善良的前辈。我把这事和得利说了，这个"坏孩子"竟然哭得一塌糊涂……

2021 年 5 月 31 日

作者简介

孙寅昌，男，长岛北城村人，1950 年生，初中学历。爱好文学，曾编著《长岛风物》《仙境·长岛》《长岛神话传说》等书，现为烟台市作家协会会员。

浓浓的邻里情

⊙ 矫永生

俗说讲，远亲不如近邻，近邻不如对门。对于一个外乡人来说，能有一群好邻居，该是多么可遇不可求的事情。我在十多年前居住过的 35 号楼，就给了我一段浓浓的、难以忘怀的邻里情意。

（一）永远的温馨——热饭暖炕

吃一口热饭，睡一铺暖炕，一定是属于家的记忆，除去父母，恐怕只有老梁和嫂子能给予我这种温馨。

老梁是我办公室的领导，刚毕业的我在海岛一无亲二无故，每逢过节放假，整个单位除我之外空无一人，老梁见状不忍心，便让我去他家过节。

嫂子也是热心人，见我不好意思，一个劲儿地宽我的心，让我别想家，说这就是你的家。这对于平日被称呼为"地瓜干"的外地人来讲，是莫大的安慰，心与心的距离一下就被拉近了。

老梁住的是平房，烧的是土炕，虽不是十分豪华，但被嫂子收拾得很干净、很亮堂。嫂子还做得一手好饭，炒起菜来干净利索，并且色香味俱全，不一会儿四个菜就被摆到了炕桌上。坐在热炕上，倒上早已放在炕上焐好的啤酒，在老梁暖心的话语中，这顿饭就开始了。说实话，这是我毕业好几个月来吃过最暖心、最好吃的一顿饭，每每碰杯，我看见老梁和嫂子就想起父母，想起兄弟姐妹，眼里的泪水就在那打着圈，嫂子见状，总是轻轻地拍拍我的后背，嘱咐我别想家，多吃点。

随着去老梁家吃饭的次数多了，拘束感也被嫂子的亲切消除了，而且每次我不仅去吃，还把下顿或第二天的饭都带回去，自己也不再把自己当成客人，而是把老梁家当成自己家，把老梁和嫂子当成自己的亲哥亲嫂对待。不管房子怎么搬迁，不管时间如何变换，老梁的家就是自己的家，那个烧热的炕就是自己的窝！

后来结了婚，没想到对象与老梁、嫂子也很投缘，很快就熟悉了。更让人想不到的是，两家人住到了一栋楼上，我住 102，老梁住 202，我们不仅成了邻里，更成了一家人。

工作上相互支持，生活上相互关照，特别是老梁对我的包容，更让我感动。每次从老家回来，总是赶着饭点，早一些 11 点到，晚一点下午 1 点多到，而老梁和嫂子总是把我家的炕先烧好，然后在家备好菜、做好饭等着我们。而我们总是享受着这温暖，坐着热炕，吃着热菜热饭，喝着热酒，甚至吃饱饭还不想走，毫无顾忌地在炕上睡一觉，直到对象催我回家。对象这时总是批评我太过分，她哪里知道我心里对老梁和嫂子的依赖和感谢，直到有一天嫂子过生日，把蛋糕打开，看到"嫂大如母"四个字时，她才理解老梁和嫂子在我心中的地位，同时也明白我为什么不愿称呼老梁为大哥了，因为在我心中，早已把他们当成了父亲和母亲，离不开了！

（二）"不是外人"暖一生

随着我和老梁的搬入，加上早我们一些时候搬入的老高、老于，他们都曾和我一个办公室，都如老梁般朴实、热情、和善，我们之间朴素的感情使我们的邻里关系就像一家人般紧密，谁家有事儿都齐上阵帮忙解决，谁家有困难都会伸出手援助。至于楼前楼后的卫生，也都抢着干。到了冬天出来扫雪，是没有人招呼的，都会自觉起早多干，谁要起晚了都会惭愧地说："不好意思，下次一定早起。"不仅如此，他们对于我这个外乡小老弟格外照顾，我和对象有段时间工作特别忙，回家很晚，在幼儿园上大班的孩子都得自己上下学。我们回家晚了，她就得在门外等，这时，谁家看见都会把孩子领回家，等我们回来了，孩子都早已吃饱了。父母从远地方来看孩子，邻居们不仅带着东西来看父母，而且轮着班请父母去家里做客，父母大受感动，直言没想到我人缘这么好，遇到这么好的邻居，一个劲儿嘱咐我千万别忘了这些邻居，要知恩图报。

其实不用父母嘱托，我内心也是十分感恩，邻里帮我的好多事情，我都没和父母说。比如过端午节，这儿家家都会包粽子，只有我们家不会包，可端午节那天早上，邻居会轮着敲门，家家都送来八个粽子八个鸡蛋，不会包粽子的我们反而比任何一家的粽子都多。记得那一年"房改"，我们没钱买房子，邻居知道后都来帮着凑钱。老于嫂子知道晚了，过意不去，直接拿了两万块钱送下来，近乎呵斥地对我说："你这个兄弟，瞧不起嫂子怎么地？有困难就说，又不是外人！"好一个不是外人，这一句话让我又感动又惭愧，更让我记了一辈子，暖了一辈子！

（三）其乐融融大家庭

正是这几位邻里不把我当外人，我也真心把邻里当亲人，也正是这样的邻里亲情使我们这几家成了无话不谈、无事不帮、无所不给的大家庭。因为我这个外乡人过节不能回家，他们几家达成共识，每逢过节都不到亲戚家去了，轮着做庄，四家聚在一起过节，并且中午晚上都在一起过。于是，一种特殊的"楼文化"形成了：轮到谁做庄，谁家就早早地备菜忙活，几家的女主人都去帮厨，中午11点半准时开宴。不管谁家做庄，我都是永远的副陪。四家十二个人就这样聚在一起，在浓浓的大家庭情谊中开始过节。我们畅所欲言，推杯换盏，诉说情谊，祝福健康，畅谈未来，穿插着笑料，大人笑，孩子乐，真是好不热闹，在楼外，老远都能听到这座楼里的笑声。吃完午饭，孩子搭伴玩耍去了，男人喝着茶醒着酒，女人们收拾完，一家出一人，围桌打起麻将。因喝酒的缘故，常常每家两口子意见不一，引起阵阵吵闹，紧接着又是阵阵笑声。打到半截，男人们回家醋睡了，女人们则能安安静静地打会麻将。半下午了，女人们收起麻将，剁菜的剁菜，和面的和面，围在一起说笑着包起饺子来。

包完了饺子，把中午的剩菜一热，男人和孩子们就回来了，十多人的大家庭又开始热闹起来。

这就是35号楼的"楼文化"，它拉近了我们的距离，让我不再想故乡，不再念亲人，这儿就是我的故乡，这里的人就是我的亲人！不仅是我感到幸福，就连楼外的人路过这里，都会驻足相望，羡慕这一群人是多么幸福。

因工作的关系，我第一个从35号楼搬走了，虽能偶尔相聚，但已远远达不到以前的频率，每次聚完都会留下遗憾或更多的想念。以至于有一次老梁的女儿对我说："叔叔，都怪你搬走了，现在过年过节一点儿意思都没了，你还是搬回来吧！"听着已是三十多岁，我看着长大的孩子娇嗔的怪责，我又何尝不怀念那温暖的大家庭生活呢？正是这些热情、友善、无私的邻里教会了我怎么生活，怎么做人，给了我一生的温暖和回忆。

前几天对象病了，我从烟台冒风赶回，到家却是冰凉凉的，等自己忙活完已是半下午了，我吃着饭跟对象说："要是老梁和嫂子在就好了，那我们回家后就不是这般景象了！"说完，已是满眼泪光，我仿佛看到那暖暖的炕头，热气腾腾的饭菜，还有老梁和嫂子那温暖的目光！

2021 年 12 月 23 日

作者简介

矫永生，男，1965 年生，大学本科学历，从事学校管理工作。爱好文学，长于诗歌、散文等体裁的创作，作品先后在《胶东散文》《关东美文》《奉贤文学》等杂志和"墨上尘事""胶东文艺""诗星"等新媒体平台发表。

童年的小推车

⊙ 郭光

今年回长岛老家探望父母，在小屋门口看到了那辆既熟悉又陌生的小推车。我惊讶地问父亲："这辆小推车你还留着呢？"父亲说："是啊，你妈现在腿脚不好，走路不方便，拄拐杖有时也不牢靠，我就把这小推车收拾出来给她推着走路，很稳当，好用！"听了父亲的话，我心里一怔，无限往事涌上心头。

说起这辆小推车，它已有半个世纪的"车龄"。它是木质材料，对称结构，两头各有一个高高的横杆做把手；有四个轮子，车身中间安装了一块活动木板，相当于一个小桌子，可以放置各种零食、玩具；木板左右各有一块对称的矮木板，相当于两个小凳子，可以坐小孩、放东西；中间的活动木板拆下来，能够与小凳子拼接成一个平面，相当于一张小床。这是父亲精心设计并亲手为我打造的爱心小推车。这辆算不上漂亮却结实耐用、功能齐全的小推车陪伴我度过了幸福快乐的童年时光。

在襁褓里时，父母常用它推着我出门晒太阳，我困了就在小推车里睡一觉。渐渐地我长大了，父母又用它推着我上街买菜、看光景，在家时把我放在小车上自己玩耍、吃东西，他们腾出手来干家务。我学会走路后，父母又用它推着我去家北面的小山上撸槐花，到田野里挖野菜，去东山脚下的果园里采蘑菇……

母亲说我小时候像个男孩子，很喜欢在山上玩耍。山上有股淡淡的松香，沁人心脾，最吸引我的还是山上的那些宝贝：春天挖荠菜、撸槐花；夏天摘桑葚、野葡萄，采蘑菇、摘黄花菜；秋天摘山枣、小孩拳头等野果吃。每当父母推着我做这些事情的时候，我都兴奋地久久不愿回家。父母用小车推着我丈量过家周围的一座座小山丘、一条条细长的田埂、一片片果园……从我不记事起一直推到我有了记忆。

二十多年后，我成家有了自己的女儿。我想给女儿买辆漂亮的童车，父亲却说："你小时候用过的那辆小推车我还好好地收藏着，很结实，用它顺手。"父亲将小推车换上新轮子，重新刷上蓝色油漆，望着焕然一新的小推车，父亲心满意足地笑了。

于是，父母又用同一辆小车推着我的孩子，在我小时候撸过槐花的地方玩耍；在从前是羊肠小道，而今却是宽敞平整的海滨慢道上流连；在从前是堆满牡蛎皮、海虹皮的旧海滩，而今却是每到夜晚灯光璀璨、人头攒动的海水浴场里游戏……每当父母推着女儿走在街上，人们看到这辆不同寻常的小推车时，都纷纷止步赞叹它的实用结实，幼小的女儿悠然自得地坐在里面晒太阳、吃东西喝水、看图画书，天真可爱。这时候，父亲总是美滋滋地向路人说："这辆车还推过她妈妈呢！"

父母用我童年的小推车又推大了我的孩子。

而今五十年过去了，八十岁高龄的母亲又用它来推着走路。每天推着小车走到她自己的小天地——楼前那片不大的小菜园里，坐着小马扎乐此不疲地打理她的蔬菜瓜果。母亲说，不为省这点儿蔬菜瓜果钱，为的是锻炼腰腿功能，尽量延缓衰老，能够生活自理，不拖累你们。

童年的小推车，我一次又一次地以为它完成了历史使命，它却一次又一次地焕发活力，推了一辈又一辈，度过了半个世纪的岁月，也承载了父母对我和女儿太多太多的爱！一如歌曲《咱爸咱妈》中所唱："古老的民谣一辈辈唱，唱出了太阳，唱落了星。"

我的父亲母亲，你们用小车推大了我；现在，你们年老体衰，请让我做你们的手杖，陪伴你们走过今后的每一个春夏秋冬吧！

2020 年 9 月 8 日

作者简介

郭光，女，山东平度人，现居莱西市。海岛出生，海边长大，海岛生活 30 余载。喜读书、爱写作，用文字装点生活。

多多，爸爸想对你说

⊙ 梁晓民

多多：

　　一晃十年了。你从呱呱坠地到蹒跚学步，再到少年初长成，一路走来，感慨万千。爸爸从三十而立、意气风发到现在早生华发。不变的是，你离我始终是22海里，两个半小时的船程；我见你始终要间隔20多天，还要看天气允不允许。

　　那年你刚出生。那天，爸爸的小天使要降临了，我心中的喜悦无以言表，妈妈为了你的健康成长毅然决然选择了顺产，可你却足足折腾了她22个小时才出生。你脐带绕颈一周，刚出生时脸色乌青，没有像其他婴儿一样发出清脆的啼哭声。凌晨3点，值班医生慌忙叫来了儿科主任和妇产科主任。在大家齐心协力地抢救下，终于听到你嘤嘤地呜咽声。而我却因为大风停航堵在了大钦，没有陪在妈妈身边，没有感受你遭遇过的"惊险"。你的出生缺少了我陪伴，是我一生无法治愈的痛。

　　那天，你才满34天。因为病毒感冒引发重度肺炎，医生让爸爸妈妈在你的《病危通知书》上签字。签完字，爸爸妈妈哭成一团。你太小了，抗体不足，又再次被感染，妈妈陪着你两次住进ICU病房。每次爸爸送饭的时候，总是希望从护士阿姨打开的门缝里看看你到底什么样儿；妈妈每次从病房传来的消息都是，"多多今天可坚强了，打针、打吊瓶、做雾化，都没有哭，医生都夸多多是个乖宝宝。"从此，你又有了一个名字，叫"多坚强"。

　　那年你一岁半。那天，我像往常一样拿起包准备去码头乘船返乡，你跑过来非让我抱抱，就这样一直黏在我身上，不肯撒手。最后，你舅舅骑电动车把咱爷俩儿送到了码头。因为要去上班，爸爸还是狠心把你推给了舅舅。那一刻，你哭得撕心裂肺，求着我"爸爸，抱抱，抱抱……"而我朝着你舅舅吼了一句："晓东，你快带她走。"其实，爸爸知道你不舍得我走。当我把你从身上"撕"下来的时候，仿佛在撕自己的心。就这样，船走了两个半小时，我哭了两个半小时。

从那刻起，我就知道，多多你长大了，从以前傻傻地只知道挥手和我说再见，到要求抱着不肯撒手，爸爸的女儿真的长大了。也许有一天，你会因为我一次次的拒绝而逐渐疏远我。但是多多，你知道吗？天底下哪有不爱自己孩子的父母，又有哪个父母愿意和自己孩子分开？多多，你知道吗？你是我心中最柔软的地方，是我生命的延续。如果有一天爸爸不在了，还有你可以代替我继续感受人世间的一切美好。

那年你三岁。你奶声奶气地反复问我："爸爸，你什么时候回家？""什么时候能回到我和妈妈身边？"我敷衍你说："很快，爸爸很快就回家了……"其实我多想告诉你，谁都知道大钦工作条件艰苦。"天无三日宁，地无三尺平""无风三尺浪，有风浪三丈"，是海岛自然环境的生动写照。在这儿工作，既要忍受恶劣的自然条件，还要远离家人；既要过得了晕船关，还要过得了"紧缺关"。停航、停电、缺菜、缺水……这儿仿佛什么都缺，但这儿不缺需要服务的老百姓，不缺一件件、一桩桩亟待解决的急事、难事。再艰苦的地方也得有人坚守，也得有人奉献。如果有一天爸爸调离了，别人的爸爸还会到这儿工作。

那年你五岁。一天，妈妈带着你来大钦看爸爸。妈妈抽出被你紧紧抓着的手，让你自己下台阶。从你的眼神里，我们看到了无助和惊恐。在大家的鼓励下，你就这样先探出左脚伸向下一级台阶，待站稳了，再跟上右脚。就这五级台阶，你下了足足有 2 分多钟。多多，你知道吗？这 2 分钟，我有多难熬吗？爸爸反复问自己，我的"多坚强"去哪了？

今年你十岁。有一天，我休班回家，在学校门口接你放学的时候，设想过咱俩相见的场景：我一看到你就抱住你，像你小时候一样，咱还玩"举高高"；你一看到我，是不是特别兴奋呢？会不会扑到我怀里，腻腻地叫上几声爸爸？放学了，你出现在校门口。我情不自禁地伸开双臂走向你，却发现你看我的眼神非常陌生，有意无意地躲避着我的注视，执意撇开我张开的双臂，藏在妈妈身后，低着头，一句话都没有说。所有美好的想象就在那个瞬间，碎了。咱俩之间的疏离和陌生，像针一样刺在我心上，真的很疼。其实爸爸也知道，陪伴是最长情的告白，如果我一直陪在你身边，伴你成长，在你眼中我也应该是个好父亲吧。

多多，你知道吗？在咱们长岛，特别是北五岛和西三岛，有无数个像爸爸一样的别人家的爸爸妈妈，常年生活在孤岛、奋战在一线。① "心到之处，百花皆开"，因为我们有一个共同的名字叫共产党员，面对党旗，爸爸妈妈许下了铮铮誓言。这些话语余音绕梁，不绝回响。"不忘初心，牢记使命"，这是我们最初的梦想、始终的执着和永恒的追求；"海岛为家、艰苦为荣、祖国为重、奉献为本"，这是我们对誓言的承诺、信守和践行。一滴滴辛勤的汗水，一个个实干的脚印，一个个平凡的名字，久久为功、善作善成，我们用实际行动诠释了共产党员的责任和担当，凝聚起"敢闯敢试、敢为人先"的坚韧品质，构筑起长岛的岛泰民安、和谐安康，长岛这颗璀璨明珠才能在祖国大地上绽放出持久、耀眼的光芒。

多多，爸爸爱你！

2018 年 6 月

作者简介

梁晓民，男，1982 年生，山东莱阳人，在长岛区直、乡镇工作多年，现于长岛政研中心任职。曾任院报编辑、校报特约撰稿人，多篇文章在上级媒体发表。

---

① 长岛，特别是"北五岛"的工作人员都有一段或几段催人泪下的心酸往事，文中的多多是"集大成者"，因为这是发生在 2 个孩子身上的故事。本文致敬每个忠于职守、默默奉献的人，生活不易，且行且珍惜！

写给亲爱的儿子

⊙ 楚魁婧

亲爱的儿子：

自你出生以来，这是妈妈给你写的第一封信，记得你还在妈妈肚子里的时候，妈妈也学人家准备了一个大本子，想给你写点什么，可是因为孕吐严重，一直也没写成，想来真的很惭愧。正好借着这次市里举行的"百人百日行《论语》线上活动"的机会，再次拿出那本尘封了十多年的大本子，满怀期待地提笔为你写下这封有温度的信。

我亲爱的儿子，昨天你刚刚过完十一岁的生日，看着烛光跳跃里你闭目许愿的虔诚模样，泪水模糊了我的视线，回忆一下子涌了上来。从你挣扎着出生到认识这个世界，直到长成大小伙子，一直都是在我们的呵护下，你也同时享受着这得天独厚的关爱。因为姥姥是英语老师，奶奶是数学老师，妈妈是语文老师，所以我们对你的要求就比其他小朋友高。从你牙牙学语开始，我就会有意无意地教你背古诗词，教你写数字，你也不负期望，学得很快。那时候妈妈最开心的事，就是带你出去到小区门口的超市里炫耀，看着你在爷爷奶奶叔叔阿姨面前的表演，我的虚荣心得到了极大的满足，我想那时的我一定很骄傲吧！

时间就这样在别人的夸奖中悄然而去，不知不觉中你升入幼儿园大班，老师每天都会教一些基础的生字和拼音，那时的我还沉浸在你的"神童"梦里，觉得你肯定全都会了，直到有一天老师要求我和爸爸一起去观察你的上课表现，我才发现一直以来都是我高估了你。一大半的拼音、生字你都认不出来，原来，你也是一直骄傲地认为，老师教的都是妈妈早就教会你的，因此并不认真学。一天，两天，三天……时间长了，妈妈没教过的你也不会了。直到上了小学，你注意力不集中的毛病越发明显，而发现这一情况的我非但没有想办法帮你改正，还不止一次地为了我的虚荣心而说难听的话讽刺你。亲爱的儿子，现在的你，愿意原谅那时的妈妈，改掉你注意力不集中的坏习惯吗？

我亲爱的儿子，时间过得多快呀，你都长成一个小男子汉了。你小的时候，是一个调皮的小家伙。你对什么都充满好奇心，尤其喜欢玩水。记得我第一次带你去单位，正值寒冬，办公室里有一个水桶，我着急去上课就把你托付给了同事，四岁的你摆动着笨拙的身体，一扭一扭地走到水桶前试探着，小林阿姨看到之后一个箭步走到你面前，一脸严肃地嘱咐你："千万不能动这个水，太凉了，知道了吗？"你也一本正经地一边点头回答"好的"，一边快速地把胳膊伸到了水桶里……后果可想而知，棉袄袖子从里湿到外，等我上完课回来看到阿姨们轮流用卫生纸给你吸水，你还一脸得意。还记得有一年暑假我带着一年级的你去姥姥家，正好刚下完一场大雨，路面上的积水都没过脚踝了，一下车，看到水的你又是没命似的往前冲，姥姥姥爷都吓坏了。但越叫你停下你跑得越快，当时的井盖都是打开的，就在紧急时刻，一个好心人拉住了你，我跑过去一看，你离下水道只有几步之遥，当时的我吓得冷汗直冒，而你呢，还喜滋滋地用手拍打水面，我真是又气又笑。也许正是妈妈的不忍心和放纵让现在的你做事情不考虑后果：冬天为了摘冰凌子，把学校体育组楼前的下水管扯掉了；为了找冰块滑冰，把老师们辛辛苦苦堆好的积雪从树坑里刨出来；为了找蚯蚓和虫子，把初中班级卫生区花园里的石块和土扔到路上……妈妈那时候可真是生气呀，不仅话语严厉，还经常动手打你，你能原谅那时的妈妈，改掉你做事不考虑后果的毛病吗？

我亲爱的儿子，你一定很不耐烦妈妈平时对你无休止的唠叨吧，尽管唠叨中有鼓励、有祝福、有希望，也有忠告、有批评。在你成长的过程当中，妈妈努力地为你灌输做人的准则。妈妈教你做人首先要有一颗善良感恩的心，这也是妈妈的做人准则，希望你也能认同。因为妈妈相信，说好话、做好事才能成为好人。你也确实没有辜负妈妈对你的期望。我时常都说，我儿子除了学习稍差以外，绝对是个好孩子。爷爷肝癌晚期的那段时间是我们家最黑暗的日子，那段时间，每个人脸上都没有了笑容，整天奔波于医院和家之间，小小的你看到被病痛折磨的爷爷，拉着爷爷的手给他讲笑话，鼓励他积极治疗。每次姥爷领着你去探病，洗水果，换点滴，拿化验结果，推爷爷检查都是你自告奋勇。爷爷最终还是离我们而去，你趴在爷爷的遗体前痛哭；每次去山上祭奠，你也懂事地和爷爷保证让他在天上放心，你和爸爸会照顾好我和奶奶。你也说到做到：拖地，打水，扔垃圾，提重物，收拾家你样样在行。可是儿子，面对这样的你，妈妈还是不满足，妈妈每次看到你的成绩，就会把你所有的好全部忘掉，眼里只有你的不好。每每因为成绩对你大呼小叫的时候，你总会委屈地说："你把所有的好脾气都给了你的学生。到底谁才是你的儿子？"亲爱的儿子，你能原谅那时的妈妈，把学习也提高上来吗？

我亲爱的儿子，在我凝视你时，发现你真的长大了，到了如诗的年龄，到了精力旺盛却还有太多事情没有体验过的年纪。现在的你要学会欣赏天空和白云，而不是只沉迷于电视和手机；要学会享受阳光和花香，而不是仅仅钟情于游乐园和快餐。多读书不会是错的，妈妈和爸爸也会支持你去做你喜欢的事情；爱好广泛是有好处的，但是世上之事贵在"坚持"二字，凡事只有坚持才能成功。想想一路走来，你报过的各种兴趣班：翻盖乐、架子鼓、画画、钢琴、乒乓球、写字，目前为止坚持下来的只有写字和乒乓球了。

你还要学会爱自己，在这个世界上爱自己是第一重要的事，爱自己是你一生幸福的基石。关于朋友，妈妈想说的是，朋友是你人生中一个重要的组成部分，一个成功的人，一定有很多能帮助他的好朋友，"三人行，必有我师焉。"所以请不要看轻任何人，任何人都有可能是你的良师。同时，妈妈还想让你记住"己所不欲勿施于人。"你如何待人，人就如何待你，你需要有一颗宽容善良的心。亲爱的儿子，你能答应妈妈，努力做到吗？

我亲爱的儿子，很多的事情我跟爸爸都做得不是太妥当，但是我和爸爸都希望你有愉快幸福的一生。我们都是普通人，我们的能力和智慧是有限的。在我们教育你的过程中，肯定犯了不少的错误。我们有脾气，有时还很固执、很死板。你从小就想养一只小狗，妈妈却找各种理由百般推脱，让你知难而退，可你总是能用自己的实际行动向我们表明养小狗的决心，直到今年三月份你才如愿以偿。看到你惊喜的样子，妈妈后悔没能早点兑现承诺。

感谢你，我亲爱的儿子，从你身上，我们看到了自信，乐观，坚强，懂事。我是多么希望你快快长大，但是经常又害怕你突然就长大了，爸爸经常说，将来不管你去哪，我们就在你所在的城市里买个小一点的房子，守着你，看着你，就像小时候你陪在我们身边一样。亲爱的儿子，到那时，你是否会嫌弃这样做的我们？

我亲爱的儿子，别嫌烦啊，以后妈妈尽力改掉大呼小叫的毛病，用更多的耐心陪你慢慢长大，你还愿意给妈妈一个机会吗？你是爸妈的希望，衷心地祝愿你在未来的路上，像莲花一样出淤泥而不染，濯清涟而不妖；迎烈日而不骄，经风雪而不馁。无论你以后的人生路上有多少难熬的瞬间，你要始终坚信：再长的夜也会天亮，再远的路也会到达！

爱你的妈妈
2021 年 8 月 10 日

作者简介

楚魁婧，女，1985 年生，山东聊城人。2007 年毕业于聊城大学中文系，现为长岛第一实验学校一级教师。从教十多年，三尺讲台上学高为师，身正示范；平时生活中自信乐观，坚韧向上。喜欢文学，作品多次在《烟台教育》等平台上发表，现为烟台市作家协会会员。

第三章

军民情深

致敬长岛，英雄要塞

⊙ 陆汉洲

长山列岛是"渤海咽喉"，素有"京津门户、海上锁钥"之称，历来为兵家必争之地。自鸦片战争以来的一百多年里，列强曾先后七次由这片海域长驱直入，侵入京津，犯我中华。

以史为鉴。中华人民共和国成立后，毛主席很不放心长山列岛的防务。于是，中央军委根据毛主席的指示，对本地区的防务作了重点部署。

（一）毛泽东挥师红旗插上长山岛

1949 年 3 月 23 日，毛泽东率中共中央机关告别西柏坡，进驻北平后决策部署的第一个渡海攻坚战役，就是解放长山岛战役。

第一次全国政协会议和开国大典即将举行，而国民党残部依仗海防要冲和长山列岛的坚固工事，封锁我海上运输线。为确保各界民主人士经海上赴京的安全，中央决定先拿长岛"开刀"。这是解放军首次渡海登陆作战，必须打好。毛泽东亲点时任华东野战军山东省军区第一副司令员许世友指挥打这一仗。

1949 年 7 月，根据毛泽东和中央军委的命令，许世友任总指挥的"长山岛战役前方指挥部"成立。指挥部设在与长岛隔海相望的蓬莱。

面对国民党守军"南有台湾，北有长山，国军防御，固若金汤"的狂妄叫嚣和驻岛守敌配有"美宏""中权"等 4 艘军舰、10 余艘炮艇的严峻情况，许世友做了充分准备：

——对参战的华东野战军七十二师、警备四旅、五旅、榴弹炮团及胶东军区北海地方部队等进行战前动员："拿下长山岛，向中华人民共和国成立献礼！"

——组建"解放长山岛支前委和支前指挥部"，在烟台、蓬莱、黄县等地征集机动船 50 余只、木帆船 400 多只、船工 1600 余名，选配了熟悉地形、岛情的近百名党员、干部和民兵当向导。

1949 年 8 月 11 日 19 时，许世友向渡海作战部队下达总攻命令；8 月 12 日下午 14 时，"南七岛"（南、北长山，大、小黑山，大、小竹山和庙岛）宣告解放。盘踞在砣矶岛，大、小钦岛，南、北隍城岛的残敌见大势已去，不战而逃。8 月 20 日，长山列岛全部解放。

此役我军共毙敌 200 余人，俘敌 1300 多人，缴获大小舰船 10 艘（只）、火炮 15 门、各类枪支 1200 余支，以及大批弹药、军需物资。

我军有 59 名战士和 30 余名船工牺牲，其中许多连姓名都没留下。

首次渡海作战，创造了我军以"陆军打海军""木船胜军舰"的成功战例。1949 年 8 月 12 日成了长岛的解放日，饱受苦难的长岛从此获得新生。

（二）守岛官兵用青春热血写忠诚

长岛解放后，我华东警备区五旅十三团、五旅炮团野炮营、胶东北海军区长岛大队率先进岛，合编为长岛海防团；次年 9 月，海军长山列岛巡防区在南长山成立，两个月后，长山列岛海岸炮兵团成立。1951 年 3 月，巡防区和炮兵团合并，仍名为海军长山列岛巡防区；同年 8 月，巡防区与海防团合编为山东海军长山列岛水警区，后又名海军长山列岛水警区，归海军青岛基地建制。1954 年 11 月，陆军第二十六军七十八师进岛，与水警区合编组成海军长山要塞区，直属海军总部领导。1960 年 5 月 4 日，海军长山要塞区改为陆军内长山要塞区（军），归济南军区建制。1985 年 11 月，内长山要塞区缩编为内长山守备师，归山东省军区建制。1993 年 2 月，内长山守备师恢复内长山要塞区番号，仍为师级建制。2017 年 4 月，内长山要塞区番号撤销，与驻胶东某部合编为烟台海防旅，归北部战区陆军建制。

从长岛解放到此轮军队撤并降改，原内长山要塞区的历史，就是一部一代代守岛建岛官兵用青春热血谱写的英雄史诗。

1954年，时任国防部长彭德怀视察海军长山要塞区时题词："艰苦创业，扎根海岛，以苦为乐，建设和保卫好祖国东大门。"

上岛之初，部队物资极度短缺。1959年之前，蓬莱和各岛都没有码头，要想乘船从蓬莱进岛，只能乘小舢板摆渡至外海大船上。没有营房，就住渔民家和帐篷；没有电，就点油灯；淡水紧缺、水井有限，部队也不与群众争水，边喝苦咸水，边找水源打井；没有菜吃，口粮也紧。1955年，口粮都标准为战士每天定量半斤，尉官1斤，校官每月32斤。虽然吃不饱，但部队随时准备打仗，训练和建设任务特别繁重。

铁打的营盘，流水的兵。一代代守岛建岛官兵前赴后继，艰苦创业，用青春年华书写铁血忠诚。

从1953年起，要塞区开始了艰苦卓绝的国防施工，至1985年，要塞区执行国防施工任务达33年，构筑各类坑道500多条，其长度相当于从北京至上海的总里程。20世纪五六十年代，国防施工条件艰苦，施工作业面照明用的全是汽灯或嘎斯灯。人工作业，一人撑钎，两人抡锤，放完炮却无排烟设备。为争时间、抢进度，干部战士不顾粉尘烟尘尚未散尽，就抢着排渣、打眼。

20世纪七八十年代开始用风镐注水打炮眼，作业条件才有所改善。1955年10月从江苏泰州入伍的原北长山守备营营长李永锦，进岛后整整打了20年坑道。1964年，他作为"四好"连队代表进京参加国庆观礼，他将受到毛主席和周总理亲切接见的两张照片，视为一生的最高荣誉。

1953年至1986年，要塞区在国防施工中共伤亡近2000人，其中48人壮烈牺牲，为守岛建岛洒下了最后一滴血。还有许多官兵患上了足以致命的硅肺病。

海岛环境艰苦，无居民岛上没有淡水，有淡水的岛屿也是苦咸水。一到风季，常常十天半月通不了船，因给养断供，驻岛部队"水荒""菜荒"现象时有发生，干部战士便吃海水蒸的馒头，啃咸菜疙瘩，吞盐水煮的黄豆。

有一年冬季，有位大爷前往大钦岛看望当兵的女儿，由于风大，他被挡在蓬莱一等就是 9 天，当他进岛看到那里的环境后说："这么苦的地方给个县官也不干。"

然而，我们的守岛建岛官兵，在岛上一待就是三五年，甚至一二十年、二三十年。许多"老海岛"奉献了青春献终生，奉献了终生献子孙，书写了"铁血忠诚、接力戍边"的新传奇。

原要塞区司令员王化金自 1953 年进岛至 1989 年离休离开海岛，在海岛奉献了 36 年。而他的儿子王明海，从几个月大进岛至 2014 年在船运大队退休，将一生也奉献给了海岛；王明海出生于海岛的儿子王春涵，在原要塞区医院也工作了 10 多年。

原守备七师政治部副主任邢桂增，参加解放长岛战役后就留在了这里，直至去世，在海岛生活了整整 50 年。生前，他把守岛建岛的接力棒交给了儿子、女儿、外孙女。

（三）"老海岛精神"铸就英雄要塞

"要塞区是所大学堂，催人奋进的军旅文化源远流长。"这句话许多"老海岛"都有深切体会。实践证明，苦难和逆境往往是一座锤炼意志的革命熔炉，艰苦的海岛军旅生活不啻为一座升华理想的军中大学。

1993 年 10 月 18 日，时任军委副主席迟浩田为要塞区部队题词："海岛为家，艰苦为荣，祖国为重，奉献为本。"这 4 句话 16 个字，既是长岛的"岛魂"，也是要塞区部队的"军魂"。要塞区部队还曾有 4 句话 20 个字的口号："岛是我的家，党是我的妈，我听党的话，我爱我的家。"它充分彰显了我军是一支党指挥的人民军队。忠诚于党，热爱人民，报效祖国，崇尚荣耀，献身使命——就是我们军人的崇高追求和行为准则，也是我们的"岛魂"和"军魂"。

2011 年 8 月 28 日，从内长山要塞区成长起来的原总后勤部原政委张文台上将，在要塞区为我举行的《长岛岁月》赠书仪式上说："海岛比起陆地，比起济南、青岛这些大城市来就是艰苦些。但艰苦的条件能磨砺人的斗志，寂寞的环境更能激励人奋发向上。"

原山东省委常委、省军区政委赵承凤将军入伍 47 年，其中在长岛服役 29 年。2017 年 6 月 13 日下午，将军在济南满怀深情地对我等一行长岛老兵说："是要塞区这支部队和长岛这片热土培养了我，锻炼了我，造就了我。要塞区不仅是我的第二故乡，更是我的军中大学。在这所大学里，我学会了吃苦受累，学会了敬业奉献，学会了团结容人，学会了任劳任怨，学会了自我修养。"

英雄的要塞英雄多。要塞区部队是一支在战争烽火中经受过血与火、生与死考验的英雄部队，先后涌现出张希春、安荣泉、秦建彬、杨立荣、雷宝森等战斗英雄。其中，秦建彬在抗美援朝中，被中国人民志愿军授予"一级人民英雄"荣誉称号、荣立"特等功"，被朝鲜民主主义人民共和国授予"一级战士"荣誉称号。

和平建设时期环境变了，但这支英雄的部队英雄本色不变。

要塞区部队从组建以来，先后涌现出众多优秀的榜样，他们中有六位一等功臣：原老四团 120 迫击炮连指导员孟宪修；单臂举枪歼匪特的原守备 33 团副营长刘兴义；舍己救战友身负重伤的小钦守备营班长景文潘；舍己救战友牺牲的大钦防化连排长宗树坤；在坑道塌方中舍己救战友牺牲的守备 27 团副班长李景德；1985 年赴滇参战，于 1986 年"12·8"战斗中英勇牺牲的原守备六师火箭炮营战士李丰山。

有全国三八红旗手、原要塞区通信营话务班长王来娟。

有被济南军区授予荣誉称号的多个单位和个人：

"无私无畏的好战士"——原守备 27 团战士赵春华（同时荣立一等功）；

"海上钢钉"——原守备 31 团守备八连（车由岛）；

"渤海前哨好二连"——海防一团一营炮二连（北隍城）；

"守岛建岛模范"——原守备 29 团后勤处副处长兼海上生产队队长

马玉福；

"模范指导员"——原守备一团炮二连指导员成育进；

"雷锋式好干部"——原守备 33 团五连指导员郝玉德；

还有被中宣部、国办、总政、团中央表彰为"学雷锋活动先进集体"的原船运大队船修所工程师王华堂等 9 名老兵；总政表彰的"全军优秀地方大学生干部"、原海防一团政委梁彦平；四总部表彰的"全军爱军精武标兵"、原海防二团排长张茂春……

英雄的要塞将军多。从长岛解放至 2017 年，仅有 56 平方千米岛陆面积的长岛县，就涌现出授衔和没授衔的 60 多位将军，包括 1 位上将、6 位中将。

原要塞区副军职以上的首长就有数十位：曾昭林、孔瑞云、白冰、王化金、刘汝贤、孟兆瑞、刘绍先、徐尧田、齐聚安、胡政、曹普南、刘佐、张正德、李兰芳、王法山、唐笑宜、李洪元、李中元、于涛、刘长明、张绳武、田景贵、赵玉山、王昭忠、王云芳、姜一震、王东明、王俗易、侯启荣、魏俊才、康凯、杨聚庆、刘传鹏、刘新太……

以副军职离休的首长有：王登、李瑞云、陈希平……

授衔的将军有：翟毅东、张文台、张钰钟、沈兆吉、赵承凤、秦江昌、金培昌、荣森之、冯祥来、晏军……

英雄的要塞名人也多。仅中国作协会员、军旅作家就有好多位：黄国荣、王海鸰（女）、刘静（女）、陶泰忠、任全良、陆汉洲……

（四）军民融合同守共建"海上长城"

"兵民是胜利之本。"毛泽东同志历来重视"军民融合"，长岛便以"军民联防、同守共建"著称。

长岛具有光荣的"双拥"传统。砣矶岛后口村是著名的"支前"模范村。1945 年 9 月，根据党中央指示，胶东军区组建 10 个整团从海上急赴东北战场，在砣矶岛建立"海上兵站"，负责用大船转运渡海部队。这是我军历史上第一次由"海上兵站"负责的大规模海上运兵。经砣矶岛 100 多条 15～25 吨大帆船和 1000 多名渔民一个多月的奋战，圆满完成海上安全转运任务。包括罗永桓、肖华、吴克华、杨国夫等著名将领在内的我军 6 万余名将士，全部经砣矶岛"海上兵站"转运，平安到达东北战场（其中有后来任要塞区司令员的原山东省军区团长翟毅东）。

在解放长岛战役中，当时转移在岛外的 400 多名列岛干部群众，全部参加"支前"，为长岛的解放做出了贡献。

在和平建设时期，长岛军民发扬战争年代的"双拥"传统，坚持军民融合发展，携手共筑"海上长城"，总结出的"双拥共建、双向奉献、富民强兵、同心报国"16 字"双拥"经验叫响全国。党和国家、军队领导人视察要塞区和长岛期间，对长岛军民同守共建"海上长城"的精神给予充分肯定。董必武曾为之题词："静以制动，守以为固。团结军民，日求进步。磨砺以须，不慌不怖。国防重责，恪恭是务。"叶剑英题词："依靠军民团结，建成海上长城。"杨尚昆题词："军民共建新长岛。"粟裕题词："国民团结，建设海岛，保卫首都海上大门。"张爱萍题词："军民联防，保卫海疆。坚如磐石，固若金汤。"新时期，长岛军民发扬"守岛一条心，建岛一家人"的优良传统，续写了"军民联防、同守共建"的鱼水新篇。1989 年，总政治部在京举行长岛军民双拥共建事迹新闻发布会，会上展出的"军民共建新长岛"沙盘模型，至今还陈列于军事博物馆中。长岛县先后 7 次荣获全国"双拥模范县"称号。

长岛"神枪姑娘"刘延凤，因在多次实弹射击和军事比武中打得"神"而名扬四海。1961 年，毛主席在看完全国民兵工作报告及刘延凤在海岛持枪巡逻的照片后，诗兴涌动，欣然泼墨为女民兵照片作词："飒爽英姿五尺枪，曙光初照演兵场。中华儿女多奇志，不爱红装爱武装。"这首七绝后经作曲家谱曲被世代传唱，刘延凤也成为中国女民兵的优秀代表。

"全国拥军模范"、南长山镇乐园村党支部书记、通信连名誉指导员蔡大禹曾说："改革开放让乐园村富起来了，但富了海边的，不能忘了戍边的。"为此，乐园村创造了全国多项拥军第一：为驻军通信连盖了全国第一座"拥军楼"，送去全国第一台金星牌彩电、第一台双缸洗衣机……乐园村成了全国第一个"拥军模范村"。

岛上驻军根据驻地需要，帮助修筑公路、绿化海岛、敷设电缆、抢险救灾。

仅 1972 年至 1982 年，要塞区船运大队就参与海上抢险 150 多次，抢救出遇险船只 120 多只、遇险群众 800 多名。

"2003 渤海大营救"曾被交通部和国家海上安全搜救中心称为"我国海难救援最成功的一次"，创海难救助奇迹。2003 年 2 月 22 日，由旅顺开往龙口的"辽旅渡 7 号"在砣矶岛西北约 10 海里处遇险，船上81 名旅客和船员生命危在旦夕。接到抢险通知，砣矶镇在短短十几分钟内就集结起精干的抢险队伍。"全国十大杰出青年"、砣矶镇党委书记王成强亲自带队，和船长孙明高及参加抢险的干部、渔民一起登上"鲁长渔 3045"号，冒着随时被巨浪吞没的危险，开足马力，全速冲向遇险海域……正在大钦岛值勤的要塞区船运大队 8002 船接到协同抢险命令，冒着 7~8 级的大风和 3 米多高的巨浪，第一时间前往涉事海域。茫茫大海上，寒风巨浪中，长岛军民团结协作，勠力同心，成功救起全部81 名遇险人员，谱写了一曲"长岛军民舍生忘死，创国际同类海难事故大营救最成功案例"的英雄壮歌。

（五）梦里长岛，第二故乡情未了

长岛，又名庙岛群岛、长山列岛，古称蓬莱仙岛，素有"海上仙山"之誉。

长岛，历史上曾经留下过秦皇汉武"东巡海上"求仙和"八仙过海"等传说，拥有距今 6000 余年的大型史前村落遗址，保存有始建于宋代的（庙岛）妈祖庙，有苏东坡、董其昌、铁保等历代文人墨客和爱国将领冯玉祥等在此留下的珍贵墨迹。

长岛，有"渤海落霞、渔舟唱晚"般的美景。对于长岛缥缈的海市蜃楼，宋代大文学家苏轼曾赋诗云："东方云海空复空，群仙出没空明中。荡摇浮世生万象，岂有贝阙藏宫中。"

长岛，碧波环抱，礁石奇特，海湾灵秀，为目前我国唯一的海岛地质公园，拥有海蚀崖、洞、柱和象形礁等众多地质地貌景观。半月湾、九丈崖、八卦台、鸳鸯石、弥陀礁、宝塔礁、香炉礁、望夫礁、珍珠门……无不令人叹为观止。

长岛，位于黄渤海之间，北纬38度线横贯其中。冬暖夏凉，气候宜人，风光旖旎，是一处难得的避暑胜地。

长岛，其海域的深度、温度，以及密布的礁盘、曲折的海湾、丰富的浮游生物等独特的生态环境，十分适宜"三珍"（鲍鱼、扇贝、海参）的生长。长岛"三珍"闻名遐迩，当年，毛主席宴请美国总统尼克松时用的"三珍"，就来自长岛。

长岛，是一座生态、宜居的国际休闲旅游岛。作为山东省政府批准设立的海洋生态文明综合试验区，长岛将建设成为蓝色生态之岛、休闲宜居之岛和军民融合之岛。

美丽长岛，魅力无限。她始终带着一种炽热的温度，给人以温暖，给人以向往，给人以美好的记忆。

长岛，它仿佛是一个神奇的储罐——不断储存一代代长岛老兵甘愿奉献青春热血，甚至生命却不求一丝回报的真挚情感。

魅力长岛，也是老兵们的梦里长岛——她是一代代海岛战士魂牵梦萦的第二故乡！

忘不了的长岛岁月，早已铭刻在一代代长岛老兵的情感里、血脉里。许多长岛老兵离开部队多年却仍然一次次回到第二故乡，看看自己曾经守卫和建设过的地方。带着情感的回望，目光所及，那山那水，那树那船，那座营房那个哨位，那个阵地那个海湾，那个码头那个礁盘，还有那群海鸥，甚至海上日出和那一抹瑰丽的落日余晖，都是那么亲切。有一位当过9年兵的战友如今病魔缠身，但总想在有生之年回一次长岛，他曾在电话里对我说："我就是爬，也要再回一次长岛。"有不少长岛老兵都将自己对第二故乡的真挚感情用文字来倾诉。原内长山守备师副政委盛范修以其海岛军旅生涯为题材的《岁月留痕》一书于2003年1月出版后不久，2004年又与长岛战友孙丰深合作主编了《我与长山岛》一书，书中收录了72位淄博籍长岛老兵所写的回忆文章。2011年8月，我创作的《长岛岁月》在要塞区举行赠书仪式后，许多战友说："汉洲战友，别忘了，我们也有我们的长岛岁月啊！"于是，由盛范修副政委和我合作主编的、由来自全国9个省和直辖市的70位长岛老兵参与的《我们的长岛岁月》一书于2014年8月正式出版，张文台上将为该书题写书名并题诗，赵承凤将军为该书作序。1963年6月出生于长岛的马素平，为原守备27团副政委马贵仁的小女儿。作为要塞"军二代"，马素平近年来在不遗余力地支持"长岛号"工作的同时，还于《齐鲁晚报》网媒"壹点号"开设了"海岛寻梦"专栏，先后发稿100余篇，近30万字，关注量达两万余人，为长岛老兵架起一座传播长岛文化、传递长岛感情的桥梁。令人感动的是，有的长岛老兵和军嫂生前留下遗言：去世后将其骨灰撒到他们挚爱的第二故乡。他们对第二故乡一往情深，至死不渝，无以言表。

致敬长岛，亲爱的第二故乡——要塞老兵情未了。

2022年5月

作者简介

陆汉洲，男，笔名"北沙"，江苏启东人。1951年生，1969年12月入伍，1987年3月转业。近50年来，共创作发表出版各类文学作品近500万字，著有长篇小说《沙暴》、长篇散文《长岛岁月》、长篇报告文学《聚焦中国民工》、长诗《汶川长歌》、散文集《天涯之梦》等文学专著12部。现为中国作家协会会员，江苏省启东市作家协会名誉主席。

在那里……

⊙ 王世举

有一串海上珍珠，
常让我魂牵梦绕，
当那里的部队换了番号，
我偷偷地在把眼泪掉；
那里的往事全都浮现在眼前，
看来，60 多岁还不算老。

那里是我生长的摇篮，
也曾是父辈建设守卫的前哨。
那里有多少代军人洒下过汗水，
也曾有无数先辈付出过辛劳。
那里是祖国的要塞，
那里是美丽的长岛。

在那里，我牙牙学语，
说得最多的词是"叔叔好"。
在那里，我蹒跚学步，
因为路还没修好，
不知摔了多少跤。
在那里，我小小年纪，

就会盘腿坐在炕上，
因为住的是渔家房东，
军队的营房还没建好。

在那里，
我最熟悉的衣服是绿军装，
因为家家的父辈，
穿的都是同样的一套。
在那里，
我最早听懂的音乐是军号声，
因为它每天、每天，
都会定时定点吹响。

在那里，我上学了，
一间教室有两个班，
老师一会儿给这一排讲语文，
一会儿给那一排讲数学，
两个班的学生从不相互干扰。
在那里，我戴上了红领巾，
第一个少先队礼，
是面向着高高的山，
因为那山和教室就隔几米远，
站在教室的门口就能看见。
那半山腰上的花在开，草在摇。
在那里我学会了唱歌，学会了跳舞，
学会了看书写字，
了解了知识的奇妙。

在那里，

小小年纪就要勤工俭学。

春天的劳动课挖过鲍鱼壳，

炎热的夏天晒过海带，

冬天用冻红的小手夹过海带苗。

在那里，

我们学雷锋，争着做好人好事，

捡到一分钱赶紧交到学校。

在那里，

我们听父辈讲过战斗故事，

听过解放军叔叔的先进事迹。

在那里，

我们也吃过旧社会的"忆苦饭"，

听过渔民的忆苦思甜报告。

在那里，

分不清你是渔家儿女，还是部队的孩子。

我们一起学习，一起劳动，

一起排演节目，一起说说笑笑。

岛上军民亲如一家，

长辈们把鱼水关系搞得真好。

在那里，

当兵的叔叔和蔼可亲，

一颗红星头上戴，革命的红旗挂两边。

我们心里没有官大官小这个概念。

小小年纪就明白父辈责任的重大，

知道他们有神圣的使命，

都是在保卫国家，
在祖国的最前沿建设守卫着海岛。

在那里，
家家都有好几个兄弟姐妹，
上学放学都在一起玩，一起闹。
岛上的山玩了个遍，
采花、摘枣，掐野菜；
海水里学游泳，
赶海，钓鱼，看退潮涨潮。
在那里，
男孩，女孩；他家，你家。
没有什么隔阂，关系都那么好。

在那里，
最常见打坑道的战士，
头戴柳条帽，扛着镐去上工，
排着队，唱着歌，脸上带着笑。
在那里，
孩子们可以无忧无虑地玩耍，
渔民们可放心地劳作。
因为他们清楚，有军人在身边，
手握钢枪在站岗放哨。

在那里，
军人的后代经风吹浪打，
长得健康，活泼，茁壮。
经过艰苦的磨炼，从小不娇气。

在那里，

长辈教育我们要爱党，爱国，爱军队。

从小就知道勤俭节约，助人为乐。

在那里，

我们懂得了做人的道理，

懂得了要像父辈一样，

勇于承担，吃苦耐劳。

在那里，

我们明白了父辈为什么爱这偏僻的小岛，

因为这里是党交给他们的重任。

懂得了父辈为什么甘心情愿在小岛奉献，

因为他们对祖国无比忠诚，

因为子弟兵是人民的依靠。

在那里……

在那里……

在那里有太多太多的美好，

在那里有抹不去的浓浓乡愁。

在那里有儿时的童趣，长大后的眷恋，

在那里有父亲的勇敢，母亲的辛劳。

那里，想忘记？

永远，永远，也忘不掉！

要塞的番号改了，

山还在，海还在。

要塞的番号变了，

人还在，情未老。

要塞的番号新了，

责任还在，使命还在。

只要那片土地，

是共和国的土地。

只要党，永远指挥着枪。

有军队在，就有"长城"在。

在那里，在高高的山上；

在那里，在浩瀚的海疆，

在那一座座美丽的海岛，

永远永远，军旗飘扬。

永远永远，共和国的旗帜飘扬！

2017 年 5 月 4 号

作者简介

　　王世举，女，1954 年生，从小跟随守岛的父辈在海岛长大。1969 年冬季入伍，在部队退休。爱好文学，愿用文字表达生活的美好，表达对第二故乡的热爱。

长岛要塞

⊙ 王勇

一只虎钳张开
抓住日月澎湃
千里疆场 物华天宝
日月星辰 满目星光

浪花自叹无奈
国门曾在这里被撬开
遗弃在滩涂上的贝壳
仿佛血染的袍铠

云霓飘舞成彩带
枪膛压满了血债
战舰在抚摸着疤痕
海疆上到处是金属的感慨

和平时代
你双手捧着挚爱
在我的视线中
走出中华民族的豪情雄迈

日夜都在运筹帷幄

不为遇见 只为等待

如有战争 将决胜千里之外

长山要塞

是炎黄泪腺里的苦海

是国殇身后的军舰

护卫着共和国的命脉

2016 年 7 月

作者简介

　　王勇，男，笔名"荷塘清风"，山东潍坊人。山东作家协会会员，中国金融作家协会会员，中国诗歌学会会员。1985 年开始发表作品，作品散见于各级报刊和文学网站，迄今发表诗作 3000 余首。著有《一瓣花香，落在江南肩上》等诗集四部，多次在全国诗歌大赛中获奖。

致 战 友

⊙ 林克松

亲爱的战友，

难忘的弟兄，

八一军旗，把我们指引到军营。

军旅征途，

我们结下了厚谊；

阵地哨卡，

我们建立了深情。

战斗训练，

我们勇于攻坚，敢打必胜；

抢险救灾，

我们奋不顾身，带头冲锋！

高山、大海，

见证我们的峥嵘岁月；

机场、码头，

响彻我们的号令欢声！

每当队伍集合的时候，

我们共同高唱《我是一个兵》。

为了保卫祖国，

我们告别家乡，驻守东海前哨；

为了建设祖国，

我们退伍转业，充当模范先锋。

四十年前，

我们自军营驻地挥泪分手；

四十年中，

我们始终在互相关心，魂牵梦萦；

四十年后，

我们终于重聚长岛！

老战友，好弟兄！

握手拥抱，热泪盈眶，

此景此情，难以形容。

凝望饱经风霜的脸庞，

又经历了更加丰富的人生。

回首军旅岁月，

我们充满自豪和无限激情。

看眼前，我们虽然过花甲、逾古稀，

但老兵的本色依然在传承。

我们壮心未已，

我们豪情犹在。

只要祖国一声召唤，

我们立即披挂出征！

我们是在特殊岁月中成长的一代，

我们有崇高的人生追求；

我们不贪图个人享受，

更不追求利禄功名。

我们忠于祖国、服务人民，

我们奉献社会，乐在其中。

这，就是我们的人生信念，

这，就是我们的传统作风。

我们不忘昨天，

再接再厉，继往开来；

我们把握今天，

抓住机遇，身体力行；

我们展望明天，

不忘初心，牢记使命。

发扬革命传统，

争取更大光荣。

我们永远珍惜军旅爱，

我们时刻注重战友情。

我们在今后的岁月中，

将常追忆、常聚首，

革命军人的姿态永远年轻！

2012 年 9 月

作者简介

林克松，男，1947 年生，长岛孙家村人，部队转业干部。30多年来，不忘初心，潜心研究长岛文化，先后参与央视《走进长岛》《情洒长岛》等电视节目的录制，《我爱长岛》《长岛人》和《爱在长岛 美在海上》等作品深受岛内外观众喜爱，获得"长岛旅游热心人"和山东省"最美老干部志愿者"称号。

小岛军营百家饭①

⊙ 袁克廷

春来头一网鲜鲅鱼

连里摆开饺子宴

学生捧来的热粽子

战友手里的红鸡蛋

八月十五的联欢会

渔家大嫂的月饼圆

大年三十的拥军鼓

老支书的年夜饭

啊

当兵在海岛

尝遍百家饭

那是亲人的厚爱

温暖记心间

海边哨卡的风吹雪

大哥端来热汤面

巡逻路上的烈日烤

---

① 注：以本作品为歌词创作的拥军歌曲《小岛军营百家饭》在全国 2021 年"双拥"主题文艺作品征集评选活动中荣获歌曲类一等奖。

士兵妈妈的豆汤甜

训练场上的伤和累

大婶调理的营养餐

比武捧回的军功章

乡亲们的庆功宴

啊

当兵在海岛

尝遍百家饭

那是父母的嘱托

责任记心间

2014 年 2 月

作者简介

袁克廷，男，长岛人，1967 年生。从蓬莱师范学校毕业后，任教数年。目前为长岛区工委宣传文化和旅游部副部长。由于工作关系，经常撰写经验材料、典型事迹，比较擅长创作演讲稿、诗朗诵等，作品屡屡获奖。业余时间经常进行书法、摄影创作，偶尔也涉猎歌词、散文等。

长岛旧事

⊙ 赵阳

我是海的女儿，海边出生，海边长大，16岁才离开大海。远离大海的日子，我却无数次梦回那片蔚蓝。

梦中，我肆意地游荡于这片童年的花园中。在珠玉铺就的月牙湾戏水，于浪淘峭壁的九丈崖下探险，爬上鹰山之巅眺望渤海黄海泾渭分明的一线海天……白天，沿海边去上学，望水光一色，白鸥翔集；入夜，坐在沙滩上，看皓月千里，渔灯明灭。乘船出海，鸥鸟长鸣，海风振袖，浪花扑上来亲吻船舷，溅起浪雨点点、欢笑阵阵，整个人在飞一般的感觉里沉醉，沉醉……

我出生在渤海前哨的军营里，从小伴着涛声和军号声长大。那是一座曾为秦皇汉武久久寻觅的仙岛，那是传说中"八仙"驻足的海上仙山，那是一个仅有56平方千米的"渤海前哨英雄岛"。它就是我的第二故乡——长岛。它虽然没有出现在我的籍贯一栏里，却是我心灵的故乡，犹如一条精神的脐带，至今滋养着我，哺育着我。

（一）

人一出生，便在大地上拥有了一个坐标，犹如种子生根发芽，那片土壤便是他生命的原点。我出生的小岛，泊于茫茫大海之中，似乎与世隔绝。那时，它有一个颇具神秘色彩的名字——长山要塞，驻扎着一个正军级单位，1985年之前进岛都需要开证明。

母亲进岛时是1971年。那时海风凛冽，满目苍凉。"一条街道两盏灯，一个喇叭全城听"，便是母亲眼中的真实景象。但母亲并不为放弃城市的工作而后悔，她决心在这个父亲已经奋战了 10 年的海岛上安下家，虽然当时她未曾想到这一上岛就是 19 年。第二年的春节后，姐姐出生了。两年后，又有了我。

小时候觉得大海就像一张巨大的嘴，养育着生命，也吞噬着生命。它蕴含着神秘博大的力量，时而美得摄人心魄，时而凶险得令人不寒而栗。风暴来临时，整个海天变成铁灰色，海风吹着尖厉的号角，几米高的巨浪咆哮而来，仿佛整个小岛都可能被吞噬。在大自然的狂暴肆虐面前，人是很渺小的。小时候，自从听说过海啸这回事，我的噩梦便开始了。暴风雨的夜晚，整个岛仿佛在风雨中摇摇欲坠，我吓得不敢睡觉。思来想去，如果真来了海啸，烽山的山顶应该是不会被淹没的，可烽山离我们家那么远，我们怎么能跑得过那山一般的巨浪。我想到家里那张大大的木餐桌，爸爸、妈妈、姐姐和我可以一人绑在一条桌子腿上，这样不管冲到哪里，全家人都能在一起。可是海水那样凉，我们会被冻死的，应该把爸爸的白酒拿来绑在桌子腿上，这样谁冻得受不了了，就喝上一口，御御寒。许多个风雨之夜，全家人都睡了，只有我一个人醒着，竖着耳朵听着海的动静，随时准备实施我周密的逃生计划，救全家人于危难之中。幸好我的计划没有机会可以验证，每当我在极度疲惫中睡去，总会迎来一个晴朗的早晨。

海上交通唯凭舟楫，小岛和陆地的距离时近时远，天好时风顺帆疾，风浪一大就咫尺如天涯了。人在岛上，好像活在另一个世界，你再急，在岛外的进不了岛，在岛上的也同样出不了岛。

小钦岛距离大钦岛直线水路不过 1500 米左右，天晴时隔海可见。有一年，守备七师的高考考场就设在大钦岛。没想到高考前，台风也不期而至，在陆地上十分钟冲刺就能到达的千米距离，却因风浪化作不可逾越的屏障。高考临近，在小钦岛上，一个战士面对大海诅咒着狂风，祈祷着苍天。但一直到高考那天，仍不通船。连队干部向小钦岛大队书记求援，书记当即派有经验的老水手驾渔船专程送考。中午时分，趁风浪稍小，渔船劈波斩浪出航。年轻的战士下了船，背起黄书包，拖着被晕船折磨的身体，一路翻山越岭赶到了考场。虽然少考了一门，但他还是达到了录取线，被解放军铁道兵工程学院录取。事隔多年，这位昔日的海防战士已经转业回到家乡，讲起这段历史时，我能感受到他对大海的恨意早已被感激所替代。更让我意想不到的是，他竟又说服家人在长岛买了房子，准备将来退休后再次回到大海的怀抱。

父亲在海岛工作了 29 年，始终没有克服晕船。部队驻扎在星罗棋布的小岛上，下部队就必须坐船。渔民一年到头还有休渔的时候，而部队的工作安排可不会看着大海的脸色。尤其是冬天，一刮起风来，十天半月都不通船，加之通信不便，因此在童年的记忆中，父亲常常不在家，我只知道他在茫茫的大海中，却不知在哪个岛上。印象最深的一次，父亲从大竹山岛下部队回来，我和妈妈到码头去接他。因为风浪太大，折腾了半个多小时也无法靠岸。最后，那条登陆艇只好又原路返回了。

在岛上的那些年，父亲吃尽了舟楫之苦，但他极少对我们说起。有一次在海上遇到了台风，他回来轻描淡写地说，一个巨浪过来，船倾斜得几乎竖了起来，他当时认为船肯定要翻了。我听得惊心动魄，忙问他当时是怎么想的。他嘿嘿一笑说，我还没来得及想什么，船又正过来了。本以为能听到什么豪言壮语的我，顿时泄了气。

（二）

没上过海岛的人，对于海岛的想象总是浪漫而诗意的。一听说我在海边长大，很多人马上两眼放光："靠海吃海，有口福啊！"其实，那时的长岛并非如此，非但我们很少吃到海鲜，就是当地的渔民打了鱼也舍不得自己吃，都是先拿去卖钱。剩下一些小鱼小虾腌成咸鱼虾酱，就成了岛上人一年到头餐桌上的主要菜肴了。

海岛缺少土地，几乎所有的肉菜水果都要从陆地运过来。在计划经济时代，岛上仅有的一两家小卖部里商品少得可怜，有钱也买不到东西，只有逢年过节部队供应点儿东西，我们的餐桌才能丰富一下。

有一年春节，一位副政委转业到淄博食品公司当书记，想到海岛生活的艰苦，他特意想办法给岛上供应了一批猪头。收到这难得一见的年货，大家都很兴奋，认真计算一番，两家可分得一个猪头。为了分得绝对公平，众人决定从猪鼻子中间用锯子锯开，保证每家分得的半个猪头上都有一个猪鼻孔、半根猪口条。说来简单，操作起来却并不容易。两个人负责拉锯，围了一圈人负责指挥。但凡锯子差之毫厘，便有人大喊"歪了歪了"。总算将猪头分好，大家兴冲冲地抱回家。那几天，家属院里到处弥漫着用火钩子烙猪毛的气味。那股味道虽然难闻，却透着一种热火朝天、喜气洋洋的年味。我们家也做了一大盆美味的猪头冻，扎扎实实过了个好年。

长山列岛有十几个岛上有驻军，其中有几个是"四无岛"——无淡水、无居民、无土地、无航班。一位在车由岛当兵的叔叔曾给我们讲过一个故事。一年冬天，巨浪滔天，连月不息，补给船已经停运20天了。岛上先是断了菜，后来是淡水告急，坑道内的地下水窖虽然存有200吨水，但那是"战备水"，不到战时不能动用。连长灵机一动，告诉炊事班长，用淡水和面，把海水放在锅里蒸馒头。大家都觉得这是个好主意。可当战士们满怀期待地掀开热气腾腾的蒸笼时，一个个吃惊地面面相觑。用海水蒸出来的馒头不仅又黑又小，而且又硬又涩。开饭前，连长做了激情四溢的动员，大家才啃起了难以下咽的馒头。那年冬天，连队坚持了42天，终于等到天放晴，补给船才送来了淡水和蔬菜。

在我6岁那年，随着父亲工作的调动，我们全家搬到了距长岛4小时航程的大钦岛生活。因为大钦岛陆地面积小，地下水资源有限，并且海水倒灌严重，饮用水口感咸涩，每逢潮汐更加明显。有一次，部队对师办公楼进行内部装饰，从青岛请来3位书画家。没想到原计划一周的工作，才到第3天，他们就声称家里有急事，非要走不可。后来一位老画家跟部队的同志说起，才知道因为岛上的水没法喝，其中那位年轻的书法家进岛3天来，就没喝过一口水，已经到了不能坚持的地步了。当我们听到这个故事时，都忍不住哈哈大笑。

岛上交通不便，一切需要从岛外运进的东西都贵得惊人，煤气尤甚。一罐煤气68元，几乎是母亲一个月的工资。为了节省煤气，母亲捡了好多干树枝，把后院堆得满满的。尤其是冬日的早晨，生火更难，常看到母亲坐在灶前，两眼被烟熏得通红，但她会很得意地说，我们家半年才用了一罐煤气。1985年，父亲任整编后的第一任师政委，我们举家搬回长岛。搬家时，将简单的家具装上船后，母亲见登陆艇内还有很大的空间，实在舍不得那堆没烧完的柴火，也把它们装上了船。那半船柴火运到长岛后，足足烧了半年。

每年入冬前，部队都会从岛外拉来小山似的白菜、萝卜和大葱，堆在大操场上，各家领回一堆，漫长的冬季便开始了。这是来年开春之前餐桌上仅有的蔬菜，把它们保存好是家家户户必做的功课。呵气成冰的冬天，母亲吃力地在冻得生硬的地上挖出一个菜窖子存放白菜；萝卜和大葱则要埋在地里，吃的时候再挖出来。

食品虽然单调，但味蕾上的记忆并不匮乏。寒冷的冬天，顶着刺骨的寒风从学校飞跑着冲进家门，饭菜的香甜和灶火的温暖扑面而来。母亲正在灶台前拉着风箱，灶膛里的火光一闪一闪，映红了母亲那慈爱的脸。香喷喷的土豆丝刚刚出锅，我和姐姐掰块馒头皮，争着去擦留在锅底的热油，那缕热辣咸香和着快乐的笑声，至今还回荡在舌尖耳际。粗茶淡饭养育了我们健康的体魄，翻看儿时的照片，我们就像渔民的孩子一样黝黑结实，开朗快乐。

那年头，岛上没有饭店，更没有来客下馆子之说。来了客人，都是用最高标准——家宴招待。多年后再相聚，很多人还念念不忘我们家的几道"名"菜。菜其实都是家常菜，只不过父亲会巧命菜名，让大家吃过难忘。比如"青龙卧雪"，实际就是把黄瓜拍一拍，洒上白糖；"踏雪寻梅"，就是把白菜心切成丝放上点小红辣椒拌一拌。四菜一汤，一壶再平常不过的酒，就着浓浓的战友情谊，却吃出了今天豪华大餐都吃不出的欢喜酣畅。

（三）

有道是：人间有味是清欢。小岛偏居一隅，与都市的浮华和喧嚣始终保持着一定的距离。岛上的人似乎特别容易满足，清苦的日子也过得有滋有味。如今留在记忆里的，是如金色流沙般的美丽时光。

虽然没有游乐园、电影院，但是在每一个海边长大的孩子眼里，大海就是永远的乐园，有着无穷的宝藏等待你去发现。一退潮，沙滩上、礁石边，鱼儿跳、螃蟹逃，更有数不清的贝壳、鹅卵石在海水和沙砾间闪着五彩光召唤你去探宝。赶海赶累了，一屁股坐在沙滩上清点战果，不管收获多少，都能享受到大海馈赠的欢乐。

　　海岛生活清苦寂寞，距离拉长了思念，炽热了爱。一次父亲下部队蹲点，一个多月未通音讯。工作结束后，他搭乘送补给和淡水的船回家。船停靠高山岛后，蓄水需要两个小时，父亲信步爬上人迹罕至的山顶，呼啦啦惊起一片海鸟。一只海鸥慌乱间撞到父亲，跌落在他的脚边。想到自己热爱小动物的孩子，父亲捉住了它，小心地放在随身背的帆布包里。那天，站在船上，父亲一边小心地安抚着这只海鸥，一边愉快地畅想着孩子们看到鸟儿时的笑脸，回家的航程变得格外漫长。船并不直接回长岛，而要先停靠蓬莱一夜。在招待所登记住宿时，如何处理这只海鸥，让父亲费了心思。他沿码头来回走了几趟，终于发现一个隐蔽的桥洞，于是找来绳子把海鸥的脚系好，拴在了桥洞下。第二天一大早，父亲便兴冲冲地赶往桥洞，准备带海鸥赶船回家。走到桥下，却发现海鸥已踪迹全无，只余一截断绳在海风中摇曳。父亲给我讲起这个故事时，已是30多年后。年逾七旬的父亲讲得绘声绘色，我仿佛又看到了那个年轻的海防军人站在船头，一直用手呵护着那个太不安分的背包，那里装着他对孩子的爱，装着他期待的孩子们的欢乐。当时我的女儿已经5岁，她拥有一屋子的玩具，却被这只逃走的海鸥吸引住了，听得津津有味。虽然我们都没有亲眼见到那只海鸥，但我相信那只可爱的鸟儿永远飞翔在两代人的心中。

　　天蓝蓝，海蓝蓝，浪花拍打着沙滩，亘古不变，时光走到这里似乎也放慢了脚步。生活在一个不大的岛上，意味着大海就是你生活的背景和底色。随意一走，就到了海边。旭日东升，金乌西坠，望辽阔沧海，日月星辰若出其中，星汉灿烂若出其里，这般晨昏轮回、灿烂更迭何止亿万年了，会让你陡然感觉到个人的渺小、时光的无垠。当然这是我如今的慨叹。儿时的夏夜，我最喜欢坐在大海边，听着大海古老的歌，看着渔船摇曳的灯影，向往着海那边的世界，又隐隐地害怕未知的风浪。

马克·吐温有一句诗：海员回家，好似回到笼中。当时的我觉得自己是一只井底之蛙，可今天，当我在回忆里怀想那片海天间的辽阔和澄静时，才明白今天自己的生活只不过是另一种"蛙"的体验罢了。

（四）

我是在部队院子里长大的，从小接触最多的就是军人了。海岛的兵个个黑黑的、瘦瘦的，最初我甚至觉得他们和当地的渔民并没有太大的区别，除了穿着一身军装之外。直到一件事的发生，让我重新认识了身边的这群兵。

那年春天，军营里隐隐浮动着一种紧张而兴奋的气息，从大人的聊天中，我听到了参战的字眼。一天，我到父亲的办公室去，他不在，桌子上摆着一叠皱褶不平的纸。我好奇地凑过去一看，最上面的一张纸上写着4个暗褐色的大字：杀敌立功！这笔迹浓淡不匀，笔画扭曲，不像平常的笔墨所书，我疑惑着，突然心中灵光一闪：这难道就是传说中的血书？！我的心跳陡然加快，忍不住一张张翻看。有的写着"卫我河山，甘献青春"，有的写着"宁可自己鲜血流，不让祖国寸土丢"……

那次师直属队参战大会是父亲做的动员。那晚回到家，父亲少有地点起一根烟，在屋里来回地走，眼中隐隐有泪光闪动。他说动员之后，战士们当场就争先恐后地冲上台表决心，要求参战。这个说，我枪法好，让我去能多杀几个敌人；那个说，我兄弟4个，请组织优先考虑我；有的干脆上去就喊，我要用生命报效祖国！

那次全师上前线的一共120人，师直属队30人。出征那天，学校组织我们列队站在码头边欢送。在缓缓驰过的大解放上，我看到战士们的脸被胸前的大红花映得红红的。之后再无他们的音讯，也许光荣回乡，也许战死沙场，我无从得知，但参战官兵们那"视死忽如归"的英雄气概永远印在我心中，我也由此突然发现，这些在我身边看似平常的人，是真正的军人！

战争的硝烟散去，和平的阳光照耀着固若金汤的海防。有一年植树节，父亲到一个小岛种树时特地带上了我。那里一无淡水，二无居民，是战士的驻守使得小岛成为楔在祖国东大门上的一枚钢钉。我种下了两棵小树后，便好奇地向山顶爬去。那是一条战士们从峭壁上凿出来的山路，极窄，几十级台阶，尽头处有鲜红的三个大字——北京路。我攀上山顶，日光炫目，海天茫茫，小岛漂浮在茫茫大海中，仿佛被世人遗忘的角落，我一时莫名其妙地鼻酸眼热。下了山，走进战士们的宿舍，整洁宁静，窗台上摆着贝壳做的工艺品和用节约下的淡水种的无名小花。营房旁是一块块在石头缝里填出来的"巴掌田"，海风拂来，刚刚种下的小树苗正迎风摇摆。离开小岛时，船开出一段距离了，我久久回望，战士们仍笔直地站在那里，和那排坚固的营房站在一起，和那座沉默的岛站在一起，成为辽阔海天中最明亮的一笔。

举家离开长岛那天，天空辽阔高远，几缕白云点缀其中更显洗练。登陆艇撒下洁白的航迹，长岛在视线中一点点模糊，就在这时，意外发生了。系在船尾的铁锚突然挣脱羁绊直冲大海，在巨大的冲力带动下，缆绳飞动，竟然挣脱了船体。船员们救之不及，眼睁睁地看着铁锚顷刻间冲入大海，不见了踪影。船长连忙联系船运大队来打捞，但听说没有找到。30多年过去了，我常想起那只静静躺在海底的铁锚，想起它不知为何会觉得心里很踏实。它将永远锚在那片深蓝色的水域下面，就像《泰坦尼克号》里的那颗"海洋之心"，不同的是它不是那颗价值连城的宝石，它是我的一颗"海洋之心"。

初稿于 2012 年，2022 年 6 月 5 日修改

作者简介

　　赵阳，女，生于长岛，长于军营，毕业于中国人民解放军国防大学，军事学硕士。现为解放军新闻传播中心报社文化副刊编辑室主任编辑。

无尽的眷念

⊙ 黄国荣

　　我恨过它，诅咒过它。尽管我已经远远地离开了那片岛屿，离开它们已有三十个春秋。随着岁月的流逝，时光漂白了我记忆中的往事，风化了我曾经喜爱过的地方，但永远都不可能把它从我的记忆中抹去。相反，偶然触碰到它，竟会让我即刻心生惆怅。或许爱和恨同样是人强烈的情感表达，一样刻骨铭心；或许爱往往伴随着恨，恨常常是爱的果实；或许人的感情根本就无法用语言表达，奥秘得难以理喻。

　　它叫猴矶岛。它的名字因独特的形状而来。虽称之为岛，但更可以说是大海中的一座小屿，因为它最长处 1.1 千米，最宽处 470 米，面积仅 0.28 平方千米。

　　它荒凉，除了岩石再一无所有；它贫瘠，岩缝里渗不出一滴水。聊以自慰的是，它占据了一个让大小岛屿都"另眼相看"的地理位置，它周围的一片水域暗礁丛生，是渔民和航海家称之为"鬼门关"的恶水险滩，但它的面前却是一条水深峡阔的国际航道。因此，它拥有一座高耸的灯塔和一个声震海疆的雾号，神气活现地迎接着一代接一代、一茬接一茬的兵，让他们带着痛苦与怜悯踏上它的脊背，在八面来风、头顶青天、四面环海的悬岩顶上安营扎寨。除了军人，谁还能来这里安家？

　　我的战友们，严格地说应该是友军战友，他们心甘情愿地接受了这份艰巨的任务，有的甚至驻扎了整整六年。一个六年老兵，除去探亲十天半月的时间，余下的二千一百三十多天，都在这寸草不长的天地里，与一色军装、八张熟悉的苦脸相依为命。

我恨它，诅咒它，并不是因它带给军人寂寞与苦难。没有花木绿草也无所谓，海滩的礁石缝中有无数海葵，大家都喜欢叫它们海菊花。养到玻璃缸里，白的、红的、绿的、紫的竞相舒展，姹紫嫣红，有一种无法比拟的美；没有淡水怕什么，在雨季，战士们把老天爷施舍到这里的每一滴雨水都承接下来，引入山下蓄水池里，到了台风季节，送水船不能来的时候，他们还可以用海水蒸馒头，尽管僵硬得难以下咽，但并不耽误他们乐观地生活，把这当成一种磨炼。没有新鲜蔬菜算什么，储藏室里有长年啃不完的咸菜疙瘩，吃腻了可以到海边钓鱼、赶海，收获鱼、海蛎子、海螺、紫菜、裙带菜，到能下水的季节还可以摸到螃蟹、鲍鱼、海参这些高级营养品改善生活。但让我无法容忍的是，岛上恶劣的环境竟夺走了战士小帅年轻的生命，他仅有十八岁啊！

小帅刚上岛的那天，像被拐骗的孩子一样哭闹不休。这也并不怪他，他们八个人确如没爹没娘的孤儿。工作性质决定他们要忍受凄凉，灯塔、雾号与这片海域的驻军陆军执行的守备任务毫无关联，他们便只能是海军，可他们的连队在几百里之外，别说团首长，六年中除了每年见一次司务长之外（因为每年都要换发着装），连自己的连长都见不着。他们日常生活的一切都委托守岛陆军代为保障。因此，无论人家为他们做什么，在他们心里都是恩典，除了送粮食送水，他们不敢再有别的奢望。

更让小帅痛苦的是，春节前母亲特意赶来看他，没承想天不遂人愿，台风刮到八九级。小帅妈妈被隔在岛外招待所里，两人天天在电话中对哭却见不着面。第九天终于有船进岛了，船运大队值班首长恩典，特意通知运输艇绕道，把小帅妈妈送往猴矶岛。谁料风浪太大，他们的码头太小，船无法停靠，艇长只能"残忍"地启航去执行别的任务。远远相见却不能相聚，小帅妈妈往返之间把苦胆水都吐光了，返回陆地，却只能在电话中与小帅再对哭一场告别回家。

海鸥还是很通人情的，在每年温度适宜的季节，它们总会成群结队、迢迢千里来这里安家旅居、欢度蜜月，在这儿生儿育女，带给他们热闹，带给他们安慰，带给他们欢乐。这是一方天地里最欢闹的日子，而且会一直持续到初夏，直到它们的儿女长硬翅膀，它们才悄悄地一夜之间离去。

小帅是个多情的种子，他很快就爱上了海鸥，也爱上了猴矶岛。他用笼子养了一对受伤的海鸥，每天跟海鸥谈心，诉说自己心里的一切。

每到这个季节，他们就在矛盾的情绪中生活。当看到山崖上一个个温暖的小窝里，一对对爱侣的身边有了一个个爱情之果时，他们欣喜却又忍不住要想去捡拾。感情上，他们不愿意伤害海鸥，听到它们愤怒的叫声，只好缩回手；可一想到漫长的冬天常常一两个月来不了船，吃不上菜，而海鸥蛋可以改善一下生活，他们只好又硬着头皮，在海鸥的谩骂声中稍捡拾一些。小帅就是在这种矛盾和犹豫中失去平衡的。山崖有七八十米高，且都是陡峭的绝壁。小帅除了那声惊叫没留下一句话，他的青春，他生命的旅程就在那一声惊叫后画上了句号。

仅仅十八岁啊！他不是为国冲锋陷阵，不是为民赴汤蹈火，他只是去捡了几个海鸥蛋，他死得轻于鸿毛。面对他的遗体，面对他的父母，战友们心里的痛苦向谁诉说？他们的恨向谁发泄？自此，他们再没有一个人去捡过海鸥蛋，宁愿啃几个月的咸菜。

苦涩的生活，揪心的悲痛，总是被神圣的责任抛开。每当他们让灯塔强烈的光芒穿过层层夜幕给过往的舰船以正确的方向，每当他们让雾号巨大的呼喊穿越重重迷雾把迷航的船艇引入航道，每当他们听到对方送来一声声致敬的汽笛，那种自豪、欢乐与兴奋，只有他们自己知道。就因为这，他们一个个都是机电能手；就因为这，他们把灯塔的玻璃擦得锃亮，甚至难以辨别它是否还存在，常常让飞鸟产生错觉而撞在上面。

当我走在交错纵横的阡陌，当我漫步在雄伟宽广的天安门广场，我总会不由自主想到小帅，想到那座岛。

"海神娘娘赐灯"不知是哪朝哪代的渔人和客商，在绝望与无助中自我安慰的幻想，四面八方的客商不远千里运来材料为海神娘娘盖庙塑像，至今前来朝拜的人还是络绎不绝，香火甚旺；而耸立着灯塔的猴矶岛却无人问津，从事导航工作的战士却仍旧过着偶尔供不上水、吃不上菜的日子。热闹的地方更加热闹，孤寂的地方更加孤寂。说不清我在为谁叫屈，为小帅？为战友们？还是为猴矶岛？这一辈子我无法将它忘怀，不仅仅因为一代代军人把最宝贵的青春与它凝结在一起，更是因为它和军人具有同样的品格。日复一日，年复一年，始终默默地做着自己的贡献，可在一比十万比例尺的地图上，却难以找到它的位置。

2017 年 6 月

作者简介

　　黄国荣，男，江苏宜兴人，原解放军文艺出版社副社长，中国作家协会会员，国防大学军事文化学院文创系外聘教师、特聘专家。1978 年开始进行文学创作，发表、出版文学作品 800 余万字。《乡谣》《苍天亦老》等十几部作品获全国、全军各类奖项。长篇小说《兵谣》与《碑》被选入《百年百部红旗谱》《百部红色经典》等丛书。根据其作品改编的电视剧《兵谣》《沙场点兵》曾获飞天奖、金鹰奖、"五个一工程奖"。

想你，车由岛

⊙ 陈玉波

在八一建军节来临之际，我又想起了我的第二故乡——车由岛。

1984 年底，我穿上了绿军装，来到了渤海前哨的车由岛。它位于山东半岛与辽东半岛之间，黄渤海交汇处，距离蓬莱有 20 多海里，面积只有 0.044 平方千米，海拔 74.4 米，南北长 600 多米，东西宽 50 多米，最窄处只有 3 米。与其说是岛，毋宁说是兀立在黄渤海分界线上的一块礁石。

这里一无居民、二无淡水、三无田地，没有树木、没有花草，只有光秃秃的悬崖峭壁陪伴着我们这十几个人，我们常常因此而淡忘了季节的色彩。

一排排石头营房顺山势建在山腰，营房前几米宽的地方是整个岛上唯一的平坦场地，立上两个篮球架，再拉上渔网（防止篮球掉到海里），就算是一个篮球场。在连部营房后面十几平方的地方挖个沙坑，设置上单双杠，就是健身器材和训练场地。

在我 3 岁的时候，母亲就因病去世了，还有一个哥哥两个姐姐，在家被娇惯的我来到车由岛后，用不足百斤的瘦弱身体抬石头、扛水泥，把岛外运来的砂子、钢筋等物资一点点卸船并搬运到工地，跟着老兵一起修建码头（那时候没有机械化作业，全靠人力搬运），手上磨起了泡，肩膀磨破了皮，在休息的间隙，累得躺在大石块上就能睡着。车由岛上没有水源、没有淡水，没有锅炉、没有暖气，我们每天的洗漱用水都是用雨季存储下来的雨水；早上洗脸用的雨水也不舍得倒掉，得留到晚上洗脚时再用，绿色的军装用雨水洗的次数多了，都变成了土黄色（自此，我也养成了节约用水的好习惯）。

车由岛上有一台 285 型柴油发电机，每天在天黑的时候开始发电，到晚上九点准时熄火熄灯。发电机的循环水是热的，冬天我们就轮流着用循环水洗澡，洗完之后身上会留有一股淡淡的柴油味，但是在车由岛能洗上这样的热水澡，已经是很奢侈的事了。干活、训练的苦可以一点一点适应，慢慢地接受。但生活上也没有在家里吃得好，米饭吃不惯，饼子难下咽，遇到大风恶劣天气，20 多天不来船。我们把生了绿芽的土豆、烂了一层皮的洋葱都吃完了，炊事班只能用盐水煮黄豆、用三个萝卜做一锅汤，海水蒸的馒头又黑又硬，又苦又涩，难以下咽。

车由岛上的客观环境和生存条件，让我刚上岛后就感觉这里太小，生活太苦，环境太枯燥，我们每天除了施工、训练、操炮、擦枪，就是读旧报纸（因为交通不便，来一次船，报纸经常都是好几个周前的新闻），唯一的文体活动只有打篮球和听收音机。这与我理想中的军营生活差距很大，心理落差也很大，感觉来到这小岛上当兵没啥意思。战友们编的顺口溜也印证了这里的自然环境："出门是海、抬头见天，来到小岛隔了人间；吃水难、吃菜难，报纸成了半月刊，家书来回小半年。"

指导员季云胜与副指导员张扬武看到我低落的情绪后，轮流给我做思想工作，讲述车由岛在国家的地理位置和军事战略中的重要性，他们告诉我：岛虽然小，但它是渤海的前哨，是京津的咽喉，是祖国的东大门。1970 年被济南军区授予了"海上钢钉"等荣誉称号。他们还带着我来到老一辈建岛人留下的石刻前，讲述"老海岛"们守岛建岛、保卫祖国东大门的事迹。老一辈海岛人修码头、打坑道、建营房非常艰辛，岛上没有田、没有路，前辈们就搬石头、扛水泥、劈山凿岩修台阶、建梯田，最终建成了一条条登山小路和一块块的巴掌田。巴掌田就是借山势将石块垒成墙，再把从大黑山岛运来的土填进去，就这样人造了 15 块零碎的小梯田，合计约一亩一分地，取名大寨田、拥军田、中南海田等，用于岛上战士们种蔬菜。北京路、通天路、幸福路等每一条路名的含义，也凝结了老一辈守岛建岛人的革命乐观主义精神。"自古车由无人烟，唯有海鸥栖山间；红旗招展渡重洋，人民战士把岛建。千难万难脚下踩，愚公移山换新天；立足车由观世界，红心向党永不变。"岛上石刻的豪迈诗句和他们的事迹感染了我，从此我放下了思想包袱，树立扎根海岛、以岛为家的思想，踏踏实实地学习军事技能，为保卫海岛和建设海岛做出自己最大的贡献。

我是岛上唯一经过专门培训的电话兵，负责整个岛上的通信线路和十门交换机的维护，保障与外界的正常通联；同时我还是一炮的瞄准手，标尺、高低、方向的操作离不开眼、手、脑的协同配合和快速反应。我通过努力学习、刻苦训练，很快掌握了多项军事技能，成为全能炮手。在实炮打击海上目标和军事大比武中，由于表现突出、成绩优秀，新兵期间就被评为优秀士兵，这更加激励了我守岛爱岛的信心。

由于交通不便和施工训练的紧张，我寄给父亲的家书并不多。1985年秋冬季节，在滨州医学院工作的姐姐特意请了10天的假，陪同年迈的父亲到车由岛看望我。姐姐带父亲到达蓬莱后，正巧赶上了大风天气，无法进岛，在蓬莱招待所住到第4天才收到有船进岛的消息。船运大队的登陆艇原计划先到大竹山再去车由岛，结果中午时分到达大竹山后，海面上又刮起了大风，无法再去车由岛，给大竹山送去的一船淡水还没卸完就直接返航了，父亲和姐姐只好留在了大竹山，住进了守备31团招待所，这一住又是三天。

姐姐眼看着假期已经过去一大半了，想走也走不了，想见我又见不着，也无可奈何，独自一人来到大竹山的码头上，眺望着车由岛默默地流泪。车由岛近在咫尺却不能与弟弟相见，个中滋味只有了解海岛生活的人才能理解。

姐姐的表情和举动恰巧被细心的王照明参谋长发现（王照明是原车由岛的第三任连长，后升任31团参谋长），了解完情况后，亲切地安慰着姐姐，并同姐姐一起去招待所慰问我的父亲。第二天经过团首长研究决定：派团打鱼队富有海上经验的赵瑞喜老班长驾驶小渔船，载着父亲和姐姐从大竹山冒险奔赴车由岛，还特意从团部中灶拿了部分蔬菜。小渔船抵达车由岛的西码头后，因为浪大船小且自重太轻而无法靠岸，岛上的战友就紧紧地拽着小船上抛来的缆绳，借着一次一次的浪涌推着小船靠近码头的瞬间，把姐姐和父亲分别拽上码头。这是我和姐姐、父亲一辈子都不会忘记的经历！

虽然我们姐弟相见了，但是姐姐的假期也到了，可是没有船来车由岛，想走却走不了。那时候也没有手机，姐姐想打个电话延长一下假期，这在现在看来是非常简单的事情，但那时根本办不到。又过了四五天，终于盼到风平浪静，盼来了补给船，姐姐和父亲才急忙返程。那天补给船送来了淡水、蔬菜、猪肉、报纸、家书……我们又继续着海岛的兵营生活，战友们戏称，来次船似过年。

车由岛虽然小，但是故事挺多。从 1965 年第一批战友进岛，到 1986 年最后一批官兵撤防（整编后车由岛的官兵合并到大竹山炮兵营），20 多年间共有 200 多名官兵把最美好的青春年华奉献给了车由岛。在岛上的 4 年多时间，我从一名刚毕业的中学生，经受了困难的考验，意志的磨炼，成长为一名光荣的共产党员。

自离开车由岛后，我又总期待着有机会能重返车由岛，寻找当年的青春足迹，续写更多车由岛的故事……

2021 年 7 月

作者简介

陈玉波，男，1966 年生，籍贯山东省淄博市桓台县。1984 年 10 月入伍，在内长山要塞区守备第 31 团"海上钢钉连"（车由岛）服役，期间先后担任电话员、56 式 85 毫米加农炮瞄准手、发电员，整编后调入大竹山岛任营部通信员。1989 年 2 月退伍。现居淄博高新区，在淄博某高校工作。

当兵的日子

⊙ 孟建伟

"云雾满山飘，海水绕海礁，人都说咱岛儿小，远离大陆在前哨，风大浪又高……"每每听到这首优美动人的歌曲，我的脑海里就会不由自主地闪过那以岛为家、以苦为荣的激情岁月，与战友生死与共结下的深厚情谊，那大海深处的第二故乡——南隍城岛。

1975年8月，我大学毕业后回到老部队内长山要塞区，被分配到驻防南隍城的守备26团，从战士学员干起，到排长、连副指导员，直到1978年9月调离。我的军人素养，主要就是在这3年多的团队生活中养成的。

守备26团驻防的南隍城岛，位于渤海海峡深处、面积仅有1.83平方千米。由于距离蓬莱的航程最远，一年有180余天会因风浪和大雾停航，进出岛很不方便。在要塞区各驻岛部队中，算是条件最艰苦的团队之一。

南隍城岛虽然位置偏远，交通不便，但大自然所赋予的景色却相当秀美。那斧劈一样的山崖，形态各异的海礁，还有那满山遍野的绿色，在蔚蓝无垠的大海环绕下，是那样的美丽多姿。每天潮起潮落，朝阳晚霞，更是给这灵秀之地平添了无限风光。如此山水美丽、物产富饶的海防前哨，更需要我们革命战士的保卫和建设。

大学毕业后来到一线守备部队当兵，对我来说是一个挑战。能不能很快适应紧张、艰苦的连队生活，并得到战友的认可，我心里还真没有数。但我满怀爱岛守岛的热情与决心，做好了各种准备，决心用实际行动去证明一切。

我当时要去的高炮 8 连，是一个连续多年获得团里军政双优称号的先进连队。连长、指导员是 20 世纪 60 年代初入伍的"老海岛"，几个排长也都是 1968 年入伍的。我所在的 1 排 3 班的排长姓李，是江苏金坛人；班长姓谢，1970 年的兵，南京雨花台人。他们对我的那种热情但略显疑虑的言语和眼神，进一步使我下定了要在连队干出个样子来的决心。

谁知刚到连队的当晚，我就遇到了一个考验。半夜时分，在毫无警觉的情况下紧急集合哨声急促响起，排长、班长一个劲地低声喊着"快，快，快"，我在睡梦中一骨碌爬来，手忙脚乱地穿衣服打背包。那时，睡的是上下两张双人床并起的通铺，与我并排睡下铺的是一位姓葛的 1973 年入伍的兵，军事素质十分过硬，在他的帮助下，我好歹跟上了趟。

连队紧急集合的要求是 5 分钟内全副武装在操场集合，然后 10 分钟跑上山顶进入高炮阵地。第一次跑阵地，累得我上气不接下气。为尽快适应这种训练强度，我一有空闲就练打背包，跑山头。那时还是年轻，不出半个月，我就能麻利地打背包、轻松跑山头了；在内务上，也能熟练叠放整齐利索的"豆腐块"了。

当战士，最头疼的是夜间站二班和倒二班岗。部队有一句流行的顺口溜："当兵不当排头兵，站岗不站二五岗。"因这两班岗明显影响休息，特别是寒冬腊月，那种在被窝里睡得正香却突然被人提溜起来站岗的感觉，真的不好受。

记得有一年冬天，可能是白天干活累着了，晚上站倒二班岗时老犯迷糊，指导员上炮阵地查岗，到了跟前，似睡非睡的我才发现有人过来。第二天我即向连里递交了检讨书，我深刻地认识到，这种行为在平时是失职失责，战时是会误事死人的。

那个年代，我团的国防工事已基本完善，训练趋紧，团里除了在外执行农业生产任务的连队外，全部处于全训状态。我连天天操枪弄炮，训练用最短时间识别敌我机种类、型号和高度，以最短时间和最快速度精度射击。

夏天训练，一天的汗水能把军装湿透几遍，有时鞋子脱下来都能倒出水来；冬天训练，手脚冻裂和麻木的现象很普遍，冻伤的情况也时有发生。这时，我才真正体验到了当兵夏练三伏、冬练三九的苦和累，也很自然地在心中升起一种我为祖国守岛建岛的使命感和自豪感。

每年1至2次的实弹打飞机标靶，是连队官兵最紧张和兴奋的时候。那急促脆响的37高炮声，疾风骤雨般的4联装高射机枪声，与射击中靶后阵地上的欢呼声交织在一起，全连官兵脸上荡漾的全是胜利的喜悦。

驻防海岛，最难熬的是冬天，特别是刮大风、下大雪时。白天有阳光还好，晚上就经常冻得打哆嗦，睡不好觉。我印象最深的是在团政治处工作时，晚上回到冰冷的单人宿舍就寝，第二天早上起来，洗脸毛巾能冻成冰布，茶缸里的水则成了冰坨。

由于远离陆地，团里战备训练、施工和生活所需的各种物资几乎全靠船运进岛，所以连队经常需要承担团里的各种勤务，其中最苦最累的就是卸运煤炭和水泥。

有一年入冬前，团里指派我连卸运全团的冬季烤火煤。满满一船的煤，我连出勤的60多人整整卸运了近一个星期。无论是从船舱一锹锹地往码头上卸，还是一抬筐二三百斤地往煤场里运，都非常累。一天干下来腰都直不起来，回营房饭都不愿吃，一躺下就睡着了，但还是咬牙硬挺了下来。

记得有一年夏季，我下到船舱里卸水泥，光着膀子一袋袋往上传递。当时也没有什么防护措施，不一会就扬得满头满脸都是水泥粉末，几乎成了一个泥人。好多天后，咳出来的痰还黑乎乎的，背部也因水泥和烈日的侵蚀破了皮，火辣辣地疼。

就这样，我很快掌握了军事技能，增强了身体素质，各项训练和应急演练已经难不倒我了。更重要的是，我得到了连队官兵的普遍认可，还和连里不少战友成了要好的朋友，现在虽然分散在四面八方，好久没有联系了，但这种友谊却在心中永存。

海岛蔬菜缺乏，但在渔季，特别是在鲅鱼、鲌鱼收获的旺季，却是连队副食最丰盈、伙食最好的时期。每当团里生产队打回鱼时，就通知各连将鱼拉回，一筐筐极鲜的鱼用大锅炖好可劲儿吃，那真是一个过瘾。

星期天或节假日，连里经常安排包饺子。那可是我们最高兴的时候，各班领回面粉、猪肉和白菜，不管会不会包，立即七手八脚地干起来。哪个班都想抢下第一锅，至少别落在后面。因为前面下的，还能吃到囫囵的饺子，越往后就只能吃破损的饺子了，有的甚至是面菜肉汤。其实，这些都不重要，过程最快乐，吃的是氛围。

1976年6月，我被提拔为8连1排排长，不久即调团政治处宣传股工作。该团政治处是个团结奋进的集体，曾在老政治处主任张文台的领导下，屡获全军领导机关的表彰。工作不到两年，1978年2月我又被任命为团守备2连副指导员。

2连当年被确定为我团参加要塞区军事训练比武的连队，除正常训练科目，还有武装泅渡和携装5公里越野，干部还要组成85炮班参加考核。我一到连队即投入到训练中去，投弹、各种武器射击、单双杠等科目，一个个过关，好在我有在8连训练打下的底子支撑。

武装泅渡训练，天天泡在海水里，脸上身上晒得黝黑，背上的皮一层层地脱；每天早上的5公里携装越野，练得已经感觉不到累。之后很长一段时间，这几乎成了我的一种"魔症"，几天不跑身上就难受。

闲暇时间，我们在团里的几个好友会常聚在一起，天马行空地聊天。好朋友的家属来队探亲，总会请我去撮一顿。那时，烧鸡、炖鱼、粉丝拌白菜心等，都是上好的菜。

打篮球成了我休息时的主要爱好，有时在场上一打就是一两个小时。偶尔我们还会去赶海，那时，海边的海虹、海螺、小蟹等还真多。记得有一次，我们光鲍鱼就抓了半桶。

适应军队整顿和加强训练的需要，军队院校于1978年开始大规模恢复。当年8月，总后勤部院校处到济南军区选调政治教员，我因有南京大学政治系哲学专业的学历背景而被选调，经过几个月的集中培训，我被分配到天津运输技术学校，即现在的军事交通学院，开始了我的军校教学生涯。

　　三年的基层团队经历，我最怀念的是其中一年半多的连队生活。吃苦受累，锻炼了我的意志；摸爬滚打，磨砺了我的体能；令行禁止，造就了我的执行力；责任为大，形成了我的奉献精神；朝夕相处，培养了我与战友们的兄弟情谊。这些，大都是连队生活给我的，它使我一生受用不尽。

　　和平年代，海岛守备部队的环境条件比内陆部队要差很多。但是大海阻隔、孤岛闭塞、物资匮乏、生活艰苦等诸多困难和挑战，都无法阻挡要塞区部队守好建好海岛的决心和行动。靠着一代代官兵的艰苦奋斗，创造了非凡的业绩。

　　特别是要塞区编成 60 多年来，从第一代官兵开始所累积起来的"老海岛"精神，继承和发扬了我军的优良传统，给一代代官兵以无尽的力量。这种精神被概括提炼为："海岛为家，艰苦为荣；祖国为重，奉献为本"。我相信，它会作为这支有着光荣历史部队的魂，在现新编驻防长山列岛部队中，继续传承下去。

　　"自从那天上了岛，我们就把你爱心上，啊！祖国，亲爱的祖国，你可知道战士的心愿，这儿就是我们第二个故乡……"离开南隍城岛 40 多年，这里的一礁一石都让我们魂牵梦绕，无限怀念。曾经的团队生活，聚是一团火；后来的各奔东西，散是满天星。遥祝现已生活在祖国各地的战友们一切安好，伟大的祖国繁荣昌盛。

2019 年 9 月 2 日

作者简介

　　孟建伟，男，笔名"伟力"，籍贯山东莱芜。1970 年入伍，1985 年转业到山东省政府办公厅。长期从事宣传、理论教育和地方的信息、综合、调研工作，2013 年退休。喜欢用文字记录所见所思所得，对曾生活过的"第二故乡"长岛有特别的情感。

难忘军民鱼水情

⊙ 高升普（口述）　⊙ 马永昆（整理）

前几天我去商店，意外遇到一位 60 多岁的女同志，亲切地喊"高指导员"，我一时愣住了，简言交谈后我恍然认出，原来她是我服役期间驻防山前村的一位老乡。将近 50 年了，她还能记着我，感激之情油然而生。

老乡一声高指导员，把我带回了 70 年代。当时国内形势比较紧张，为加强联防、巩固海防，我临危受命，到庙岛守备连上任。临行前，领导语重心长地嘱咐我："人民军队爱人民。我们党的根本宗旨，就是为人民谋幸福。指导员的任务是做好政治工作，你要时时刻刻把政治工作和人民摆在前面。军民团结一家人，国防才能坚如磐石，在小岛上尤为重要……"

1970 年至 1973 年任职期间，我把党的教导融于血液，落实到行动中，带领连队在圆满完成国防建设、军事训练任务之余，将全部时间"为人民谋幸福"。特别值得一提的是，我那时还兼任村支部书记，为大家做实事解难题，更是一时也不可忽略。虽然做的都是些小事，但事事都体现了军民心血相融。正如有句歌词所唱："谁对百姓亲，百姓都明白；谁对百姓好，百姓给谁爱……"

发展生产是第一要务。庙岛有两个行政村，还有砣矶岛在此海区设置的 4 个海带养殖队。夏收夏种和收割海带、晒海带都是又急又累的苦力活，连队总是全力投入，为村里解决时间紧、劳动力奇缺的"老大难"问题，也从中学到了许多海岛生产生活常识。有一次，连队凌晨两点钟即起床准备晾晒收回来的一万多斤海带，不料风云突袭，眼见大雨来临，所有人都不知如何是好，我忙去请教养殖队长。等我赶到海边时，队长和队员已经把海带拖回了海里，他们对我说：割上来的海带一旦淋雨就烂了，放回海里，等天好再晒就没事。我如释重负，也获取了经验。

连队在山峰上设有瞭望哨，抢收季节，瞭望哨还肩负着一项特殊任务，就是随时观察快天黑时哪里有干不完活儿的老乡，连队便马上去增援。这种雪中送炭的场面感人肺腑。

孤岛最缺医少药，交通又不方便，连队的董军医常年义务为老乡服务，随时随地宣讲医疗保健卫生知识。防病的同时，又免费为老乡看病、治病，遇大病便护送老乡到乡县医院。这种性命攸关的事，老乡记得最深，也最是感激。

孤岛文化生活单调枯燥无味，连队便时常帮助村里编排节目，组织军民联欢活动，活跃军民文化生活。连队最吸引人的事，就是经常放映电影，这也是给村民的一大福利。每次放电影前，连队总是最先通知两个村和养殖队，并把场地平均划成两块：连队一半，老乡一半。每当农忙季节，来的老乡不多时，放映员会特意把开映时间向后拖，好让更多的老乡能看上电影，在农忙之余享受这份难得的愉悦。

在"以粮为纲"的年代，农民种的多是高产粮，导致小米这类杂粮奇缺，但军供粮中总有一定数量的小米。女同志坐月子买不到小米时，连队便给以调节、对换。吃过"连队小米"的产妇，都不会忘记这份饱含情义的滋养。

那个年代，连队视老乡为父母，路上遇到老乡拿着沉重的东西，战士们一定会上前搭把手，直接送回家里；老乡推不动的车，战士们上前帮忙拉；老乡挑着吃力的担子，战士们帮忙分担。小事也动人心，老乡经常说："你们继承了老八路的作风。"

岛上没有码头，来往客轮靠不上岸，上下客和捎带物品及邮件，须用小船上下摆渡送取。为此，连队专门寻了条小船，去接送不能靠岸的客船，方便群众出入小岛。

连队还经常派出一名班长带着一名战士，下到村里了解情况，发现老乡有难题，能解决的当场解决，解决不了的报告连队，研究解决。有一次，他们发现农民在小麦地里施化肥时，只撒在地皮上，便指导村民要划沟施肥，否则化肥会蒸发失去效力。

军民共建，加强民兵建设也是一项重要的工作内容。连队经常与民兵联队组织活动，连干部讲课以提高民兵的政治觉悟和军事素质，周密地做好社会治安工作。四年间，岛上未发生一起刑事案件。

村里好不好，关键在领导。有一段时间，庙岛村党支部委员之间不团结，连队就派了一名副连长帮助解决问题，进行个别谈话，广泛征求意见，找到主要症结，将矛盾彻底解决，使支部工作走上正轨。该村也由后进村一跃成为先进村，两年间发展了两名新党员，他们一人成长为人民教师，一人成为乡镇干部。

老乡将这亲密无间的军民关系编成顺口溜：

遇到困难找连队，急事难事找连队。

抢收抢种找连队，处处事事找连队。

连队视老乡为父母，老乡更把连队当亲人。联欢活动中，老乡总是把连队为民做的好事，编成节目传唱；过春节、过"八一"，一定不忘慰问连队；妇女帮助连队洗衣服、缝缝补补更是家常便饭。

我记得期间还发生过这样一个小故事：有一天傍晚，守备连两个战士正在井边洗衣服，被生产队长张星三和两个姑娘看到了。"解放军紧张训练一天了，应该让他们多休息会儿。"他们三个一合计，先派张队长来到井台，对两个战士说："同志，俺学习《共产党宣言》遇到几个难题，请你们去帮忙解答解答。"说着便把两个战士拉到养殖队里。"难题"还未解答完，两个姑娘便端着洗得干干净净的两盆衣服回到屋里，两个战士这才恍然大悟。

经过三年的努力，我们连队由原来的后进单位一跃成为先进连队。1973 年 7 月 21 日，《大众日报》以"团结之花映海红"为题，用大半个版面文图并茂地报道了某岛军民团结如一家的先进事迹。

金杯银杯不如老乡的口碑。这里记叙的只是一些零星的片断，实际上，军民鱼水情深的故事，在驻防期间几乎每天都会发生。那些感动，长久地温暖着人们的心，从来不会因为时光流逝、世事更迭而褪色。

2019 年 7 月

作者简介

马永昆，男，1932 年生，祖籍山东荣成。1947 年 4 月入伍，1949 年 4 月入党，1985 年 8 月离休。曾任长岛县直离退休干部党支部书记 18 年。爱好写作，退休后笔耕不辍，先后在《老干部之家》《烟台日报》等各类报刊发表文章 500 多篇。离休后主编《好心情日记》系列 10 部，共计 300 余万字。

军装的底色

⊙ 王国政

衣柜里的那身绿军装，如今布满四十年岁月的皱褶。又到"八一"，我照例拿出来穿在身上，试一试合不合身，镜前挺胸收腹敬一个军礼，为褪色的青春添一点儿绿。

时间过得有些快。从参军入伍到退伍回乡，至今已经四十年。这期间穿过的衣服，随着职业的变化、家境的好转和季节的更迭而换来换去，有好有差。直到今天，我仍然认为，无论是做工考究的品牌西装，还是价格不菲的商务或运动休闲服，都无法与那身染有我青春底色的绿军装相媲美。四十年了，我将绿军装连同青春悉心收藏好，搁在衣柜里，放在心上。

穿上绿军装，思绪回到从前。那一年，我十八岁，高中毕了业，没考上大学，心灰意冷地回到村里种地。秋天，招兵开始，我报了名，接到入伍通知书时，满心欢喜。现在回想起来，当时想去当兵，大概是因为干农活太受罪，播下种子却看不到希望。家里穷，地瓜干和玉米饼子填不饱肚子。

新兵在县城集结后，军用敞篷汽车一路北上，路两旁是刚收割完庄稼的农田。天高云淡，胶东的秋天景色宜人。途中在路边午餐，第一次吃到面包和香肠，那个香味我至今记忆犹新。在蓬莱军港换乘登陆艇，劈波斩浪驶往渤海深处。我趴在舷窗向外看，蓝蓝的海水，飞翔的海鸥，大大小小的船只进入视线，我感到无比的好奇、兴奋。黄昏时刻，登陆艇停靠在大钦岛，一个面积只有 6.3 平方千米的普通小岛，我就在这里开始了五年的军营生活。

早操、整理内务、队列训练、军体达标、射击练习、实弹打靶、站岗放哨，开班务会、读书看报、写训练笔记、看电影、歌咏比赛……业余时间打篮球、乒乓球、打扑克、研习硬笔书法……生活紧张有序，催人奋进。

我终于吃上了馒头。那时年轻，训练强度又大，一顿能吃四五个，狼吞虎咽，连续吃了半年，饭量才降下来。有位同年入伍的战友身材魁梧，曾一顿吃过八个馒头。连队的晚饭往往是馒头米饭各占一半，北方兵争着吃馒头，南方兵抢着吃米饭，挺热闹。最有趣的是周末吃水饺，炊事班发给各班面、肉、菜和油盐酱醋，战士们自己动手，和面、切肉切菜、调馅，包好后到炊事班煮饺子。我那时学会了同时擀两个饺子皮，中间厚，边缘薄，是老班长教的。因周末吃两顿饭，也为了避免浪费，炊事班分配给各班的食材并不宽裕，人均摊不上两碗饺子。饺子煮好后，新兵的第一碗盛得碗口冒尖，而老兵却只盛一平碗，新兵暗自笑老兵傻。只见老兵三下五除二吃完，第二碗水饺盛得跟新兵的第一碗那样满当。当新兵大汗淋漓吃完第一碗时，瓷盆里的水饺已所剩无几，新兵个个都傻了眼。这是老兵为新兵上的人生第一课。

新兵连的训练结束后，我被分配到工兵排，参加过炸药包、爆破筒、反坦克地雷等军事科目训练，学习过发电机、柴油机使用、维修常识，干过木工、电工和电气焊工，打过坑道，维修过战备工事。后来，我被调到炊事班做饭。记得第一次切土豆丝，刀一滑，切破了手指，切肤之痛成为我的第一笔"厨艺学费"。半年时间，我蒸煮煎炸烹炒、米面肉类海鲜，基本样样会做。直到今天，我的所有特长或技艺中，只有开车和做饭是"科班"出身，打乒乓球、写文章、摄影，属于自己喜欢，是业余爱好。

部队的管理严格正规，思想教育灵活多样，官兵关系和谐融洽，战友亲如一家，连队大院洋溢着正气和青春活力。我当时刚走出校门，踏上社会，正是"三观"形成的关键时期，我看到的和学到的，都是积极、昂扬、向上的东西，耳濡目染，潜移默化，"三观"像五官一样端正，四十年过去了，依然不变。

使我终身受益的还有从军时打下的文字写作基础。担任连部文书后，我看书学习的机会多了，时间也宽裕了一些，加上连队浓厚的学习氛围，写作水平提高较快，文章经常见诸报端，也因此荣立三等功，入了党。当时，我的写作特长的另一项用处，就是替几位大字不识几个的老兵写"情书"。说是写情书，实则是帮老兵为远在老家的对象回信，编几句好听的话，并无"烫人"的字眼，一封普通家书而已。记得一位老兵的未婚妻到岛上探亲，我当着二人的面开玩笑地复述信的内容时，生性腼腆的嫂子一边捂着脸，一边用拳头捶打未婚夫……当时的战友情谊可见一斑。

退伍回乡后，我将在各类报纸、杂志上发表的文章汇编成册，这也成了我找工作的"敲门砖"。几十年过去，我像当年坚守哨位一样，始终没有离开热爱的文字岗位，收获着写作带来的成就、充实和愉悦。

当兵的日子使人难忘。我在先前草就的文章里，感情泛滥地记述过我对大钦岛的热爱之情，表达了我对当年青春涌动的军营生活的留恋。一身军装，一座小岛，一片海洋，是我上演人生青春剧的舞台，我把它演成了连续剧，演了四十年，并将继续演下去。

前年，分别三十多年的战友从天南地北汇聚一起，追忆连队生活，畅叙战友情谊，场面令人泪目。当年生龙活虎的战友，如今脸上被岁月刻满皱纹，鬓角染霜。芳华不在，青春的影子还在。这些昔日的战士说起话来嗓门依然洪亮，语气和目光还是那样坚定，喝酒还是一样干脆痛快。其中两位战友喝到动情处，脱去上衣，赤膊上阵，一口干掉一杯。岁月没有蚀掉战士的锐气，他们始终记得，军歌的第一句是这样唱的："向前！向前！向前！我们的队伍向太阳！"

相聚气氛热烈，没有抱怨和感慨，因为这是一群当过兵的人。

当过兵的人自有不同凡响之处。年过九旬的徐怀中老人，以战士的韧劲和激情笔耕不辍，历经半个世纪反复酝酿、修改，创作的长篇小说《牵风记》，书写出革命军人的浪漫主义精神，开辟了军事题材作品的新风，获第十届茅盾文学奖。军旅作家周涛写作时，总是一身戎装，腰杆笔直，保持军人应有的姿态，诗歌、散文呈现出特有的军人气概。

四十年，时间教给我好多东西，让我也经历了许多事情。有顺境，有逆境和挫折，甚至磨难。像当年走在行军路上一样，无论遇到山岳丛林，还是沼泽地，咬咬牙，挺过去，一路向前。

在岁月的长河里跋涉，当兵时养成的好习惯如影随形。比如时间观念、自律意识、韧性和定力。我经常东奔西走，但早晨起床无须闹钟或他人叫醒，夜里睡得再晚、工作再累，几十年来，从未耽误过出行。战士随时准备出发，当兵时养成的警觉意识始终在起作用。

几十年来，我始终将那身绿军装放在衣柜的显眼位置，每当看见它，都会让我眼睛一亮……

它的底色吸引了我。

2020 年 8 月 1 日

作者简介

　　王国政，男，笔名"团长"，1962 年生，山东莱阳人。长岛当兵五年，后从事金融工作。现为中国散文学会会员、中国金融作家协会会员、中国金融摄影家协会会员。作品散见于《人民日报》《散文百家》《大众日报》等报刊。作品《泉水润泉城》曾被刊登于《人民日报》"大地"副刊，并被《语文学习报》选为高中语文测试题范文；连续三年获《金融文坛》杂志年度散文一等奖，出版个人文集《无边的行旅》。

长岛随想

⊙ 凌先正

长岛，一个让人魂牵梦绕的地方
那里的一山一水，一草一木
总时常萦绕在我的梦乡
她像一串璀璨的明珠
镶嵌在万顷碧波
她像一个个忠诚的卫士
为祖国的海疆放哨站岗

"忽闻海上有仙山，山在虚无缥缈间"
古人笔下的仙山就是长岛这样的地方
美丽的长山列岛
千百年来留下了许多脍炙人口的传说
给长岛披上了一层神秘的面纱
也给中华文明增添了浓墨重彩的一笔

相传始皇帝为求长生不老
派三千童子乘舟东去
隔海翘望
八仙从蓬莱乘风而下，劈波斩浪
在这儿休养生息，无灾无恙

从此，美丽的长岛更加可爱
承载着人们无尽的憧憬与幻想

近半个世纪前
我们响应祖国的征召
有幸来到这个迷人的地方
倾注着一腔热情
怀揣着希望与梦想
在这里书写着青春的荣耀
在这里绽放着生命的光芒

忘不了那无边的海水
一会波浪滔天
一会碧波荡漾
忘不了那缠绵的海边
一段礁石嶙峋
一段细沙绵长
忘不了那悠长的小路旁
一片高楼林立
一片花果飘香
忘不了那葱绿的岛屿
一丛怪石突兀
一丛苍松昂扬
忘不了那儿勤劳而淳朴的百姓啊
忘不了那儿的坑道与营房

岁月在无声中流过
我们也先后脱下了戎装

转眼已是头发斑白，一脸风霜
多想再去抚摸一下那软软的沙滩
看夕阳下涌起的层层波浪
多想再去亲吻一下那搏击风浪的礁石
重新体味一下她的不屈与坚强

啊，遥远的路把我们阻隔
无尽的山水让我们颇感惆怅
只能在梦乡里回到从前
去亲近那迷人的地方

2022 年 5 月 18 日

作者简介

　　凌先正，男，1955 年生，安徽安庆人。1974 年 12 月应征入伍，在内长山要塞区服役，从事无线电通信工作，1992 年 8 月转业，现已退休，居住于安徽合肥。工作之余，爱好写写画画，曾有《无线电之歌》等多篇作品发表在国家和省、市各级报刊上。

长 岛 行

——写在内长山要塞区战士
业余宣传队四十年聚会之际

⊙ 郭福成

天连着水，水连着天，
站高望远无际无边。
三十二岛礁屹立在渤海之中，
如同钢钉、铁锁、岛链。

我呐喊！我振臂呐喊！
我来了，我们来了！
十五岁、十六岁、最大不过十八岁，
一群身披绿装，
无知无畏、热血沸腾的青春少年。
怀揣着对理想的无限憧憬，
为祖国捐躯的胆量，
义无反顾、勇往直前地来到你的身边。

啊！这就是长岛，
我亲爱的第二故乡。
啊！这就是我留恋忘怀、
深深热爱的地方。

当年，虽然没有高楼大厦，

没有鸟语花香，

无人无水无电无航班，

到处是荒山野草，一片暗淡。

但，她是祖国母亲头上的明珠，胸前的瑰宝，

永远珍藏在我的心间。

去部队下海岛，把最美好、

最珍贵的青春留在了这里。

涩水苦口我们心里甜，

风大浪高我们意志坚。

苦怕什么，我们心甘情愿。

累怕什么，锤炼我们的肝胆。

呕吐怕什么，

那是我们当兵奉献的真实写照。

晕船怕什么，

那是我们鼓舞士气、精神强大的体现。

白天兵看兵，

晚上看星星，

月复一月，年复一年，

心中的牵挂没了没完。

说句心里话，

谁都有枯燥乏味，

面对远方亲人和家乡的思念。

谁都有苦楚无奈，

时时梦见那个她的伤感。

为什么还要毅然留在那片热土上，

因为那个时代，

有一股永不气馁，坚强不屈的意志，

有一个至高无上的崇高理想和信念。

在支撑着我们的钢铁脊梁，

在支撑着为国报效的意愿。

我们走过来了！

我们终于走过来了！

我们迈着坚定的步伐，

怀揣着理想信念，

迎着朝阳大踏步走过来了。

看今朝，我们身披霞光，

昂首挺胸，把儿孙牵，

又满怀信心走在夕阳红的大道上。

走吧，勇敢地走吧！

走吧，面对着未来满怀信心向前！

我们手牵手，我们心连心，

我们迈着坚毅的步伐永远不回头，

永远向前！向前！向前！

2015 年 11 月

作者简介

　　郭福成，男，网名"天王福哥"。1955 年 3 月生于青岛。1972 年在济南入伍，在长岛部队工作 17 年。历任班长、排长、指导员，文化干事、宣传处副处长、军分区政治部副主任；转业后在山东省人大教科文卫委员会工作。曾任第六届山东省文学艺术联合会委员、省语言文字协会副理事长等。创作过诗歌、散文、电视剧、电视专题片等，并为部队业余演出队创作了大量的文艺作品。

苏南圆梦

⊙ 李鹏青

　　应苏南战友相邀，近日与曾在长岛当兵的同排战友乘车南下，先南京再句容、江阴、苏州、金坛、溧阳，五天走六城，见到了数十位老战友和老领导，其中最长者已是米寿之年，年轻者也近古稀。看到战友和首长身体康健、生龙活虎，打心眼儿里感到高兴。梦圆苏南，感慨万千。列车飞驰，思潮翻卷……

分别几十年，
今朝喜相见。
一杯美酒，
话语万千——

你三天前就去考察饭店，
拍照片发视频，
如同当年拉练路上选择宿营点。
他骑电动车从乡下而来，
满脸皱纹洋溢着春光灿烂。
你驱车数百里准时赶到，
返回时已凌晨两点。
他说收到信息彻夜难眠，
脑海里全是五十年前连队生活的画面。
你说战友分别几十年，

没想到这辈子还能相见！
他不抽烟却买了"软中华"，
一支又一支给大家分发；
你不胜酒力却把一大杯仰脖喝下！
他不敬酒不敬烟，
献歌一首又一首，深情满满。

冷落了一桌桌美酒佳肴，
只忙着相互问询家长里短。
不问退休前是什么"官儿"，
也不问多大房子多少钱，
只问几儿几女孙几个，
日子过得咋样，
老两口身体可康健？
你说儿女成家孙长大
——满是自豪，
他说子孙孝顺家和睦
——笑声连连。

一城一桌十几人，
说过往，话当年。
你说到刚入伍时抬石头，
老兵在后你在前。
你没觉得担子重，
原来吊绳靠近老兵的肩。
入伍后的第一课，
七十年牢记在心间。
而今讲给我们听，

七十岁老兵心震撼！

你说你当兵半年就入党，
头一年就立三等功，
让多少老兵都眼馋。
你说第一次打靶，三发子弹三十环，
他说迫击炮射击和排长一起倒哑弹。
你入伍前就是生产队长，
农场种水稻的行家里手，
一身泥水，无论晴日雨天。
他是打坑道的一号风钻手，
血汗与水泥一起浇灌。
你说起那次训练事故，
眼看着年轻的战友遭遇不测。
他说起连队农副业生产骄傲自得，
鸡鸭猪羊个个膘肥体壮。
你说那年全岛连队武装泅渡，
咱们连一举夺冠！
他说他训练的民兵连，
一枝独秀，誉满全县！

谁也不说自己的创业历程，
都知道一路上有苦有泪多艰难。
如今苦尽甘来人也老了，
虽不富有却都知足常乐，
衣食无忧也能安享晚年。

走了一城又一城，

一路相见又再见。

相见时笑容满面，

握别时老泪盈眼。

一次次心灵的洗礼，

一次次感情的涌现。

紧握的手舍不得松啊，

嘱托的话一遍又一遍。

再来啊再来啊，

和老伴儿一起来。

我说好好保重，希望——

下次见面身体更康健！

说是说，盼是盼，

今朝分手，

再见是何年……

2021 年 4 月 20 日返程车上草就

作者简介

  李鹏青，男，1952 年生，北京市石景山区人。从军 45 年，1968 年于内长山要塞大钦守备区入伍，后调入军事科学院军事学术杂志社，历任编辑、副社长、主编，后任军事科学出版社社长兼编审。中国军事科学学会会员，中国孙子兵法研究会会员，国家出版专家库成员。

父母爱情再传奇

⊙ 李登高

古稀之年去央视，
铮铮铁骨讲故事。
爱情动人催人泪，
家国情怀海岛始。

六十年代从军志，
几十年来为国驱。
海岛风光几万里，
要塞枪炮练军毅。
长风巨浪万仞高，
男儿戍边如山屹。
十七亮剑大钦岛，
免冠挥戈长山地。
船头劈开三层浪，
海风呜咽长又长。
严寒冻得天地颤，
大海结冰矗冰川。
钎镐挖坑地表湿，
不足二尺如石坚。
手推肩扛群奋力，

建成要塞筑天堑。
短网近钓鲸鲨鱼，
长缨也曾缚苍龙。

蓝天无际瞩京津，
大海浩瀚连津冀。
波涛汹涌琵琶语，
危山孤岛是瑶池。
琵琶语里鼓声乐，
瑶池飞花军号响。
苍松翠柏山本色，
春暖花开水依依。
一年三百六十日，
大海风光景旖旎。
纵荡花边生涟漪，
细听月岁涛声急。
孤帆远影天际尽，
搏击高空群鸥鸣。
心胸开阔胜五岳，
有志革命向黄渤。
为有牺牲来边地，
新髻蛾眉结伉俪。

不让须眉半边天，
上山下海持剑戟。
英姿飒爽红衣女，
勤俭持家是淑娘。
沙场驰骋做丈夫，
农场耕耘产细粮。

海上养殖生鱼虾，
山中砍柴炉火旺。
丈夫在岛我陪你，
孩子在校我育你。
勤劳勇敢不怕苦，
任劳任怨唯有你。
几十年来风雨骤，
革命本色不能丢。

沧海桑田世事迭，
为民请命不曾移。
战功做得三军将，
生活也惜一寸席。
天南地北各一方，
青春岁月更足惜。
感谢生于好时代，
父母爱情新如初。
我写长诗未已矣，
愿做海燕振长翼。
我抒长情冬日里，
愿随英雄访旧地。
从此步行一千里，
直趋蓬莱下海市。
海市蜃楼多美丽，
不似父母再传奇。
传奇故事代代传，
海岛精神亮熠熠。

2020 年 11 月

作者简介

　　李登高，男，1966 年生，山东章丘人。现为中国金融作协会员、中国诗歌学会会员、山东省作协会员。2012 年至今，共创作诗歌 300 余首，散文 24 篇，小说 2 篇；作品先后在《中国城乡金融报》《齐鲁晚报》《金融文学》《楚风》等报刊发表，作品入选 10 余种读本；出版诗集《静静的罗莎河》。

致我的第二故乡

⊙ 肖化军

我站在高高的楼上，
任凭目光飞向远方。
那隐约可见的地方是哪里？
那是久违的长岛，
我日思夜念的第二故乡！
山还是那山，
水还是那水，
翠峰重峦，一草一木，
可还是那旧时的模样？

忘不了那一丝丝回忆，
忘不了那一段段动人的故事，
忘不了那一曲曲战友情长……
一个故事，一把泪，
一座营房，一段情。
每一个故事都是那样的感人肺腑！

还记得老班长那第一声口令，
是那么的浑厚清亮，
饱含了对新战友几多深情的厚望；

还记得老排长的第一堂教育课，
告诉我们好男儿志在四方。
还记得老连长训练场上率先垂范，
铮铮铁骨，荡气回肠！
向我看齐，都跟我上，
我就是旗帜，我就是榜样！

有人说，
情人的血最红，
我却说，
战友的情最长！

忘不了那班务会后的促膝交谈，
忘不了那聚餐后的兄弟情长；
忘不了那互帮互助的一幕幕情状。
忘不了那想家时的相拥而泣，
伫立烽山脚下对家乡的久久眺望：
忘不了临时来队探亲的嫂子，
那羸弱的身子，那悠悠的目光。
那是一种怎样的情怀，
那是一种怎样的渴望？
目光里是对丈夫的眷恋，
目光里更是对军人、对军队、
对祖国万里长城的殷殷希望！

烽山顶，半月湾；
山前村，军港旁，
到处都留下了战友并肩战斗的足迹，

到处都谱写了官兵情与爱的篇章。

战友情是一种牵挂，

是一种记忆，

是一种情缘，

是一种回望！

长岛情，最难忘，

泪断剑，情多长。

有多痛，不去想，

情绵绵，空荡荡。

四十三载光阴，

弹指翻掌，

情切切，爱悠长。

是谁曾说过，

墨染流年，

沧桑了谁的守望？

战友情，至纯至真，

像玉壶冰水似银色月光，

如美酒佳酿愈久愈温馨芬芳！

长岛，

我战斗生活过十六年的地方，

吾儿第一声啼哭在您，

我妻初次入职在您，

您是我理想飞翔的地方！

我虽离开您二十七年了，

您亦旧貌变新颜，

翻天覆地慨而慷，

但您永远是我心中那熟悉的模样！

望着你，

欢声笑语，归帆渔唱，

心中幸福的涟漪久久激荡。

我要永远记着您的一草一木，

我要永远尽情为您歌唱。

百年后，

一把骨灰撒在您的土地上！

站在故乡望长岛，

我只为，

我的首长，

我的战友，

军嫂们，不忘初心，

再鼓雄风，奋力拼搏，

为祖国这百年梦想再创辉煌！

祝愿长岛的明天兴旺发达！

祝愿海岛军民幸福安康！！

2020 年 7 月

作者简介

　　肖化军，男，1978 年 2 月在长岛要塞区守备 29 团入伍，1987 年 2 月转业到长岛县人民银行工作，1992 年 8 月到潍坊市人民银行工作，先后担任金融监管科长、外汇管理科长、办公室主任、组织部部长等职。现已退休。

难忘海岛老房东

⊙ 马素平

小时候在海岛居住时，当地有村民被我们称为"房东"，虽然仅交往过几年，但我们却结下了一辈子的缘分。能称得上"房东"自然也不是一般的人家，他们的家就像父辈行军打仗、野营拉练时住过的老乡家，像那首脍炙人口的歌曲《老房东查铺》里歌颂的纯朴之家，他们更是军民鱼水情的纽带，把我们与父辈为之坚守的海防前哨紧紧相连。

初来海岛 落户在房东家

1961 年 3 月，父亲从位于长岛县的砣矶岛驻军四团调任到新成立的大钦守备区保卫科。同年秋天，经审查批准，母亲和姐姐哥哥们从老家沈阳举家上岛，随军定居。由于岛上刚撤团建守备区，百废待兴，没有家属房，部队就联系了驻地村庄安置随军家属。村民葛桂东响应号召主动报名，经审批后，将自己要结婚的房间腾出，供妈妈和姐姐哥哥们居住，按部队的统一要求，称呼这户村民为"房东"。

那个年代，国际国内形势严峻，部队为履行把长山列岛建设成海上长城、守卫北京、把守"海上东大门"的神圣使命，全区部队几乎都投入到繁重的国防施工中，同时还要抓战备训练。爸爸每天有大量的工作要做，家人的到来也只是把原来相隔千里的距离缩小到三里的距离而已，他还是住在部队的集体宿舍，只能在周日抽出一点时间，来房东家看看寄住在此的爱人和孩子们，吃一顿便饭，唠一会儿家常，再回去值班待命。

没有爸爸陪伴，刚开始的一段时间，妈妈带姐姐哥哥们住在房东家，人生地不熟，有诸多不习惯。特别是在老家时，听闻海岛人野蛮鲁莽，住进村民家后，更是吓得大门不出。妈妈对姐姐哥哥们的管教比在老家都严格，唯恐他们闯祸，惹恼当地居民。但爸爸以他过来人的经验告诉妈妈："岛上老百姓不是你听到的那样，虽然长岛解放较晚，但老百姓拥护党，拥护新中国，热爱人民子弟兵，那些残余势力已经彻底被清扫干净了。咱们一定和房东好好相处，一切慢慢来，住习惯就好了。"爸爸还用他的亲身经历，给妈妈讲了1951年5月他从青岛海军炮校毕业后被分配到海岛的过往，刚开始也是营房不够用，他和战友们先住在砣矶岛后口村老百姓家，直到营房建好。听了爸爸的话，妈妈便放下心来。姐姐和哥哥们也很争气，懂礼貌、爱劳动，在学校、房东家都抢着干一些力所能及的活儿，很受老师和房东及邻居的喜欢。

大量的家属进岛，部队的后勤建设也在快马加鞭地进行中。第二年，爸爸终于分到两间宿舍，妈妈和哥哥姐姐们自此告别借住在房东家的日子，有了自己的家。家，是妈妈和姐姐哥哥们跋涉路上的终点站，似波涛汹涌的大海里的港湾，宁静温馨。此后，在坚守海岛的岁月里，无论成功、喜悦或艰辛、困苦，在这个温馨的港湾里，爸爸妈妈对我们子女都倾注了他们所有的爱。

1963年6月我出生时，妈妈说我是踏着部队的起床号声降临到大钦岛的。这一年随军进岛的家属，家家都喜迎新生命的到来。我上学的那一年也是岛上适龄学生最多的年份，我们海岛部队这批孩子是爸爸妈妈团聚后幸福的结晶，是见证驻岛部队发展壮大的一代人。

和房东家的趣事

尽管有了自己家的房子，爸爸妈妈和房东家的关系还一直十分亲密。从我记事起，特别是20世纪70年代初期，姐姐哥哥们都参军入伍或到部队所属企业工作了，我就成了家中的"独女"。这时父亲又从守备区机关调任到要塞第二医院工作，搬家后我们离房东家比原来近了一半。家里的子女就剩我自己之后，生活条件相对好了起来，妈妈不用再为了生计忙里忙外，和房东家的走动就更勤了。每每这个时候，我就是妈妈的"跟屁虫"，经常往返在家属院与房东家之间。

我们搬离后，房东葛桂东大叔也迎娶了新娘。在我出生后不到四个月，他们家也迎来了大儿子，后来相继又有了两个儿子和一个女儿。可能是房东两口子年纪轻，再加上孩子小，没时间和我妈妈聊天，房东西侧的住户——我的小学同学葛金英家就成了妈妈经常光顾的地方，我们把这一家也叫作房东。金英的父母叫葛丕茂、吴凤英，他们和葛桂东家是亲戚。他们两家院子中间的墙壁上开着一个门，从不上锁，方便走动。

金英家人特别善良，对初来乍到的我们给予了无微不至的帮助。金英家女人多，妈妈爱去玩，我也爱去耍，好像我们去了她家就更热闹了。以金英奶奶为首的金家女人，里里外外总是闲不住，但最主要的"营生"就是忙着给生产队织渔网，挣几个工分。她们平时都是坐在炕上织，但遇到织大扣渔网时，除了奶奶，都得到地上织，以备织好的渔网能铺开。金英的两个姐姐每天先到生产队去干活，回来简单洗漱后又赶紧上手帮忙，只要看到我妈妈来，两个姐姐都会腾出地方让妈妈上炕，她们在地下坐着织。最早妈妈也只是去聊天，玩一会儿就走。等到后来她也学会了织渔网，在金英家待的时间就长了。我那时小，去金英家要么和金英玩，要么跟金英去找同村的女同学玩。偶尔不出去时，也会学着织渔网。但终因手太小，织网的撑子又太宽，所以只能玩一会儿，不能善始善终。

有时会遇到金英爸爸出海归来，带回一些"海物"（岛上把鱼、虾、蟹等海产品统称为海物），或者是她家亲戚串门送来的"海物"。多的时候，我们也会带一些回家。那个年代，岛上不仅缺水，粮食、蔬菜都无法种植，驻地老百姓的生活也不算富裕，只有部队的条件还算不错，有要塞后勤部队的登陆艇经常进岛补给。爸爸也经常嘱咐妈妈别拿百姓的一针一线，这不仅是部队的纪律，更是部队家属要自觉遵守的原则，那首《三大纪律八项注意》，我们都倒背如流。

记得一个周日的下午，妈妈又带我过去玩，到快吃晚饭时，妈妈准备带我回家。此时金英家地上的大锅里正炖着八蛸，二姐玉珍在那儿烧火。当我路过灶台时，八蛸炖熟后飘出的阵阵鲜味儿勾引着我肚子里的小馋虫，我的眼睛盯着那口大锅，磨磨蹭蹭迈不了步。金英妈妈看见了，就让我和妈妈留下吃饭，妈妈不同意，拽着我就走，结果我成了她俩的"拔河工具"，胳膊被拽得生疼，"嗷"的一声，我忍不住哭了起来。当然，这个哭还有另外一层意思，就是馋锅里的八蛸，但妈妈不让我在这儿吃，心中十分难过。最终，我还是让妈妈给拽回了家。不一会儿工夫，玉珍姐拐着一个小篓，送来一碗八蛸，怕妈妈不要，她拿出碗往我家台阶上一放，拐着小篓就跑了，任凭妈妈如何喊叫她也不回头。不用说，这碗八蛸基本都进了我的肚子，这也是我吃过最香的一次酱焖八蛸。待下次去她家玩时，玉珍姐留下的碗又让妈妈装满了大米还了回去。那时候，大米在海岛是稀罕物，只有部队和家属及吃商品粮的人群能吃到，每人每月五斤的限量。在东北出生、喜欢吃大米的妈妈，能把自己最爱的、省吃俭用的大米回赠房东，足以见得房东一家的好与她的知恩图报之心。

记得那时，晚上跟妈妈从房东返回的时候，每每走在漆黑的小路上，我就是妈妈的一个伴儿。那时也不舍得用手电筒，怕浪费电池，只有必要的时候才照一下。走在坑坑洼洼的土路上，总是深一脚浅一脚的，但时间一长，就是闭上眼睛也能来去自如了。那些日子里，妈妈学会了许多海岛人的"营生"，小到蒸饽饽、焖鱼、晒鱼虾干、卡果子，大到织渔网、上山拾草、下海"赶海"（海岛方言，指潮汐退后，捡拾海中的小"海物"，也称"赶小海"）。房东大婶心灵手巧，硬是把不太富裕的日子过得有滋有味，妈妈也是受益匪浅。

有一年春节前几日，晚饭后妈妈去帮房东家烧火蒸饽饽，却没带我，我到点就躺下睡觉了。不知到了几点，她回家后把我叫醒，我看见她手里用毛巾裹着一个大饽饽，让我趁热吃。那大饽饽的香味引着我赶紧从被窝里坐起来，揉着眼睛，抱着大饽饽就啃。几口下肚，我又心满意足地接着睡觉去了，记得那晚的梦好像也格外香甜。

那些年，海岛柴草奇缺，生火做饭是个难题。每年岛上的山林都封闭管理，只有秋后开山的那几日，允许驻军和老百姓上山砍柴拾草。这时，妈妈会带上镰刀、绳子和网兜子，跟房东家一块儿上山，他们熟悉地形，知道哪的山林草丛茂盛。忙活一天，玉珍姐再帮忙背回来送到我家。妈妈个子小，年轻时又很瘦弱，干这些活力不从心，都是房东家帮衬着完成的。

我和金英都是北村小学宣传队的，有一次学校排演节目《紧握手中红缨枪》，需要道具红缨枪，这让我犯了愁，上哪儿去弄啊？看着金英扛着红缨枪排练时的"展扬"劲儿，我回家就哭鼻子掉眼泪，非要跟妈妈要。妈妈去金英家打听，金英妈妈说："这好办，让俺大女婿再做一把不就行了吗！"等演出时，我和金英扛着一模一样的红缨枪，高唱着歌词，在舞台上挥过来舞过去，心里别提多么美了。有的同学拿的红缨枪，枪头和枪身不是一体的，挥舞的时候甩掉了枪头，惹得台下传来阵阵笑声，我俩没有这个顾虑，舞得更来劲了。这把红缨枪可给我挣足了面子，我喜爱它的程度不亚于喜爱那个年代的一件新衣服，后来它跟着我随父母调动、搬家多次，直至七十年代末我参加工作离开家，没人"保护"，才被妈妈当柴火烧了。

村里老百姓都是我们的房东

妈妈不仅和金英家相处得好，亲如一家，和金英家的邻居们相处得也很好。

房东葛桂东家南邻就是我的小学班主任葛淑荣家，她的姐姐和我二姐还是初中同学。"文革"期间，她的姐姐心灵手巧，会用渔网线编织装《毛主席语录》的小挎包送给我们。葛老师当我的班主任时，我自认她比较偏爱我，我也是个懂事的学生，爱学习、爱劳动，守纪律、爱帮助同学，是班里的学习委员。葛老师教语文，我也最爱上她的课，至今还保存着一个作文本，上面有一篇我写的作文，题目是《我和爸爸比童年》。她用红色墨水笔批改，文后还有评语，字迹娟秀，对我赞赏有加。可能就是这篇作文和她的评语，带给我莫大的鼓励，我之后走上文学写作之路也与之有很大的关系。上五年级时，葛老师结婚了，听妈妈说她嫁到小浩村了，对象是村里的会计。

记得那个年代，女青年兴起穿的确良衬衣，葛老师也和村里女青年一样，置办了两件的确良衬衣，一件粉色的，一件浅绿色的。有一次，学校组织排演节目，让我们借粉色的确良衬衣，在部队大院借不着，玉珍姐的要给金英穿，别的房东家又没有，没有法子，妈妈就去了葛老师家，葛老师痛痛快快地答应了。演出时，粉色的确良衬衣外面还得穿一件绿色毛衣背心，演出后，我在学校把衬衣换下来直接还给老师了，后来妈妈去房东家聊天时才知道，因我演出时出汗，绿色毛衣背心褪色，把老师的衬衣给染花了几处，老师的妈妈费了好大的劲儿才洗干净。妈妈就此说了我几句，我偷偷抹了眼泪。后来有一次演出，又让穿浅绿色的确良衬衣，妈妈硬着头皮又去葛老师家借，吸取上次的经验教训，去还衣服时，妈妈在家认真清洗了一遍，妈妈常说："好借好还，再借不难。"我们升初中时，她还在小学教学，后来听说因生孩子就离开了教师队伍。直到 20 世纪 90 年代末，我得知她意外离世，心中十分悲伤。那可亲可敬、终生难忘的老师啊！至今想起，我仍然无比怀念她。

妈妈因为家里孩子多，早在 20 世纪 60 年代末就买了台"飞人牌"缝纫机，学着给我们做衣服，慢慢地手艺也成熟了，邻居家大人和孩子的衣服也都来找她做。家属红校一成立，她就被安排到缝纫组，每天给部队做衣服、缝被褥。业余时间也有不少的服装活儿要干，先是房东家的，后来又来了房东的邻居，然后村里的老百姓都慕名而来。她一忙起来，连去房东家玩的时间都没有了，我憋不住，总问她什么时候去玩。那时候，老家沈阳离这里特别远，没有亲戚来往，我看见邻居家的亲戚经常走动串门，就羡慕得要命，心里就把房东一家当成自己的亲戚了。然而，我们总是去房东家玩，但他们从来不来我家玩，我想可能她们都忙着织渔网挣工分吧，又或许她们对我的军人父亲和部队大院都有一种敬畏感吧。

印象中，我的小学班主任的母亲来过我家，应该也是来找妈妈做衣服的。那晚，我和妈妈正在吃饭，她坐下后，好奇地盯着我们的饭菜，问东问西的。那天晚上妈妈用土豆条、肉丝加面酱做了一道东北风味的炒菜，她问是什么菜，妈妈说是萝卜，我刚想纠正，见妈妈朝我眨眨眼，就不吱声了。好在昏暗的灯光下，用面酱炒的菜黑乎乎的也看不清是什么。等她回家时，我见妈妈拿了几个萝卜给她带走。事后我问妈妈为什么说谎，妈妈叹了一口气说："家里就这一个土豆了，你要说是土豆，又不给人家，显得咱抠门。"原来是善良的谎言啊！长大后说起这事，妈妈说早就不记得了，她只是说，那时岛里真缺菜啊，老百姓整天就是海物、鱼酱什么的，看着吃得挺好，但也架不住天天吃，腻啊！

那时候，岛上老百姓都因家里曾经住过部队家属而引以为傲，因为部队家属从老家带回来的特产，他们也能分享到；军人们穿过的军装、戴过的军帽等，如有节余，也会赠送给他们。现在想来，这种情况既是因为岛上环境封闭，军人和家属都来自外地，当地老百姓喜欢和向往岛外生活；更是因为那个年代倡导"军爱民、民拥军，军民团结如一人；军队和老百姓咱们是一家人"的毛泽东思想深入人心。

意外重逢之喜悦

"铁打的营盘，流水的兵。"15岁那年，爸爸又调到砣矶岛的27团工作。离开大钦岛的前一天晚上，妈妈带我去房东家辞别，先去了几家经常走动的婶子家，最后在同学金英家多待了一会儿，妈妈和我都流下了不舍的泪水。回家时，房东大婶和玉珍姐出来送我们，送了一段又一段，直到走出了村口才依依不舍地与我们告别。望着海岛天空的繁星，我的心情用一段歌词来形容再合适不过了："星儿闪闪缀夜空，月儿弯弯挂山顶。一盏盏红灯一颗颗心，处处都是军民情，军民情。"

时间过得真快，1979年末，爸爸转业留在了长岛县城，我也参加了工作。有时休假回家，听妈妈说起房东家的事，看来他们还相互牵挂，还有来往。记得有一次快过年时，我休假在家，葛桂东大叔的外甥大勇哥来我家送了一些"海物"，妈妈留他吃了饭再走，他婉言谢绝，急急忙忙跑出了家门。再后来,我离开长岛把爸妈也接到了烟台,其间,房东家的大女儿美姐来看过爸妈一次。美姐和爱人已经来烟台工作、定居数年,每逢他们回长岛,房东大叔大婶都会念叨我们,于是美姐千方百计地联系上我们,把她父母对我们的问候带了过来。

2017年6月,我和威海的二姐、济南的三姐结伴回到了大钦岛,踏上我们魂牵梦绕的海岛寻梦之旅。自离开海岛后,随着年龄逐渐增大,我们对大钦岛的思念越来越深。这里是父辈们奋斗过的地方,也是我出生、成长的地方。岁月虽像流水一样逝去,但记忆中的美好却在心中永存。

记得那天上午,我顺着码头往西的大道走进了北村。先是在原来的小学校址,如今的村委会周围转着看了看,变化很大。当我离开村委会,在大门处和村里的会计、妇女主任等乡亲告别时,迎面走来一个人,我打眼一看,脱口而出:"玉珍姐!"待玉珍姐走近,我看到一张诧异的脸。我一步跨到她的面前,再一次大喊:"玉珍姐!"她终于想起来了,笑着喊着我的小名。岁月改变了玉珍姐的容颜,但她的笑容没变!太熟悉了,这样的笑容,我已经阔别了四十年。当得知房东大婶已于前年仙逝,我心里很是难受。知道房东大叔还健在,一直在长岛县城儿子家居住,我又欣慰起来。

建岛一家人,守岛一条心。离开大钦岛四十多年,蓦然回首,房东一家还在灯火阑珊处。这意外重逢的喜悦,我每每想起来都激动不已!

2020年12月15日

作者简介

马素平,女,长岛出生,军人家庭长大,从事金融工作39年。中国金融作家协会会员、中国散文学会会员、山东省作家协会会员、山东省散文学会会员、烟台市作家协会会员、山东金融文学编委会理事、《齐鲁晚报》"壹点号·海岛寻梦"专栏作者、《齐鲁晚报》"青未了"专栏签约作者,《金融文坛》杂志烟台办事处主任。

致敬，中国军人
——祝贺八一建军节

⊙ 黄兴

未曾从戎有着遗憾
更有着深厚的军旅渊源
从小总是盼着一个节日
八一，从那时起就铭刻心间

渤海连着天边
儿时以为世界就在对岸
为了不再败给昔日的"八国联军"
父辈用忠诚打造出钢铁般的海上防线

白日里，海风缠绕着军旗
黑夜中，星辰大海为岗哨做伴
几十年换了几代守岛军人
唯有信仰与忠诚不曾改变

岛礁被锻造成"钢钉"
海湾因为"王师"镇守成为天堑
岸上待发的每一枚炮弹
都为洗刷耻辱的昨天

不是从此没有了硝烟
是你的强大让对手忌惮
冲锋号声至今犹在
尖端的武器装备让对手倍加胆寒

强大是最好的安全
外交受人尊重，人民生活体面
强大就是真理
拳头换回的一定是尊严

军装是最美的容颜
军旗，犹如绿色铁流中舞动的彩练
那一颗颗腾空而起的火箭
呼啸过后划出的是美丽的弧线

今天，又迎来了八一
人民不忘军队军人的奉献
过去，你们血洒疆场
今后，依然要铁马冰河，披肝沥胆

世界从未安稳
为什么我们却独享平安
因为我们有强大的钢铁长城
因为每位士兵都来之能战

致敬，共和国的忠诚卫士
致敬，军旗下的历代先贤

2021 年 7 月 31 日

作者简介

　　黄兴，男，1958年生，山东烟台人，有在长岛工作的经历，现为中国工商银行烟台分行退休人员。文学爱好者，尤其喜欢散文、古文与诗歌。退休后笔耕不辍，创作了多种体裁的作品，部分作品发表于报刊和新媒体平台。

八一感怀

⊙ 孟立军

　　我不是军人，却对八一建军节有着很深的情怀，那是因为父辈当年戍边海疆三十载，将青春芳华献给了国防，献给了长山要塞，更因为我们是军人的后代。随着八一建军节的到来，我思绪涌动，仅以此诗，向最可爱的人致敬！

我听着军号长大

部队大院就是我的家

清晨嘹亮的军号响起

唤醒了大院的叔叔和爸爸

一颗红星头上戴

革命红旗两边挂

他们穿上军装的样子是那样潇洒

迈着军人矫健的步伐走向操场

一二三四清脆的口号声传遍大院

伴随着整齐的步伐唰唰唰

那是军人的呐喊

保岛建岛任何困难也不怕

听着海防卫士的颂歌与佳话

是那样的亲切和温暖

我伴着闪闪的红星长大

军营里处处闪烁着光华

它永驻父辈的心间

海防前线来安家

战胜困苦戍海疆

三十余载容光焕发

当脱下军装的那一刹

两行热泪脸上挂

最后一次抚摸着它

感慨无限

久久不愿放下

政法战线新岗位

那颗红星依然光芒耀眼

走基层查案情

不辞劳苦服务万户千家

红星在心中闪烁

映照着风雨中渐渐远行的他

迎风飘扬的军旗

嘹亮的军号

闪闪的红星啊

它们承载了父辈的青春与芳华

鼓舞着我们前行

不论走到哪儿

永远伴随着我们

从未抹去它

如今互联网上我们再聚首

要塞的兄弟姐妹情更佳

继承了父辈的光荣传统

长成了铁血男儿、钢骨柔侠

更有那绽放的军中红花

保卫着神圣的国家

不论是当兵

还是将军装脱下

岗位怎样变化

他们依然丛容

不失军人本色

正能量在这个群体中发扬光大

我有幸生活在长岛

这里曾是父辈们坚守的地方

刻下了内长山要塞的印记

时常能看到守岛官兵苦训的身姿

在那儿摸爬滚打

军民融合"双拥"共建的故事传遍了万家

在"八一"建军节

这个军人的节日里

向中国人民解放军

还有退伍官兵敬礼

军魂永铸

曲曲颂歌永流传

2018 年 7 月 31 夜

作者简介

　　孟立军，女，军人子女，1960 年生于长岛。在原长岛县生资公司退休，业余爱好写作。《八一感怀》《诗情画意》《母亲》等百余篇作品发表于各类报刊和新媒体平台，现为烟台市作家协会会员。

献给长山要塞与士兵的歌

⊙ 张状庆

你在军营里历练，
我在军营外向往。
村周围驻扎的五处营房，
让我睁眼便会看到那绿色的军装。
炮台、碉堡、坑道、堑壕，
占有我孩童时多少玩耍的时光。
嘹亮的军号，
亦激励着我心身的成长。

月光下，
我常看到那巡逻战士刺刀的寒光；
海滩头，
曾传来震耳欲聋的炮响。
节日里，
我更爱看那军民联欢同台演唱。
夜晚营房的露天操场，
银幕上的影像至今美好且难忘。

营房的饭堂，
是我乒乓的启蒙之地。

荣誉墙上的那些奖状，
让我稚嫩的心灵像彩云一样飘扬。
军营中那些水井的辘轳，
惊醒我多少夜半时的美梦。

波波莎、诶尅枪，
偌小的年纪我已摆弄得有模有样。
参军当兵，报效国家，
是我童年时便许下的人生理想。

长山要塞，
海上铸钢！
长山要塞，
京津城墙！

当初一声"解放军叔叔好"，
使我心中有了骄傲的榜样。
现今战士见我一句"大叔好"，
像甘泉、如暖流在我周身荡漾。
长山要塞，
你不但影响了我的一花甲，
还有那余生夕阳。

长山要塞，
遗憾我不是你的一员，
你却使我挂肚牵肠！
今日整编没有悲伤，
只有国家强盛、军队强大，

才能拒敌千里之外。

长山要塞虽已远去，

你却永远铭刻在海岛人心上！

2017 年 5 月 6 日

作者简介

　　张状庆，男，笔名"鼍岛渔翁"，1956 年生，长岛县砣矶岛后口村人，退休干部。曾在长岛县环境保护局工作，首届山东省生态学会理事、国家环境空气背景站建设顾问。爱好文学，曾出版过《后口张氏考》《民考鼍岛》等专著。现为山东省散文学会会员、烟台市作家协会会员。

永驻我心中的那颗星

⊙ 胡迎先

当今社会群"星"灿烂，

"追星族"追的是歌星影星，

而我们也是"追星族"，

永驻我们心中的，

是无比灿烂、永放光芒的八一红星。

亲爱的首长和同志们，

作为一名人民教师，

你们可知道我是怎样教育我的学生？

捧起鲜艳的红领巾时，

我会告诉孩子们：

那是国旗的一角，

是用无数先烈的鲜血染成！

于是我的学生们便知道：

今天的幸福来之不易，

要永远感谢那些手握钢枪的解放军。

夜晚，望着灿烂的星空，

我问我的学生：

那无数闪亮的星为什么总是耀眼晶莹？

"因为那不是闪亮的星，

是牺牲的战士不朽的魂灵！"

孩子们的回答是那么有力坚定。

是啊，他们是那么热爱人民子弟兵。

师生们最喜欢的节目，

就是那一部部爱国主义电影：

《钢铁战士》《南征北战》《英雄儿女》《上甘岭》……

最崇拜的英雄是"向我开炮"的王成，

最喜爱的歌曲就是《勇士辉煌化金星》！

孩子们是祖国的未来，

是明天的雄鹰。

他们或许会成为将军、教授、科学家，

也会有你们的接班人——扛枪卫国的兵。

爱国主义教育是我们的办校宗旨，

"我是中国人"的校训是那么庄严而真诚。

爱国，就要爱岛如家，

爱我们的钢铁长城。

每逢佳节倍思亲，

我们心中挂念还是那些戍边卫国的兵。

端午节，露晶莹，

孩子们准备了一个鸡蛋、一个粽子，

把它们送给最最敬爱的解放军叔叔。

中秋节，月儿明。

一个苹果、一个月饼，

又被一起送进了军营。

鸡蛋上写着孩子们的悄悄话，

苹果上刻下了红领巾的心声。

面对着普通的礼物，

面对一个个飘扬的红领巾，

铁打的汉子刚强的兵，

都是心潮起伏，泪水盈盈。

抱起孩子举过头顶，

亲亲小脸四目相盯。

叔叔们分明看到了自己的弟弟妹妹，

耳畔响起的是父母临别时的叮咛。

过了五十多年的和平日子，

人们似乎淡忘了这绿色的军营。

难忘九九年五月，

北约的导弹肆意横行，

炸毁了中国的大使馆，

炸死了我们的亲人，

令世界震惊。

声讨罪行，中华大地沸腾，

北约的暴行再一次让中国人觉醒！

记住吧：他们是八国联军的"后裔"，

至今把伟大的社会主义中国，

视为"眼中钉"。

中国的和平要靠伟大的军队，

拥有强大的国防才不会再受欺凌。

我们的幸福是靠你们的无私奉献，

我们发自心底地说一声：

辛苦了，亲人子弟兵！

忘不了你们对长岛的贡献，

忘不了你们为海岛建设的牺牲。

忘不了每年欢送老战士退伍离岛时的情景，

码头上，告别连队、离别海岛的老兵，

一步三回头，

泪水打湿了已摘去领花的衣领。

只有对祖国的爱、对人民的爱，

才能孕育出这样的真挚感情。

我们的亲人，平凡而伟大的战士，

你们永远是我们心中最亮最亮的星！

1999 年 12 月于老战士退伍之际

作者简介

　　胡迎先，男，1956 年生，长岛小黑山村人。自幼喜欢文学；19 岁，当了"孩子王"。第一次写的文章《中业号的官兵你们在哪里》就在中央人民广播电台对台广播播出，此后便不断为孩子们写剧本、小说、寓言故事等，所著剧本 3 次获烟台市中小学生文艺汇演二等奖。2006 年调入县文化局，3 年创作了 50 多个各种题材的文艺节目，在国家和省市展演、评比中屡屡获奖。

"双拥"共建铸辉煌(二首)

⊙ 王利贤

踏莎行·民拥军

碧海涟漪,
屿花香馥。
欢歌锣鼓兵营处。
箱箱果蛋肉鱼虾,
渔家送上拥军物。

汗洒衣襟,
泪盈颊目。
长言热语亲情诉。
军民携手一条心,
并肩长岛辉煌铸。

南乡子·军爱民

小岛浪涛间,
满目石崖野鸟喧。
披雪餐风寒暑屹,
心甘,
赤胆忠心守塞关。

昼夜不休闲，

苦练官兵武艺尖。

抢险护渔全力助，

民欢，

海角天涯国泰安。

2021 年 7 月 26 日

作者简介

　　王利贤，男，笔名"怡闲"，1949 年生，祖籍长岛。1968 年参加工作，本科学历，研究员。长期从事水土资源开发、生态环境保护、旅游地理等工作。爱好文学，尤以学习古诗词为乐，先后创作诗歌 2000 余首，诸多作品见于报纸、杂志或新媒体平台。

赞守岛卫士

⊙ 赵文年

守岛尖兵胆气豪，

盖天铺地枕烟潮。

餐风付苦披星月，

冒雪凌寒立渚礁。

护土忠心家国系，

卫疆重担铁肩挑。

钢枪紧握凝双目，

外敌来侵决不饶。

2022 年 5 月

作者简介

赵文年，男，网名"馨和之星"。长岛机关单位退休后有闲暇时间学习古诗词，现为山东省诗词协会会员、天津市诗词协会会员、烟台市诗词协会会员、蓬莱区诗词协会会员。近年来多篇诗词习作在纸刊和网络平台发表。

渤海情深

⊙ 丁学晏

长岛，素有固土千里、京津锁钥之称。在 1985 年部队大裁军前，长岛的大小岛屿上基本都有驻军。20 世纪 70 年代末至 80 年代中期，我在新华书店从事图书流动供应工作，主要是为分散在各岛屿上的守岛官兵供应图书。

由于工作关系，大大小小的岛屿都留下了我上连队、下站所为守岛官兵送书的身影，也种下了我与部队官兵一辈子的情义。

军营，给我的感觉像到家

记得有一年临近春节，我去庙岛为守岛官兵连供应图书，顺便为庙岛的老百姓供应年画，食宿都在连队。当时的连长姓赵，是位沉稳、英武又军人气质十足的蓬莱老乡。入冬后的部队都移到了战备坑道，他就问我敢不敢住坑道，我告诉他住哪儿都行，你们住哪里我就住哪里吧！他说："痛快！那你就随我们住坑道吧，坑道里暖和，不过有时有老鼠，千万别让老鼠咬了。"

赵连长让通讯员、司号员小李子负责安排我的住宿。小李子是德州人，和我同龄，个子不高，胖胖的，一双眼睛特别有神，红彤彤的脸上老是挂着笑容。他虽然兵龄不长，但是做事老道，处理事情十分成熟。我的地铺就是小李子给我铺的，厚实、软和，看着比其他战士的地铺都要高出一块，我翻开一看，确实多了一条毛毯。小李子说，多出的毛毯是他找司务长要的，我享受的可是团首长待遇。我经过打听才知道，团首长下连队蹲点或检查战备训练住坑道时，连队就会给他们加一床毛毯。当时我心里想，我这是跟连长老乡沾了光呢，还是跟同龄人小李子沾了光。现在想来，这就是军爱民的表现。

由于冬季风特别多，一连几天没有船，连队对我的照顾也十分周到，所以我就安心住了下来。白天到学校卖书、到村里卖年画，或在连部为战士们选书卖书，悠闲自得。晚上就进入坑道休息，坑道内较阴暗，空气流通也不好。但进入坑道后我就按照一名战士的标准约束自己，不提特殊要求，所以连队的干部战士都能愉快地接纳我，视我如兄弟、战友。当时对越自卫反击战即将打响，连里有好多战士都写了血书，报名要求上前线。连队文书是位超期服役的江苏籍老兵，他虽然皮肤黝黑，但眼睛大而有神，面相刚毅，我在连部卖书时，都是他帮着张罗，我们关系很好。因为是超期服役，他面临着两种选择：一是复员回老家找份工作，二是到前线去参加战斗。最后他写了血书，义无反顾地报名上了前线。临别时，我的心情特别复杂，有一种欲哭无泪的感觉。后来我多方打听他的消息，但是始终没有打听到，因此，我只能一直在心里默默地祝福他。

我第一次去无居民的大竹山岛，是 1976 年秋冬时节，是 31 团政治处宣传股的王干事和电影组的隋永军到码头接的我。

王干事对人特别热情，一点架子没有。他个子不高，身材偏瘦，面庞白净。接触时间长了，我发现他说话幽默风趣，时不时会说出几句电影里的经典台词。隋永军，个子高又纤瘦，说话慢慢悠悠，做事情很认真。船靠岸后，由于冬季风高浪卷，船体时高时低地撞击着码头，我一个人根本无法将书卸下船。此时，隋永军抓准一次船体回落的时机，一个跨步跳上来，配合我把书捆拎到靠岸的一侧，又在岸上王干事的配合下，花了半个多小时才将 30 多捆书卸下船，俩人累得气喘吁吁、满脸通红。我很不好意思，一再向他们表达谢意，王干事却十分爽朗地说："都是一家人，别说两家话，再客气就分生了！"听他这么说，我心里暖融融的，第一次见面的陌生感也一扫而光。接着他们叫来军车帮我把书拉到俱乐部大门前卸下，待我安顿好后，已经过了开饭的时间，王干事执意要领我去他家吃点东西。第一次见面就去家里吃饭，我心里实在过意不去，便再三推辞。这事不知道怎么让宣传股的郭股长知道了，他过来就说："去吧，我老婆到学校上课去了，要不就让你去我家吃了。"经不住郭股长和王干事的热情邀请，我也就高高兴兴地去了。

王干事让爱人给我下了两碗热乎乎的鸡蛋面条。现在看来，两碗面条算不上奢侈，但在物质比较匮乏的年代，这两碗热乎乎的面条是十分珍贵的，所以这顿饭让我记了半生。饭后，王干事又把我领到部队俱乐部二楼，把我介绍给电影组的全体同志，并告诉他们：首长有交代，以后丁同志来竹山，由你们电影组配合。当时的电影组组长是丁正生，放映员是隋永军和李跃进，后来我和他们关系十分密切。俱乐部离招待所也就20米的距离，所以我有时晚上就留宿在他们的房间。丁正生是安徽人，练得一手漂亮的硬笔书法，现在长岛很多公共场所留有他的作品，每次看到我都有一种的亲切感。期间，他将自己珍藏的一本由济南军区文化工作站编写出版的《书法大全》送给了我，此书收录了古代、近代、现代大部分名家名人的书法作品。可惜我不知珍惜，在1984年转送给了一位酷爱书法的熟人，现在想起来万分后悔。

在部队吃饭有大灶和中灶之分，大灶与连队是一个标准，一天的伙食费是7角左右，每吃一顿饭要按标准上缴饭费。我那时的工资也就20多块钱，一个月下来，吃饭就要花去大半，但是为了工作也只能硬撑着。中灶则和地方食堂一样，先找上士或事务长换取饭票，开饭时到食堂排队买饭，饭菜质量比地方食堂好、油水厚，但是价格也相对较高。我这个人脸皮薄，虽然有经济上的压力，但从来没有提出让部队照顾一下的要求。

40多年过去了，我家里依然还保留着几张31团、26团、25团中灶的饭票，用硬塑料纸板印制。时过境迁，不知道这些饭票还有没有收藏价值。

可能是惯例，后来无论到哪个部队，都是由电影组的同志配合工作，安排食宿。时间长了，部队的电影组就成了我的另一个工作单位，如何开展工作都要先听取电影组的意见。

1976 年去大黑山时，当地驻军已经精简为一个营，但保留了电影组。电影组共 3 个人，都是江苏人。组长姓杜，还有一位姓张，另一位姓鲍，他们的关系也十分融洽。三人都非常聪明，也非常热情，但他们说起叽里呱啦的地方话，我是一句也听不懂。记得有个星期天，杜班长出岛不在家，傍晚又来了两位江苏老乡，他们用方言聊天，一直聊到晚上。半夜我睡得迷迷糊糊的，小鲍悄悄叫醒我，问我想不想吃肉？我说想吃，他说想吃就跟我们走。于是我懵懵懂懂跟着他们走出电影组，来到厨房院子里的一口水井旁，那口井有 10 多米深，上面有一个辘轳，他们配合默契地摇动辘轳，把沉在水井下面的一个铅桶给摇了上来。桶里面放着几块用酱油浸泡着的熟肉，香喷喷的，充满了诱惑。我正在发愣，小鲍压着辘轳的摇把，悄悄地说快拿。说着他递给我们几张报纸，我们几个人赶紧从桶里抓出几块肉，拿报纸包着带回了宿舍，你一块我一块分着吃了。那时好几天吃不上一次肉，吃起来真是香啊！第二天炊事班报告司务长，说沉在水井里的肉少了好几块。司务长一愣，寻思了半天，下午就找到了电影组，因为电影组和厨房只有一窗之隔，那口井就在电影组的窗后。司务长来后就直截了当地问，昨晚有没有听到什么动静，小鲍他们说没有听到人的什么动静，倒是有几只猫叫来叫去。司务长也是江苏人，就笑哈哈地说，是你们这几只馋猫吧？大家都心照不宣地哈哈一笑。虽然谁也没有再提这件事，但我有些后怕，有时会想：如果司务长是个不好说话的人，把事情闹大了，又会是什么结果呢？

南隍城岛守备 26 团电影组组长叫俞朝雄，大高个子、白白净净、双目有神、仪表堂堂。他是江苏常州人，听战友们说，他父亲是南京紫金山天文台的党委书记，属"高干子弟"，但是这位"高干子弟"一点儿架子都没有。那年冬天，即将进入腊月门，在完成为部队服务的任务后，我打算到村里为老百姓供应年画，俞朝雄看我搬着一大堆书和画，怕我一个人忙不过来，就主动到后勤处找来一辆铁制独轮车，帮我连书带画装到车上，你推我拉来到供销社门口，一起摆起了书画摊。因为他是电影组组长，人脉广，与老百姓也熟，所以大家都非常买他的账，秩序也维持得特别好，一个上午就卖出去90多本书和300多张年画。

常年在各个岛上奔波，我的生活相对单调。当时，每个电影组都有一台体积比较大的老式录放机和留声机，它们便成了我消磨时光的宝贝，《北国之春》《木棉花儿开》《红河谷》等歌曲就是我在26团电影组常听常唱学会的。俞朝雄是个有心人，见我一个人常年巡回在各个小岛上很寂寞，于是在1978年春天回南京探亲的时候，花21块钱给我买来一台带皮套的南京牌收音机，这台收音机陪伴我度过了无数个不眠的夜晚。俞朝雄后来发展得特别好，现住在南京，前年春节期间我们还通过电话，倍感亲切。

首长，给我的感觉叫亲切

2005年夏天，原总后勤部政委张文台来长岛视察工作，中午在长园宾馆用餐，时任长园宾馆经理的杨培林同志和张政委的秘书在聊天时提起了我。范秘书向首长做了汇报，张政委当即让他通过杨培林打电话联系我，让我下午有时间去他的住处说说话。

下午我准时赴约，事隔20多年再见面，看得出他非常高兴，亲切地问我的家庭情况，谈工作、回忆海岛时光，还嘱咐我有机会到北京一定要去看他。临别时，张政委站起来让工作人员备墨，提笔写下了"渤海情深"四个大字。2009年8月12日是长岛解放60周年纪念日，张政委受县委、县政府邀请再次进岛，在长园宾馆会客室，我开玩笑地对张政委说："张政委，这次来我请您吃个饭吧？"他说："这次来时间太紧张！对了，我上次说你到北京时一定去找我，怎么没有见你去？"我说："您那么忙，我怎么好意思去麻烦！有机会我一定去看您。"说话间，他起身走进套间，将正在里间休息的老伴叫了起来，告诉她："小丁来了，出来说说话吧。"看着张政委亲切的面孔和熟悉的身影，过去那段经历一一浮现在眼前。

我认识张文台政委时，他已经是大钦岛守备师副政委，兼职26团政委。该团驻扎在海峡深处的一座美丽、富裕而远离陆地的孤岛。我每次去，他都要到我的工作场所去看看，嘘寒问暖，并嘱咐电影组的同志安排照顾好我的工作和生活，还会在我的书摊上选购几本他喜欢的书籍。他所在的部队干部战士对他刻苦学习、善于学习、学以致用的精神非常敬佩。当时负责通讯报道工作，现在某部任职的林卿少将曾经告诉我："张政委讲话、文字水平特别高，即席做报告时，我们记录下来即使不做任何修饰，也是一篇可读的好文章。"在张政委的引导下，这个部队的学习氛围十分浓厚，干部战士作风优良、斗志昂扬，是长岛要塞守备区最优秀的团队之一。

说起张政委，最让我感动的是1980年12月，我到北隍城岛的25团供应图书，突发急性阑尾炎。当时10级大风已经刮了四五天，整个航线停航多日。因为病情不断加重，我晕倒了多次。但北隍城岛没有手术条件，最后部队联系地方派出渔船，顶风冒雪把我送到大钦岛部队医院。由于拖延时间太久，手术具有很大的风险，所以手术后院方给我安排的是特级护理。

我在大钦岛人生地不熟，单身一人住在医院，感到很是无助。突然有一天，一位护士来病房告诉我："有首长来看你了！"我很纳闷，心想：首长？岛上好像没有我认识的首长，而当地人民公社的领导也不能称为首长呀！正想着，张政委和爱人就来到我的病房，一看是他们二人，我感到非常吃惊，我一个普普通通的地方上的年轻人，哪敢惊动首长来看我，一时有点不知所措地要翻身起床。张政委紧走两步把我按回床上，亲切地说："小丁，别动，你是病号，我和阿姨来看看你，你有什么需要尽管说。"我激动得不知道说什么好，只是不停地表示感谢。张政委和爱人临走时还再三嘱咐我："注意休息，别想家，部队也是你的家。"

由于年轻，住院10多天后我就能下床活动了。月底，山东省人民政府新春拥军优属慰问团来岛慰问演出。这天傍晚时分，我的病房来了一个小战士，他问我："你是新华书店的丁同志吧？"我说："是呀，找我有事吗？"他说："我是张政委的公务员，首长让我来问问你想不想看演出，想看的话就让我接你过去。"随后我就和这个战士乘坐吉普车来到守备师礼堂，并被安排到第二排中间的座位上。我观察周围，都是首长级别的领导，他们目光亲切，和蔼可亲，这对当时的我来说，确实是受宠若惊。

2010年10月我去北京办事，特意去看望了张政委。张政委当时还住在原总后勤部大院，但已担任了人大环境委副主任，工作依然繁忙。当天他去参加全国人大组织的活动，结束时已经是晚上九点多了，却仍在百忙中安排时间接待了我。张政委精神矍铄、神采奕奕，看到我十分高兴，言谈举止间我感受到了他对长岛的挂念。亲切交谈后，张将军走进书房拿出自己的《聊天心语》一书赠送给我，并在扉页上亲笔签名题写了"广闻约取，厚积薄发"八个字，嘱托我重视学习，增长知识和才干。

部队，给我的记忆叫感动

在为守岛官兵服务的日子里，我认识了许多让我难以忘怀的军人，上到将军，下至普通战士，他们是我人生中的宝贵财富。

中国美术家协会会员、国家一级美术师、烟台画院名誉院长舒展老师，原是要塞区文化处的一名文化干事，擅长油画、中国画等，多件作品被国家级美术馆收藏。在要塞区文化处工作时，他每年都要安排一定的时间，到各个岛屿的官兵中体验生活、创作写生，为他们进行文化辅导，我们常常不期而遇。在偏远的小岛上，经常会出现这样的场景：他在室内为战士进行文化辅导，我在室外摆卖书画，他的辅导一结束，我的《怎样写美术字》《黑板报大全》《素描与写生》等书就会被选购一空。几年间，我们在相约而行、同舟共济为战士送知识、送文化、送图书的过程中成了无话不谈、相交甚笃的好朋友。我对书画没有多少鉴赏能力，但对他的作品还是非常欣赏的，我向他索画，他承诺结婚时将用他的作品为我布置新房。但由于后来他被调到烟台警备区工作，我则离开新华书店到了乡镇工作，因此我结婚时，已经没有机会向他索画了。

40 年后的今天，舒展从烟台画院副院长、党委书记的位置上退下来以后，这件事就成了我们见面时相互调侃的话题。但是每次进岛，他都要给我带来自己的作品：展示和谐春色之美的《九鱼图》，以弥勒佛笑口常开、肚大能容的形象展示主题的《皆大欢喜》等，他的作品很有创意，让人回味无穷。

与 30 年前相比，他现在的作品无论是在艺术水准、绘画风格上，还是在欣赏、收藏价值上，都今非昔比了。舒展是个极重感情、讲原则、爱憎分明的人。2011 年春天我患病住院，66 岁的舒展多次打电话慰问，关爱之情溢于言表。他常对我说：在长岛，你是我唯一保持着联系的老朋友，也是我最好的朋友。希望有时间让我陪他到过去曾经留下过足迹的小岛走一走、看一看。为了却他的心愿，那年夏季我利用 10 天的时间，陪同他到北面的几个小岛走了一趟。长岛秀丽的山水、绝美的风光、勤劳朴实的人民，都让这位画家流连忘返，一路陶醉，一路兴奋，足足画了 5 个本子。

30 团谭延勤老团长，参加过抗日、解放、抗美援朝等重大战役，身经百战。当时他和老伴住在大黑山岛，他的爱人李学凤阿姨在岛上的军人服务社工作。老两口酷爱看书，以书为媒，我们成了忘年交。为了图方便，我每次去这个岛，就把书摊摆在军人服务社的柜台上。当我下连队、跑学校、到渔村时，就把书摊交给李阿姨代管。一来二去，她成了没有报酬的图书发行员。老两口对我特别好，家里做什么好吃的总忘不了招呼我。我第一次吃鸡蛋韭菜馅的水饺，就是在他们家；我的第一件黑色毛背心也是阿姨一针一线织出来的。他们家很早就有一台黑白电视机，在缺少娱乐活动的年代，这台电视机对我有极大的吸引力。大风大雨不能出摊时，我就在他们家里看电视，晚上有时就留宿在他们家。有一年，我腰部长了一个疖子，鼓成一个大大的脓包，老团长不嫌脏，亲自操刀帮我割开脓肿、放出血水，上好药，再贴上纱布，很快便消肿愈合了。有老两口呵护，我在大黑山岛期间就有了家的感觉。

很遗憾，老两口于 2006 年相继去世。我想给他们送上深深的祝福，并由衷地感谢他们曾经对我的帮助和照顾！

离开新华书店已近 40 年，期间我曾经在民政局分管过双拥共建工作，先后参与了争创第三届、第四届"全国双拥模范县"活动的具体工作。在第二届没有评上的情况下，我与部队同志密切协作，抓细节、抓特色、抓亮点，顺利通过各个层面的检查考核。这期间，要塞区政治部主任说过的一句话，让我感慨万分，他说："长岛县老百姓和部队，是门对门、窗对窗，一根绳子晒衣服，到处都能看到、感受到军队和老百姓一家亲的场景。"我想，我为守岛官兵服务、守岛官兵为我排忧解难的深刻经历，不就是军民一家、情深似海的具体体现吗！

2011 年 8 月

作者简介

丁学晏，男，原籍山东蓬莱，现为长岛退休公务员。兴趣所致，工作之余写点小品，以丰富晚年生活。

与部队同居小岛的难忘时光

◎ 李昌

自打记事起，我们村百十户人家就与部队共同居住在一座小岛上。小岛山多地少，满打满算只有一平方千米。因为能建房的地方有限，部队的营房就紧挨着住家而建，有的只隔了一条弄，有的仅隔着一道墙，夜深人静时，那边打个呼噜，这边都能听见。

海岛毕竟不同于陆地，自然条件艰苦不说，连日常生活用品也十分匮乏，部队上长短不齐，连水桶井绳、针头线脑什么的也免不了到老百姓家里借。时间一长，接触一多，关系自然近了，相互之间也就产生了感情。

我们家住在村东头，房东屋后就是部队的家属房和营部，出门往东几十米，便是被叫作"大院里"的守备连驻地。

大院里是我小时候最常去的地方，这里三面都是营房，只有最南边是一堵围墙，恰似一个放大了的四合院。院中央有一眼水井，供养着大半个村子的部队和百姓。从水井往南是支着篮球架的大操场，到了晚上，这儿就是放电影的地方。

小时候，看电影是比过年还高兴、还热闹的事情。那时每隔十天半月，运物资的船会给驻岛部队送来米面蔬菜和各种给养。每到这时，好事的孩子们就会跑到码头，看看有没有卸下电影片子，一旦来了电影就缠着人家问清楚电影名，然后一溜烟儿往家跑，逢人便兴奋地大声喊着：来电影啦！来电影啦！《看不见的战线》《阿山的故事》……这时，大家就会急切地盼望着快点儿天黑。

到了傍晚，大院里的南头就挂起电影布，部队和老百姓都有约定俗成的固定地场。天还没黑，就有人搬来大小板凳，为全家人占地方。炮连从西疃喊着"一二一"拉队过来，一坐下就和守备连较上了劲——"守备连，来一块！""呱呱呱，呱呱呱……"嗓门喊得震天响，巴掌拍得两手生痛。

每次来了新电影，那才叫倾巢而出，抱孩子的抱孩子，挂拐的挂拐，家家户户拖儿带女，扶老携幼，把大院里挤得满当当的。

电影里演得好看，电影外也毫不逊色。有一次电影里突然下起瓢泼大雨，上面的人手忙脚乱地在抢收粮食，这时，一个看电影的小脚老太太忽然从人群里站起来，着急地冲着不远处的儿媳妇大声喊："快家去，赶紧走，院头里一簸箕鱼米还没收……"话音刚落，大院里就发出一阵大笑。

说我们与部队"同居"，也许你会有点疑惑，其实我想告诉你的是，我们不仅同住在一座小岛上，而且还经常同住在一个屋檐下。

那时，我们家的院子有两间西厢房，进门是一盘锅台，里屋有一铺土炕，就这么一个十几平方米的又矮又窄的小厢房，却成了部队家属探亲和结婚的临时居所，成了一对对新婚宴尔、甜甜蜜蜜的夫妻新房。

每次有连排干部和老兵在这儿结婚，都要乱哄哄地热闹一阵子，特别是一到晚饭后，老兵们就三五成群，来来往往，被红蜡烛映照的窗帘后影影绰绰，不时还会响起一阵哄堂大笑。

记得每次人群散去，妈妈就出去轻轻地关上街门，回屋吹灭油灯，还小声叮嘱我和大哥不准大声说话，闭上眼快点睡觉……那时岛上没有流动人口，家家都是夜不闭户，但妈妈总是特别上心地要把街门闩上。

有一次夜里人刚散，我就勤快地溜下炕，出去帮着闩门。刚走近街门，我就奇怪地发现门那儿闪着一点点火星儿，小心翼翼凑上去一看，原来是门墩上搁着一根儿没掐灭的烟卷儿。我好奇地拿起半截烟卷儿，一时又舍不得扔掉，就偷偷学着大人的模样夹在手指上，然后送进嘴里使劲吸了一口，顿时呛得我鼻涕眼泪直流，蹲在地上上气不接下气地大声咳嗽，把全家老少都惊动了起来。

　　后来我想，肯定是哪个战士不会抽烟，就为了让人家新媳妇儿给点烟，也假装会抽。再说了，你不抽出门扔了也罢，还偏偏搁在门嵌上，害得还是儿童的我差点儿一口呛死！

　　那个年代，一支喜烟两块喜糖，顶多加上一把花生和瓜子，这便是一对新人对客人们最好的款待了。记得四五岁时的一个冬天，我们家的小厢房住了一位长得特别好看的姐姐。我妈对别人说，她是小江排长的新媳妇，来自一个叫不上名的大城市。这次来，她在我们家只住了不到十天，但也是这一次，我得到了那么多好吃的糖果。

　　第一次吃肉丝宽带儿面，也是她端着碗送到我手里的。那年月，面条也是渔家人的家常便饭，但岛里下面条都用鲜鱼或鱼米，用肉丝下面，别说我这个孩子了，恐怕很多大人也从没吃过，那漂着油花儿的面汤喝一口又香又鲜，那味道让我至今难忘，却又一直做不出来。

　　我还忘不了那个飘着雪花的午后，小江排长回到连里，姐姐就在炉子上烤了几片黄澄澄、香喷喷的馒头干儿，她捡了一片儿吹一吹放在我手上，嘱咐我别出去，在这儿和她做个伴儿。姐姐还细心地把馒头片儿挪了挪地方，让我别烫着，凉一会儿再吃，而她却在炕上安安静静地睡着了。

　　漂亮姐姐走了以后再也没有回来，我们家的小厢房仍然迎送着一批又一批新老住户，他们形态各异，口音南腔北调。

　　常言道，铁打的营盘流水的兵。随着岛上一茬茬新兵变成老兵，我也在他们的身边渐渐长大了。

　　那年头，岛里虽然多得是鱼虾，但粮食缺乏，肉蛋也非常珍贵，副食品更是稀罕物。那时候，我们家的小厢房无偿提供给战士们居住，但天长日久还真沾了他们不少光。每当家属来时，或多或少都会带点儿特产，那种小动物饼干更是孩子们的最爱。更多的时候，他们会从伙房多打点饭菜，留下自己吃的，剩下的就端给了我们——馒头、米饭、大锅菜，偶尔还会有猪肉包子，这让我们清汤寡水的饭食得到不少的改善。

　　记得那时候，我们家的小厢房有一位常客叫小郭郭儿，他是郭指导员的儿子，身材矮小，跟他父亲长得很像。他在我们家住的日子最长，来去最勤，像走亲戚一样。小郭郭儿和我同岁，也属兔。那时我家正养着一对长毛兔，小郭郭成天闲不着，捞起什么就喂什么，牛蒡叶、烂菜帮，把一窝刚生下不久的小兔子给活生生给喂死了。

小郭郭儿家的饭我好像一次都没吃过，但小郭郭儿在我们家经常玩到吃饭的点儿，看见往桌上拾掇饭了就"装痴卖傻"赖着不想走，每当这时，都是我妈妈领着他坐在饭桌旁，把碗递给这个蹭饭的家伙。

小郭郭儿从八岁那年起就再也没有来过了，郭指导员不久后也复员回了老家。第一次收到他家寄来的包裹，里面有一件特意捎给我的礼物——一大串用线串起来的一袭四个仁儿的大花生！那时候我见到的花生都是两个仁儿，何况这么齐刷刷的一大串，可想而知它的金贵程度！那时我们管花生叫长果，长果和小郭郭儿正好重音。那串长果我好长时间也没舍得吃，一直高高地挂在墙上。如今，我们已是五十好几的人了，偶尔在哪儿见到四个仁儿的花生，我还会想起童年的小郭郭儿。

那个年代，我们虽说没挨过饿，但肚子里总是缺油水儿，平日里一日三餐尽是海货，对肉类有一种说不出的强烈需求。

记得那天上学路上，我正爬着陡坡，坡道左下方是部队的炮连营房，只见人高马大的蒋连长正站在伙房门口吃着什么。他一手端着铁钵一手拿着筷子，吃得津津有味，还时不时砸吧砸吧嘴。我好奇地盯着他手上的铁钵，不知里面是什么好吃的东西，定神一看，哎哟！原来是一铁钵肥肉炼的油脂渣，还拌着白糖，怪不得又甜又香，吃得蒋连长满嘴都是油汪汪的！那一刻，我的"吃水豆儿"（方言，指口水）一下子充满了口腔，我一边咽着口水一边走着，还忍不住地回头，当时我就在心中暗下决心——今后一定好好学习，将来也当个连长！

20世纪70年代前后，国际局势一度十分紧张，我们这座被称为京津门闩、渤海门户的小岛，偶尔也会发现一些敌情，比如被称作"水鬼"的特务时常潜入岛内搜集情报。然而有部队在，老百姓就有了安全感。多少年来，全村百十户人家，就在守备营的"贴身保护"下，安居乐业，度过了那段难忘的时光。

岛上人靠海吃海，大风天时常遭遇险情，每到这时，部队都会挺身而出，像打仗一样冲在风口浪尖。不仅在海上，岛上的大小险情也都有他们的身影。

记得那是一个闷热的中午，睡不着午觉的我正要偷偷出门去东山捉知了。路过大院的门口时，我看见同学老丑正蹲在自家墙外的高井台上打水。说是打水，其实就是用一根塑料绳栓个酒瓶子，垂下去打水。因为夏天的井水凉，那时我们又没吃过雪糕和冰棍，就这样打上一瓶井水"咕咚咕咚"地喝几口，既解渴又解暑。但用酒瓶子打水必须有耐性，因为瓶口小，不使劲蹾就不容易灌满。我看见老丑时，他正耷拉着头，一副瞌睡相，但那只握线的手，还在软不拉耷地一提一松……

让我没想到的是，就在我刚刚拐弯儿的工夫，猛然响起一声女人的惊叫，一回头，井台上的老丑不见了！就在那声惊叫发出的同时，大院里的部队从后窗一个接一个地跳了出来，只见他们撕掉纱网，只穿着背心短裤，飞也似的窜上井台，下到井口放下井绳。就在老丑母亲扒着井沿声嘶力竭的哭喊声中，在我提心吊胆的呆立中，老丑被七手八脚地救了上来，浑身湿淋淋的，让赶来的家人抱走了。

如今几十年过去了，每当我回老家见到那座井台，部队跳窗救人的惊心动魄的一幕，还历历在目。

说起"大院里"，我就会想起一张青春的面孔，想起1979年那个难忘的冬季。那时，我刚刚初中毕业不久，被村里分配到公社所在地的另一个岛。大队书记说：村里的瓦匠的都老了，你手巧，出去学几年，回来就当个盖房子的掌尺。

临走的前一天，我熟悉的守备连司号员小张来到我们家，说他也要到那个岛上去集训，还把满满一纸箱绘画工具都搬了过来。他知道我喜欢画画，而我也知道守备连满墙挂着的刊板都是他的杰作，我正是从这些画作上了解到这支部队的光荣历史，知道了他们在朝鲜战场上出生入死、勇猛杀敌的英勇和回国后直接进岛、驻守海疆的感人经历。我知道，画笔是他的挚爱，而今天的他却让我大感不解。我问他，怎么不留着回来再用？他没有说话，只是含混地搪塞了几句，好像是在刻意掩饰着什么，但我看得出，那天的小张像换了一个人似的，脸上已看不到一丝往日的愉悦和俊朗的笑容。后来，直到对越自卫反击战打响后，我才得知小张早已身在血火纷飞的战场。从那之后，我再也没有听到小张的消息，更没有收到过他的书信，每每回想起他送我画笔的那一幕，那种深沉而又无奈的神情总在我的眼前萦绕。

2000 年，随着和平时期的再一次裁军和整编，小岛上最后一批部队就要全部撤离了。那天，村里的男女老幼齐刷刷站在海边，目送着他们离去。没有锣鼓和鞭炮，也没有泪水与挽留，有的只是对几十年同居小岛、朝夕相处的满满回忆。是对这些看惯了的军姿军容、听惯了的军歌军号的深深留恋和对那段岁月的依依不舍……

前不久我又回到老家。如今，人们早已习惯了身边没有部队的生活。然而，昔日岛上的恬静和安逸都早已不见了，所有的人都忙得不可开交。当年的营房成了村里的仓库，大院里堆满了沙石砖块和横倾竖仰的脚手架；营房顶上，几个妇女和雇工正在忙活着，上面已经晒满了海带和小虾儿……所幸炮连的营房被改成了乡政府的驻地，室内也重新装修了，外墙保留了当初的原样。

那天晚上，我在乡食堂喝了点儿酒，席间出来透透气，随手点上了一支烟，抬头间，我看见上学时每天走过的那条路，不由地想到了蒋连长，继而又想起了小郭郭儿，想起了漂亮姐姐，想起了小张……

2017 年 8 月

作者简介

李昌，男，1963 年生，长岛小钦岛村人，现于区自然资源局工作。作品偶见于《山东文学》等杂志、报纸和网络媒体，出版个人诗集《踏歌长岛》。现为烟台市作家协会会员、烟台市诗词学会会员、烟台市及山东省散文学会会员。

夜宿万鸟岛

⊙ 张晋明

"自古车由无人烟，唯有海鸥栖山间；红旗招展渡重洋，人民战士把岛建。"

这首诗，是原济南军区内长山要塞区海防 31 团工兵连战士驻防车由岛时所作，落款年代是 1965 年 11 月 22 日。短短几句话，有理想、有愿景，写出了战士的心声，表达了他们以岛为家、忠心向党、心系海防、情系海岛、守岛建岛的决心和意志。虽然已经过了 55 年，今天读来依然倍感亲切。

车由岛，又称"万鸟岛"，是原长岛县管辖的孤悬大海一隅的一座弹丸小岛，远离陆地，环境恶劣。被济南军区授予"海上钢钉"荣誉称号的海防 31 团工兵连从 20 世纪 60 年代初开始便在这里驻防，他们在小岛上坚守了 20 多年，直至 1985 年撤防。

12 年前，2008 年 6 月 12 日，按照约定，烟台电视台的李永林、李建军和我，与长岛广播电视局副局长朱明信、记者林勇、于海 6 人组成摄制组，一起去车由岛拍摄海鸥。

车由岛我去过好几次了，并不陌生。第一次去是在 20 多年前，1999 年 5 月 20 日，和当时在县委宣传部新闻科任职的范延学协助重庆电视台编导徐蓓、摄影记者王影上岛拍纪录片。中午去，傍晚回。

2004 年 6 月，我又和长岛自然保护区管理局的范强东、张世伟去过一次。看到张世伟把一条很粗的绳索放到悬崖下，我问这是干什么，他说是为了环志海鸥幼鸟。为了科学研究，他们这是冒着生命危险工作啊！不禁让人肃然起敬。后来我还和当时在大钦乡党委任职的顾延亮、吴敏从大钦岛去过车由岛。都是当天去当天回，没有留宿过。

这次去车由岛，我们计划住一个晚上。由于车由岛食宿条件差，所以必须准备充足的食物和水。长岛台的同志考虑周到，提前准备了一大堆物资，光挂面就买了 20 多斤。

车由岛距离长岛城区约 15 千米。我们是下午从长岛港乘摩托艇去的，那天有点薄雾，35 分钟后，雾渐渐散去，车由岛出现在视野里。远远望去，像一艘威武的大型战舰锚泊在大海之中。

到达车由岛是下午 4 点钟左右，岛上有十来个进行无居民岛开发的工作人员，负责人姓孙，我们叫他孙经理。他招呼大伙把物资搬下来，码头上还有 2 个人正在收拾刚捞上来的一堆紫海胆。

车由岛面积只有 0.044 平方千米，海拔 70 多米。岛上有一个简易的小码头，大船靠不上。有驻军那会儿，家属来岛探亲，遇上坏天气，风大浪急，还有暗涌，时常双方都能看清眉目了，就是靠不上岸，没办法，家属只好含着眼泪返航，这都是常有的事。有个小品叫《军嫂上岛》，故事的原型就是长岛的驻军家属，凡是有驻军的小岛，都出现过这种情况。

这个岛曾因为无淡水、无通信、无航班，而被称为"三无"岛，不适合人类居住，现在只有从事水产养殖的人会季节性地在岛上驻扎几个月，也挺辛苦。好在现在交通便捷、通信发达，夏季便船多，生活物资不会过于短缺。

车由岛虽然不大，却是海鸥的天堂。每年三月，有数万只黑尾鸥来此繁育后代，这里也成了中国北方重要的黑尾鸥繁殖地之一。从七月下旬开始，当海鸥幼鸟能够独立飞翔并自主捕食时，它们便陆续离开车由岛向南迁徙，待来年春天再次归来。

把摄像设备准备妥当后，对孙经理说，我们先去拍镜头，晚一点回来吃饭。孙经理说，正好我们"猛子"下海捞点东西晚上吃。

整个车由岛就是一座小山，多悬崖陡壁，地势十分险峻。如劈如削的断崖，崖壁坑坑洼洼，石窟石穴错落有致、互相连接，形成很多自然的巢穴供海鸥栖息。岛上原先没有上山的路，部队进驻后，在小岛中部开凿了一条坑道可通至山腰。洞外有一段栏杆围挡的石级路，是战士们沿着峭壁一锤一锤凿出来的，有200多级台阶，极其险峻，人称"通天路"。走在通天路上，满眼都是海鸥，随手可以触及鸟儿的羽翼，宛如置身于海鸥的王国。

战士们当年在岛上修了北京路、守岛路、幸福路。走在这几条小路上，我仿佛看到了当年战士们来往穿梭、紧张训练的身影。

过去有一个民谣：车由岛、车由岛，光长石头不长草；人儿不来船不靠，海鸥成群满岛礁。由此不难想象，当初车由岛的生存条件是怎样的艰苦和恶劣：淡水稀缺，战士们每人每天只有一脸盆淡水，这一盆水是一个人一天所有的生活用水。除了定期从蓬莱用运输船运来有限的饮用水外，生活用水全靠房子下面那几个小水窖，里面是集流的雨水，也很金贵；坑道里倒是有一个能容纳20吨淡水的水窖，那是需要要塞区首长下令才能动用的紧急战备用水，连队无权擅自使用。夏天下大雨时，干部战士就会跑出来，接受雨水的洗礼，就算洗澡了。要是不下雨，也只能洗海澡了。

因为岛太小，业余时间十分寂寞，转没地方转，玩没地方玩；抬头是天，出门见海；夏日不见荫凉，冬天常伴风浪。

文化生活单调枯燥，反而促使战士们养成了爱读书的好习惯。总体上，长岛驻军的干部战士文笔都不错，出了好几个全国著名的作家。

战士们以鸟为友，与鸟做伴，但从不伤及这些可爱的生灵。

岛上几乎没有植被，官兵就在岛上开垦了许多鱼鳞坑当菜地，每块地只有几平方米，土壤和菜种都是干部战士出岛公干或是回家探亲带回来的，一点点积累，加厚土层。这块地种点韭菜小葱，那块地栽点茄子辣椒，这样战士们就可以补充一些新鲜蔬菜了。

为把海岛建成"御敌的堡垒，生活的乐园"，部队在岛上既搞战备训练，又建阵地、盖营房，修码头、打坑道，坑道施工一直到20世纪

70年代末才结束。没有施工机械，战士们就自力更生，抡镐头劈山造地，盖了三四十间营房，开凿出400多米的战备坑道，修了近千米的从山顶通往各个哨位的窄窄的甬道，还在营房前整出了一块仅100多平方米的平地当篮球场。

在这样一座孤岛上，边施工边执勤，边学习边生活，交通不便，通信不便，物资补给不及时，经常还要忍饥挨饿，战士们用坚韧不拔，用青春和热血守护着祖国的海疆，这种精神是多么的崇高伟大！

过去的标语口号虽然已经斑驳，但内容依稀可见。

连队番号撤销了，但留下来的是战士们亲手盖起来的那八排坚固的营房，连部、食堂、宿舍、仓库、荣誉室，作为"钢钉八连"存在的历史见证，依然挺立在苍穹之下。

海深魅力大，岛小情趣多。

车由岛周边海水清澈，退了潮的礁石上露出了附着在上面的大量海蛎子和海虹等小海鲜，还可以清晰地看到湛蓝海水里的海带、裙带菜，鱼儿在其间穿梭游弋。

我们可以近距离地观察海鸥，它们似乎也不太在意这群不速之客的到来，专心致志地忙碌着，孵化的孵化，觅食的觅食。

山顶的视野很开阔，极目远望可以看到南面的大竹山岛、小竹山岛，北面的砣矶岛、大钦岛和海中星星点点作业的渔船。

朱局长年轻时有过高空作业的经历，虽然50多岁了，却依然身轻如燕，攀爬悬崖峭壁如履平地。那时没有无人机，摄像设备又相当笨重，最新的Btcam机重达26斤，站在悬崖边拍摄海鸥孵化幼鸟时，整个人摇摇欲坠，心惊胆战，大伙互相照应着，你拉我拽，拍了不少精彩镜头。

太阳入海，我们关机、收工。

半道，我捡了一只断了翅膀的成年海鸥，拿回来简单包扎后，放到宿舍门口的笼子里。岛上的职工说，最近他们已经收治好几只了，喂它们一点小杂鱼，给伤口消消毒，抹点碘伏，贴上创可贴，一般都能救活，等治好伤再放飞。

晚上，孙经理用刚从海里捞上来的海胆、鲍鱼、扇贝、海蛎子等招待我们，我们看到生海胆都有些胆怯，孙经理说，放心吃吧，咱这儿的海水干净，没有污染，吃生海胆保证不会闹肚子，说着就示范给大家看，大家见状这才放下心大快朵颐了。小岛上生活简单，叫上三五好友，喝壶小酒，清蒸一锅没有作料的原汁原味的小海鲜，也是很惬意的。

无风的夜，皎洁的月光洒在四周全是海水的小岛上。共天涯同此时，伴着温柔的浪花，望着渤海的月光，听着黄海的波涛，是另一种难得的体验。推开窗，举头望明月，北斗高悬，繁星满天。

夜里，我们6个人住到当年的连部里，大家聊着拍摄的体会，回放着白天拍摄的镜头，越看心情越舒爽，因为每一组镜头都很精彩，好像自己的水平无形中进步了很多。印象最深刻的一组镜头是在蓝天下，满屏的海鸥或穿梭飞翔，或上下俯冲，很有美感，也很有冲击力。

连部里外有两间，分配房间时说好了，打呼噜的住外屋，不打呼噜住里屋，我说我不打呼噜，和林勇住里屋，他们4人住外屋。没想到，我虽然不打呼噜，但有磨牙的毛病，林勇睡眠轻，海鸥们彻夜鸣叫配合着我的磨牙声，害得他一夜没休息好！

暮赏渤海夕照红，朝看黄海旭日出。

早上4点多我们就醒了。晨雾挺大，大家到小岛东面的海滩漫步。海边的礁石上爬满了手指甲盖大小的小香螺，这种小海螺煮熟后，可以用针挑着当零食吃，味道鲜美，农贸市场也有卖的。李永林和李建军见礁石上一堆一簇的，忙不迭地捡拾，一会儿就收了一袋子，说要带回烟台去，喝小酒时当肴。于海指着一块大礁石说，你看看，这里老鼻子了，一堆一堆的，划拉就行了。

沿着岛岸，我看见不少已经僵硬的雏鸟尸体。海鸥一般不像燕子喜鹊那样把精力用在搭窝上。先来的占据有利地形，因陋就简，最多衔回几根枯草挡一挡，别让鸟蛋滚下去就可以了。把巢穴建在悬崖峭壁之上比较安全，人类触摸不着，但是孵化出的雏鸟活动空间有限，只有两只巴掌大小，一不小心就会掉下悬崖，这就意味着生命的终结；晚来几天的，实在没有好位置了，只好找个边边角角下蛋，但岛上风多，很容易将鸟蛋吹下悬崖。

在海滩上，我发现了一只海鸥幼鸟，是从窝里掉下来的，我拿起来看看，没有伤。幼鸟浑身呈灰褐色，不好看，就像没满月的婴儿。我拿着小海鸥，让朱局长给拍了照，它一溜烟就没影了。朱局长说小海鸥成活的概率不大，因为它自己没有捕食的能力，成鸟又找不到它，没法喂，最后只能饿死。后来听长岛自然保护区的同志介绍，黑尾鸥的孵化期是24天左右，出壳后30天就会飞，每年出生的海鸥雏鸟只有10％到15％有希望存活下来，能跟着成年海鸥迁徙。按照平均每年出生10000只雏鸟计算，车由岛的海鸥每年也就存活1000多只，存活率不高。

吃完早饭，孙经理用小船载着我们围着小岛转着拍摄，一群海鸥跟在我们的船尾。孙经理挺有经验，提前拿了一包馒头，不时掰下一块扔向空中，说海鸥争食聚集，拍出来的镜头好看。海鸥是杂食动物，荤素咸宜。我们便也有样学样，将捏碎了的馒头往空中扔，海鸥马上铺天盖地蜂拥而来，鸣叫之声响彻云霄，我们又抓拍了不少好镜头。过去，有的摄影记者为了追求海鸥满天飞的镜头效果，竟然在岛上大肆燃放鞭炮，让正在窝里孵化的海鸥受惊飞起来，这样突然的巨响容易对海鸥造成伤害，更不利于幼鸟的生长发育，现在已经明令禁止。

湛蓝的天空一碧如洗，小船悠悠慢行。仰望岩壁，但见鸥影绰约，鸟鸣盈耳，数不清的海鸥上下交错飞舞。万类霜天竞自由，这白翅填海、鸥鸟逐帆的景象，真是世间少见的靓丽风景！

日见惊涛，夜听拍岸；日观鸥飞翔，夜闻鸟语鸣。

匆匆忙忙，结束了车由岛的行程。这一趟收获颇丰，这一趟意犹未尽！

返程船上，我忽然又想起战士们的诗——

"千难万难脚下踩，愚公移山换新天；立足车由观世界，红心向党永不变。"

岛小责任大，人少奉献多。为了守护好祖国的东大门，在这一锥之地，战士们牢记初心使命，谱写忠诚担当，一代接一代坚守了 20 多年，守得祖国和平安定，人民幸福安康。人类如此，海鸥何尝不是这样。不知始于哪一年，海鸥选择了这个小岛繁衍生息，周而复始、生生不息，与人类和平共处，共享乐园，在茫茫大海上奏响和谐的乐章！我相信，这美丽的乐章一定会一直演奏下去的，一定会越来越响亮、越来越久长，一定会的！

2020 年 8 月 2 日

作者简介

张晋明，男，祖籍山东龙口，1955 年生于山东招远。1970 年 12 月于烟台入伍，1976 年在华中工学院（今华中科技大学前身）学习，1978 年 10 月在济空司令部航管中心任职，1987 年 3 月开始在烟台电视台工作，2015 年 12 月退休。爱好文学，偶有作品发表于报纸、杂志。

第
四
章

广电情缘

激情豪迈媒体人

⊙ 林勇

从寒冬到酷暑，
从朝阳到黑夜，
从山巅到深海，
……
谁说新闻传播已后继无人？

不惧风急浪高，
不畏日晒雨淋，
不怕崖险海深，
……
谁说青年已没了吃苦精神？

张张坚毅的面孔，
台台沉重的设备，
帧帧精彩的画面，
……
谁说电视荧屏已低级趣味？

与党同向，
与民同心，

与时代同行。
你们，永不停步，
见证海岛的变迁。

晒黑了皮肤，
带走了伤痛，
留下了赤心。
你们，风尘仆仆，
永远冲在第一线。

长岛山水，
刻下你们深刻的足印！
长岛历史，
留存你们永远的精彩！
长岛人民，
铭记你们刚毅的身影！

一个个"生态海岛"，
一个个"魅力渔村"，
一个个"美丽庭院"，
渔村振兴的故事，
你们用执着铭刻于心。

一串串"五色乐谱"^①，
一片片"海上牧场"，
一座座"蓝色粮仓"，

---

① 注：五色乐谱，指海面上五颜六色的养殖塑料泡。

经略海洋的篇章，
你们用镜头细致描绘。

使命在肩、豪情满怀，
踔厉奋发、笃行不怠，
战风斗浪、勇往直前。
你们用才华和汗水，
书写着新时代风采。

海上仙山、世外桃源，
生态保护、动物乐园，
逐梦深蓝、向海图强。
海岛最优美的乐章，
将在你们手中奏响！

2022 年 4 月 26 日

作者简介

　　林勇，男，1970 年生，原籍山东莱西。1990 年入职长岛广电，长期从事新闻宣传工作。2016 年至今，先后负责筹建并运营了新媒体平台"长岛手机台"和"长岛号"。

记者感怀（四首）

⊙ 吴忠云

笔

笔管储存的是知识，

笔端流露的是正义。

笔洒千言，

句句艰辛、字字千钧，

凝聚着的是执着和奉献。

妙笔生花，颂扬的是——

焦裕禄、孔繁森；

奋笔如刀，戳戮的是——

王宝森、成克杰。

笔——

重如泰山，关乎人命。

笔前，慎之又慎，

笔中，推之又敲，

笔后，留下的是历史，

还有续写的今天和明天！

摄

扛着镜头上街，
以真诚开路，
靠道义壮行。
只照别人，不照自己，
"无冕之王"，
心镜朗朗。

播

乘着电波的翅膀，
飞向一个又一个角落。
流动着的声音，
传遍戈壁海疆。
银线连着你我，
空中架起桥梁。
万籁俱寂，
人海茫茫，
永不消失的电波，
载着明天与希望。

网

鼠标一点，
天涯近在咫尺；
网页一开，
满目缤纷世界；
键盘一敲，
太空任您遨游。

高科技成就了您，

信息社会为您喝彩。

一张无形的网，

织出有形的人生！

2005 年 4 月 7 日

作者简介

吴忠云，男，笔名"吴一"，1964 年生，长岛砣矶人。1982 年毕业于山东水产学校，历经长岛县级企业、事业和机关单位，从事过渔业通信技术、驻外渔业工作组、广播电视记者、兼职教师、县委秘书、政策研究和文史编撰等工作。工作四十载，始终倾心文学，笔耕不辍，创作并发表若干散文、诗歌等作品。著有《发现长岛》一书。

广电缘 融媒传

——祝长岛融媒百年新程壬寅大吉

⊙ 吴忠波

42 年

42 年，神秘宇宙数字恰是工龄答案

11 个县乡市直不同地域单位转换

1979 年 18 岁"出门儿"参加工作

虽未触"电"但也算站在广播边缘

那年毕业考干最终入职小岛税管

广播老站长下岛让我回城当"小编"

父亲经历职业磨难不让改行从业

最终婉言谢绝与广播有分而无缘

80 年代广播独领风骚响彻全县

90 年代电视风生水起聚焦视点

曾经加入广播电视双台齐飞比翼

职业需求观影听音内外扩大宣传

38 年

38 年过去，职业之路也算顺其自然

手没离笔舞文弄墨弹指一挥瞬间

1983 年，山水轮转入职县委宣传

与广播擦肩四年如今变成报道员

部领导说工作需要亦为个人发展

老局长请我到他家做工作问意见
于是听安排办调动算盘换成笔杆
两年后县委选文秘人员又被推荐
两办乡镇单位职能需要工作宣传
旅游文宣广而告之音影不离广电
二十八载海岛职业上大台上提要
市直部门"联姻"融媒又有整 10 年

6 年

6 年，数字吉祥，广电副职两台总编
"六六大顺"架起海岛顺风耳千里眼
1991 年入职当"喉舌"做终审监制
独掌业务初生牛犊不负而立之年
党办文秘昼夜连轴 7 年履职尽力
县领导开玩笑让我下乡进行锻炼
最终接到一纸县直工作任职调令
补广播课再做广电人又过 12 年
两台发稿三级连闯突破对上外宣
自办节目新闻专题采访冲锋一线
海陆空赴北京打完点滴再奔机场
坐船下岛带记者顶风浪吐尽苦胆

30 年

30 年河东，海岛职业更替时间变迁
30 年河西，广电情结永恒空间转换
行政党建管理服务两台冲锋在前
海岛城市仍与广电传媒心联神牵
楼变旧人更替新融媒叠加老广电
耳听音眼观视掌上手机花样呈现

新融媒大气象脱颖而出独树一帜

小记者老编辑主持总监担纲总编

曾经老宅温馨熟悉留下深厚情感

岳母续居于此与邻居和谐几十年

原同事战友珍惜友谊更加重情分

老人修补家电求帮助从来都不难

2 年

2 年，长岛融媒两周岁适逢 2022 年

虎年大吉，虎虎生风好事成双全

犹记初创，告别 2020 丰收 2021

百尺竿头，预祝新百年前景无限

海岛新媒地狭众寡本应拉脚靠边

"长岛号"在水一方却能海纳百川

乡亲民情古今事内外宣精品汇聚

投稿作者编采人聚合力群星璀璨

原先同事朋友多年不见甚是想念

见字如面专题新闻文艺样样精专

期待回乡交流广电发展昨日明天

祝愿"长岛号"再创辉煌奋勇向前

2022 年 1 月 15 日

作者简介

吴忠波，男，笔名"蓬莱海上峰"，1962 年生，长岛人，曾在岛工作 32 年，在烟台市直部门工作 10 年。在岛期间，先后从事广电乡镇旅宣等工作，担任县委常委。现为中国摄影家协会会员、山东楹联家协会会员、烟台市作家协会会员。曾担任央视《四海心 妈祖情》制片人，协拍《走遍中国》等 10 余部纪录片，出版书籍 10 多本。

岁月匆匆 情怀依旧

⊙ 宋梅

迎着五月和煦的风，"长岛号"App 在初夏明媚的阳光中"新鲜出炉"。它很大，大到纵览世界、容纳四海；它又很小，小到盈盈数寸，指掌之间。生逢这个新奇多元的时代，互联网让一切不能变为可能，我们可能永远无法赶上它，但是却愿意追随它年轻的脚步，一路前行，毫不退缩。

现在想起来，仿佛就是昨天的事情。29 年前的那个夏天，我从学校毕业，来到了当时全县唯一的新闻媒体——长岛县广播电视台，成为一名媒体人，开始了为之热爱一生的职业。因为年轻，觉得一切都很新奇；因为年轻，干什么都起劲。工作当中我常常觉得自豪，因为就职于长岛独此一家的新闻媒体；也常常不由自主地骄傲，因为头上顶的是"无冕之王"的光环。

1994 年，因为新闻宣传形势发展需要，"两台"资源整合，合并办公。我这个一直在广播电台"耍笔杆子""只闻其声不见其人"的编辑记者，又成了扛摄像机、拿采访话筒走向前台的电视媒体人。一时间，一稿两用，省人省力，感觉不错，工作起来格外充实快乐。

岁月匆匆。那段时光，天天忙着采访、赶稿，本台用、外宣用，广播用、电视用，加班加点、毫无怨言；起早贪黑、心甘情愿。不做记者的时候，就当新闻责任编辑，看着一篇篇稿件经过自己的手，从电视屏幕进入千家万户，心里难免会有一点小小的"满足"和"得意"。

有过初上镜主持的青涩，有过制作完一篇报道的欣喜，也有过从诸多素材中提炼精品的"老辣"。一路走来，广播电视记录着我的青春足迹，承载着我的职业梦想，也毫不吝啬地给予我丰厚的回馈：参评作品连年获奖，得到过嘉奖、受到过表扬、荣获过先进。长岛广电伴随我一路前行，不懈耕耘，收获芬芳。

时光荏苒，2016 年，我因健康原因，在完成了最后一次以老带新的下乡采访后，就调整到刚刚运行不久的"智慧长岛手机台"工作，从事"新闻资讯"的编审和一些重要稿件的撰写及重大活动报道的文字图片把关工作，由此得以继续我的广电情怀。

面对这个以手机为平台的轻快新媒，我习惯执笔码字的手，只能去主动适应它、熟悉它，以它为支点，挥洒我的媒体人生。我为它纠误改错、撰写评论、充实内容、增添亮点……它在我和同事们的共同呵护下，慢慢地成长、成熟，以"方寸之间，精彩无限"的精准定位博出了属于自己的一番多彩天地。

然而，这个充斥着"新"与"快"的多元时代，早已把"推陈出新"演绎得淋漓尽致。在我从事广电工作的第 25 个年头，在与手机台相伴的第 3 年零 183 天，"长岛号"App 问世了。作为融媒矩阵中的新锐力量，它沿袭了手机台守正创新的精神，把控着指掌间的方寸之地，依托"新闻＋政务＋服务"的运营模式，纵览内外、关注热点、解读时政、聆听呼声，服务百姓、述说发展。为了最大限度地发掘它的潜能，我拖着腰部手术后没有恢复好的身体，和同行们一起，学习操作、撰写开篇、设计栏目、更新版块，让它以最完美的姿态呈现在大众面前。即便如此，我仍然难以割舍那段长久以来与广电传媒相伴的岁月，面对年轻的"长岛号"，我常常毫不避讳地挑剔它只图轻快，欠缺深度；嘲讽它只顾迎合受众的点击，忽视稿件的质量；埋怨它半道插进来，像"手机台"一样挤占了电视"老大哥"的位置。

凡此过往，皆是序曲。时光总是毫不留情地将一切过往远远地抛在后面，但无论媒体变局多么剧烈、传播介质如何进化，我始终坚信，人们永远需要优质稀缺的信息、深刻多元的思想和温暖心灵的情怀。而今，在传统媒体与新媒体新老搭档构建起的立体化融媒空间里，"长岛号"已吹响号角，扬帆起航，我也在它破浪前行的轨迹中，找寻到自己前进的方向，与它相伴，成就一生专注一业的职业梦想。

2020 年 5 月 5 日 长岛号"启航"时

作者简介

宋梅，女，1970 年生，1991 年开始从事长岛广播电视新闻宣传工作至今。三十载不计编采几许，五十龄难舍从业初心。半生耽于一业，无怨无悔，仍念仍爱。

五十年的广电缘

⊙ 徐滔

"长岛县，广播站，现在开始广播……"打我记事起，我们这一代人就是听着这熟悉得不能再熟悉的声音长大的。

20世纪60年代的广播喇叭，对祖祖辈辈生长在小岛上的老百姓来说，可是比现在的视频通话、远程操控、手机支付看起来还要不可思议的事物，在我们这些没见过世面的孩子眼里，喇叭里的大叔大姨特别神奇，居然能够从电线的那一头穿越到我们家里，天天讲故事唱大戏，在一个个煤油灯都舍不得多亮一会儿的夜晚，躺在被窝里听着广播喇叭，算是最奢侈也是最幸福的事情之一了。

这么说吧，小伙伴们最早了解的国家大事，背诵的主席语录，还有"农业学大寨、工业学大庆"的口号，"解放台湾岛"，"反对'封资修'"的信念，革命歌曲《东风吹战鼓擂》，以及第一部儿童广播小说《渔岛怒潮》，都来自挂在炕屋仰棚下面那个灰蓝色的小小喇叭。就这样，"长岛县广播站"一年365天风雨无阻地陪伴我们一天天长大。

上了学以后，我们慢慢才知道广播喇叭和"长岛县广播站"之间的各种关联，不由得对广播站的大叔大姨们敬佩不已。参加工作后，我利用业余时间给广播站写的那些稿子，更是在编辑、播音、录制、技术等各位老师的多方协作下才得以发"声"。吃水不忘打井人，我能够一路坚持写作到今天，完全与"长岛县广播站"的初期启蒙、后期指导、关键时期的帮助是分不开的。就这样，我一步一步地与广播电视行业结下了不解之缘。

20世纪七八十年代的长岛县赶上了改革开放的好时候，各行各业百废待兴，从上到下艰苦创业，广播电视事业也在一穷二白的条件下艰难前行，忠实地记录着全县人民砥砺前行的决心。

1988年秋天，早我一年从中国新闻学院毕业的于军，牵头组织了全县广播系统基层通讯员培训班，10个乡镇、40个渔村，还有许多县直企事业单位的通讯员共聚一堂。40多人的培训班在砣矶岛一边培训，一边采访，前一天晚上写稿，第二天上午讲评，效果立竿见影，有力地加强了全县新闻宣传基层队伍建设。

其实早在前几年，宣传部和广播局就确立了比较紧密的联合采访模式，我也参与过很多次。1984年前后，正是以乐园村第一台拥军彩电、洗衣机、电冰箱等为代表的"电气化"拥军最火的时期，他们和29团的特务连双拥共建，双向奉献，富民强兵，同心报国，成为全国现代化拥军的一面旗帜。在县委宣传部的统一安排调度下，县委报道组和广播局的记者编辑组成了一个采访团队，分头到军营和渔村进行各个层面的深度采访。

那次采访，以宣传报道乐园村和特务连的新时期军民共建事迹为主线，重点采访了乐园村党支部书记蔡大禹，副书记、村委会主任田兆勤，副书记、妇女主任史慧琳及连队徐指导员等关键人物，围绕着一件件关心连队建设、改善战士生活、解决战士困难的感人小事，把乐园村和特务连的好经验、好做法宣传出去。由于广播局的特殊宣传作用，乐园村的拥军事迹在全县岛岛村村广泛传播，全县上下掀起了开展新时期双拥共建工作的热潮。

广播局在做好县内宣传的同时，还积极加大对外宣传的力度，把一篇篇新闻、通讯报道快速推向市、省、中央人民广播电台和电视台，得到中央军委、国家民政部等各级部门的关注，长岛县也因"双拥"共建工作荣获"全国双拥模范县"称号，蔡大禹等获得"全国拥军模范"称号，南长山镇、大钦岛乡、北隍城乡及南长山镇乐园村、大钦岛乡东村、北隍城乡山前村等，同时得到省委、省政府、省军区的隆重表彰。随后，大钦岛乡南村与空军导弹营的双拥共建事迹横空出世，一炮打响，走出了一条海岛渔村与空军部队双拥共建的新路子。

除了这样的大团队协作，我们还经常搞一些短平快的小合作。1985年"十一"以后，正是一年一度的捕捞黄金季节，我从大钦岛结束采访后准备继续南下，在去码头的路上遇见了广播局的顾延亮。这时，我在宣传部工作才一年，延亮到广播局的时间也不长，我俩都是写稿的"新兵"，绕不过去的难题，两人就一起商量。有一天，延亮说："大钦岛有一个事儿挺好的，开头怎么写比较好呢？"

原来，前几天大钦岛北村有个大机帆船出海拉网的时候"上了岔子"，两盘网豁了一盘，眼瞅着生产就要中断了，船长顾本乐只好和大家把船开回家买新网。新买的渔网是一片一片的，需要用网线封起来，渔民要是都留下来封网，就要耽误一潮的生产；要是留几个渔民在岸上封网，船上的渔民又不够，会耽误海上生产。

正在船长顾本乐左右为难的时候，乡长朱大良听说了这个事情，立马赶了过来，对大家伙说："在这'大战渤海湾'的节骨眼上，要是耽误一天，那损失可太大了，你们渔船该什么时候出海就什么时候出海，该怎么拉虾就怎么拉虾，渔网的事情就交给我，不用担心。"

就这样，顾本乐他们留下一个渔民在码头上，就急匆匆地开着船出海了。一会儿工夫，朱乡长喊来几个机关干部，和留下的这位渔民一起封网，从中午一直忙到傍晚。把一块块渔网缝到一起后，他们又接着整理网脚和网浮，终于把新渔网全部封整好了。

第二天渔船回来后，装上乡干部们帮助封好的崭新的渔网又出海了。这一潮捕了一万多斤大对虾，卖了十多万元，把渔民高兴得非要好好感谢一下他们的朱乡长。

几天后，船上派一个渔民去送刚刚打上来的大鲅鱼，说是大伙的一点儿心意。朱乡长说什么也不要，好说歹说才把渔民劝回去。三天后，出海回来的船长顾本乐带着更多的鲜鱼亲自登门感谢。朱乡长非常实在地说："我帮大家伙封渔网不是为了这点儿鱼虾，而是希望你们多打鱼虾，多给国家做贡献。"

延亮讲的这个故事真是太好了，虽然不是什么惊天动地的大事情，但是作为基层党员干部，不摆花架子，不搞虚言假套；能想老百姓所想，急老百姓所急，让渔民群众打心眼里佩服。我们商量之后把题目定为"渔网情"，然后又从头到尾把文章结构理顺了一遍。延亮是一个埋头苦干的人，一个晚上就把《渔网情》写了出来。

《渔网情》先是在长岛县人民广播电台播发，接着又在《中国乡镇企业报》《烟台日报》、山东电台、烟台电台等新闻媒体上刊登、播发，从此，延亮也在新闻岗位上如鱼得水，采访、发表了数都数不清的优秀新闻作品。

当年广播局的编辑记者中，经常与我进行联合采访的除了延亮、于军，还有丛文英、王志洲、孙献成、林蔚、高宏伟、宋梅、贾晓梅等。对了，还有那位专门给我写了五幕短剧《生炉子》的徐冰。

电视台这边，最早的摄像记者是杨玳绪老兄，熟悉的人都尊称他为"大杨"。他最早的搭档是张本剑，扛的是让人羡慕的"大机子"。后来，陈越、林勇、刘玉峰、王建国等先后加盟，我们就像一个单位的同事一样，在条件艰苦的日子里，一起采访会议活动，一起坐船下岛进村，一起吹风淋雨，一起晕船遭罪；白天采访抢险救灾，晚上拍摄会议演出，有苦同吃，有罪同遭，在多年的联合采访中结下了深厚的友谊。

最近20年，因为党员干部现代远程教育工作的需要，广播局的几位老朋友几乎和我们的工作"绑定"在一起了。在技术服务方面，我联系最多的是副局长朱明信和我的同学覃勋安。他俩主要负责帮助我们进行全县54个卫星终端接收站点的设备安装、调试和维护工作。我们除了每年规定的四次下岛巡回检查维护设备，还经常性地乘船渡海，到小岛渔村抢修设备。

那六七年的时间中，朱局长、覃勋安、姜兆涛和我，还有负责电脑维护的李振东，经常带着大包小包外加各种设备电缆一起下岛。老"海马"号的王船长一看我们上船的架势，马上就知道是哪个岛哪个村的"锅盖"又坏了，于是赶紧把我们的东西一件一件地接到他的驾驶室。全县10个乡镇、40个渔村，还有当年街道办的三个居委会，所有的屋顶和楼顶我们几个人不知道爬过多少次。

在党员电教片的制作方面，电视台的张本健、陈越、林勇、刘玉峰、于海几位兄弟，每次都是把自己压箱底的珍贵素材毫无保留地贡献出来。播音的朱延玲、李亚杰、顾晓燕、朱少杰、吕翔，后期制作的宋韶君等也都是积极配合，全力以赴地支持我们的工作，给予我和姜兆涛许多帮助。这些情，我永远忘不了，也不能忘！

当然，平时帮忙最多、支持最大的是专题部主任"勇哥"林勇。我负责党员电教片制作那六年多的时间，已经记不清有多少次与勇哥一起了。白天、晚上、周末、节假日……加班加点，任劳任怨，苦在其间，乐在其中。2005年5月19号，为了拍摄《海鸥王国——车由岛》，林勇、姜兆涛和我坐着老朋友叶本波帮助联系的机帆船，在时浓时淡的雾海里好不容易摸上了车由岛。我们从码头一直拍到峭壁林立的山顶，从上午拍到夕阳西下，看着遮天蔽日的海鸥用他们特殊的"广场舞"欢送血红的太阳在黄昏里谢幕。

下山的时候，我们三个人背着摄像机，挎着录像机，扛着三脚架，还有一些杂七杂八的东西挂在脖子和肩膀上，借着"小灵通"微弱的光线，深一脚浅一脚地穿过坑道，摸下山来。到了管理处，伙房早已开过了饭，"岛主"孙明福老兄把饭菜给我们放在锅里保着温，我们一边吃着饭，一边和老孙聊起这十几年来车由岛的发展，也了解到了一些事件的幕后故事。第二天早晨四点多，早起的鸥鸟开始享用它们的早餐，我们却连干粮也顾不上吃，赶紧拾掇起器材开工干活。这一次来车由岛外拍，收获了大量的视频和图片素材，不仅进一步充实了资料库，而且也圆满完成了电教片的拍摄制作任务。这部电教片在当年的烟台市党员电教片展播中广受好评。

2007年1月23号，林勇、姜兆涛和我，陪着省委组织部党员干部远程教育中心编导麻亮、王健两位老师，去拍摄山东省优秀党支部——

北隍城乡山后村。很不巧的是，那些日子小钦岛、南隍城岛、北隍城岛三个海岛的海底电缆已经断了好几天，也停电好几天了。三九严寒，滴水成冰，加上我们去的第二天，北隍城这边又下了一天一夜的大雪，雪停风起，那叫一个冷呀！为照顾我们这些城里人，乡政府特意联系驻军给招待所通了电，一是给摄像设备充充电，二是让我们用电褥子取取暖。由于柴油机发电功率有限，说是供电，其实每晚也不过是供两个小时，上半夜被窝尚暖和，下半夜就冻得睡不着了。

在北隍城拍摄的四天时间里，我们踏着厚厚的积雪，从黄海日出拍到渤海日落，从渔村拍到军营，从支部会议拍到老党员访谈，从基层党员拍到全村凝心聚力，从产业发展拍到文化活动，以细节取胜，以情节动人。20分钟的专题片制作完成后，得到了省委组织部的高度赞扬，并邀请村党支部书记邹清敏到山东省党员干部远程教育中心演播大厅录制了一期访谈节目，最后制作成党员学习教材在全省组织观看、学习。

那一次，我们的小身板都经受住了严寒的考验，比较顺利地完成了任务。在北隍城拍摄的最后一天，从部里调往大钦岛工作的世岩、国功、俊红他们担心把济南的编导老师冻坏了，强烈邀请我们去大钦岛住一晚。就这样，我们一行五人搭乘便船，告别了北隍城乡的于福顺书记等人。来到了大钦岛，我们终于享受到了久违的温暖。有电的大钦岛之夜，是美好难忘的一夜，我们打开了电褥子，世岩、国功、俊红、林勇、姜兆涛和我围坐在招待所宿舍暖呼呼的被窝里，交流工作，畅谈人生，感觉人生最大的幸福莫过如此。

这些年来，广播站改名为广播局、广播电视台、广播电视中心，再改为现在的融媒体中心，变化的是名称，不变的是广电兄弟姐妹们坚守的初心。我认识的这么多长岛广播电视工作者，他们都爱岗敬业，积极向上，在风口浪尖上采访，在深夜里加班赶稿，在风雨中抢修线路，在四壁透风的差转台值班。为了宣传推介长岛，为了加快长岛的发展，在各自的岗位上默默工作，奉献了大好的青春年华，做出了应有的贡献。

广播缘，广电情，结缘续情五十年。岁月流逝，心存美好；温暖常在，青春不老！从"永不消逝的电波"到"星光灿烂的荧屏"，从互联网时代的"手机台"，再到紧跟时代脚步的融媒体"长岛号"，此缘此情，缘源不断；情深意浓，共同成长。

2021 年 12 月 22 日

作者简介

　　徐滔，男，1962 年生，长岛人，新闻专业。著有《妈祖缘长岛情》《故事里的长岛》等，发表散文、报告文学等作品 60 万字。获奖作品有《溜鲜的年味》《金融文学沃土上的追梦人》《荒山秃岛变形记》等，《渤海深处 渔家生活》一文在天涯社区的阅读量达到 410 万，个人公众号"滔哥话长岛"发布有关长岛的原创文章 1100 篇。

我的广电缘

⊙ 李昌

2020 年 5 月 1 日，长岛新媒体平台"长岛号"正式启用，这是长岛广电史上具有划时代意义的一件大事。主创人林勇邀我写一篇文章，本打算婉言推辞，但转念一想，我与长岛广电还真有一段持续几十年的不解之缘！

四五十岁以上的长岛人都经历过家家户户放小喇叭的年代，都记得那个熟悉的女声："长岛县，广播站，现在开始广播……"在那个生活单调、消息闭塞的年代，广播喇叭成了海岛人收听节目、获取信息和参与娱乐活动的唯一渠道。同千万个海岛听众一样，我们都是广播站的"铁杆粉丝"。

说起我与广电的缘分，不能不说到最初的牵线搭桥人邹清芬。20 世纪 90 年代初，我刚从大钦供销社被借调到乡政府，此时，大钦岛中学的老校长邹清芬正在乡教育组工作。作为当时全县年龄最大的乡镇通讯员，他长年笔耕不辍，一直为县两台写稿、供稿。在他的引导、鼓励和推荐下，我开始接触新闻报道，尝试写一些简短的新闻稿件，并且大部分都被采用了。

1991 年"七一"前夕，为纪念中国共产党成立 70 周年，县委组织部、宣传部联合举办了"为党旗添光彩"十佳征文评选活动，没想到我的第一篇通讯文章《小车不倒尽管推——记大钦岛东村党支部书记肖本存》意外获得了一等奖。一个名不见经传的乡镇通讯员竟然拿了一等奖！据说当时有许多人都不服气，说我是沾了广播局和铁成的光。

后来才知道，那次中央人民广播电台老播音员铁成老师来长岛做客，广播局的领导请他录制一段播音资料留做纪念。在电台播音室，铁老从十篇征文中唯独选中了我的那篇进行了录制，而征文活动又是让评委听播音之后再打分，这样一来，铁老那浑厚、充满磁性的声音，自然为我的文字增色不少，因而获得高分，一举夺冠。时隔不久，我便被正式调到了大钦岛乡政府，负责文字和新闻宣传工作。

1988年10月，长岛电视台的《长岛新闻》栏目开始播出，每周一次，并逐步走入人们的生活。为适应电视宣传的需要，乡里购置了一台"松下M7"型摄像机，新闻投稿的形式也由原来的纸质稿件变为图像与文字相匹配的盒装录像带，从此，我与县"两台"的联系开始多了起来。

记得刚拿到摄像机时，我对机器的功能和使用要领还一窍不通。乡领导就联系好广电局，让我去电视台培训。没想到当我坐着客船、提着机器来到电视台后，"大杨"主任简单一句话就把我"交待"给了记者陈越，而陈越打开箱子拿出摄像机后，只用手指拨拉了两下开关，就告诉我：这是开机，这是关机；然后又按了按镜头推拉按键，对我说：这是推，这是拉。行了，你自己上街去拍吧。

就这样，我扛着机子就上街拍了起来，从人物特写到广角镜头，从凌云市场到百货大楼，不到一个小时，回去放给他们看，陈越说：行，回去就照这样拍。我一听，心立马凉了半截，心里想：哪有这么培训的？好不容易来了一趟大县城开开眼，明天这不又得回去了！

那时候，邹清芬老师还健在，仍然坚持写稿投稿。一些我看不上、不屑一顾的新闻素材，他也从不舍得放过。比如，今天大钦岛下了一场大雪，驻军部队一大早就抗着铁锨和扫帚前来扫雪，不到半个上午就把几条主要道路打扫得干干净净。就这么短短的几行字，他也会一笔一画地写在稿纸上，然后装进信封，投往"两台"。他对新闻宣传事业的挚爱和勤奋认真的态度，一直打动并感染着我。那几年，大钦岛乡在县"两台"的用稿量一直名列各乡镇前茅，几乎每周都"露影子""有声音"。年底积攒下来的稿费，也成了那个年代里除了工资之外的一笔小小的"外快"。

　　20世纪90年代中期，闭路电视在长岛县域已基本普及。为了利用电视搞好宣传，当时的乡领导提出，能不能像《长岛新闻》那样，也办一个《大钦新闻》。但是乡里没有编辑机，只能因地制宜、土法上马，采用"笨法子"做片头。

　　为此我专门爬上唐王山顶，用平摇镜头拍摄了大钦全貌，请来中学的田兴普老师，用红色自粘纸刻出"大钦新闻"四个字，贴在一块玻璃上，用借来的家用放像机连接上大办公室的电视，一边播放大钦全貌的影像，一边用录音机播放乐曲《大海故乡》作为背景音乐，然后，我用架在桌子上的摄像机对准电视开机录制。这时，抬手示意间，田兴普老师把那块贴有大钦新闻字样的玻璃缓缓推入电视屏幕中央，一曲刚了，片头结束，土法制作获得圆满成功！

　　那时，乡宣传委员邹新萍还从东村请来幼儿园老师肖科做播音员。新闻采写、编导、制作等一系列工作，都是我和乡团委书记刘天辅一起干，每周一期，雷打不动。由于新闻内容都是百姓自己人和身边事，群众喜闻乐见，播出后反响强烈。记得第一期首播后，我还以"《大钦新闻》正式开播"为新闻内容，将稿件发到了县电视台。据说当时的编辑记者们看后大感不解，都说大钦岛连个编辑机都没有，怎么能弄出这个来？没想到我们用土办法，还真把大伙给糊弄住了。

　　1997年春，我从大钦岛乡调到了县海洋与渔业局，继续"爬格子""扛机子"，因为身在县城，离广电更近了一步，平日里去送稿、送带子的次数就多了起来，与编辑记者们的接触联系也越来越频繁。有时为了制作专题片，就一起加班突击，渐渐建立了深厚的感情和友谊。

　　有一次与县台记者刘玉峰、市台记者高波一起乘"渔政457"船赴老铁山水道，对一起货轮沉没溢油事件进行现场采访报道。当时，因渔政船螺旋桨打到沉船漂出的大缆，导致机器失火，手机又没有信号，一时被困海上，不少人都晕船呕吐，但我们相互照顾、相互鼓励，最后，合作的新闻稿在央视《新闻联播》《新闻60分》和《国际新闻》等多套节目播出。

　　进入 21 世纪之后，长岛广电事业取得长足发展，新闻传播手段也日新月异。特别是随着网络文化和全媒体时代的来临，新闻报道更是依托现代科技设备和创新理念，把握社会民生脉搏，紧跟时代步伐节奏。以手机客户端为受众的新闻信息平台"长岛手机台"应运而生，由于栏目多、实用性强、接地气，运行几年来，深受海岛群众喜爱。

　　尤其是手机台开设的"文海拾贝"栏目，吸引了一大批老中青本土作家、诗人、书画家和文学、摄影爱好者等汇聚于此，发表了许多讴歌生活、赞美家乡的正能量优秀作品，为海岛群众的精神生活注入了缕缕清新与美感。期间，我也偶尔将一些生活琐事和个人感悟捏合成篇，发表其上，在聊以自娱的同时，也收获了许多读者朋友的鼓励和点赞。因此，我的长岛"广电缘"就这么一直割舍不断，延续至今，从未断绝……

　　岁月如歌，流年似水。如今，随着融媒体时代的到来，长岛广电迎来前所未有的发展机遇与挑战。累累硕果缘于辛勤汗水的滴滴浇灌，上线几年来，"长岛手机台"充分发挥新媒体传播快的优势，牢牢把握正确的舆论导向，唱响主旋律，弘扬正能量。点击量屡创新高，在全省和全国县级手机台中走在前列。

　　今年五一之后，"长岛手机台"即将停用。按照习近平总书记"办好县级融媒体"的要求，"长岛号"历经筹划运作和艰辛建设，如今破茧而出。它蕴涵了长岛号子、长岛号角和"长岛号"大船等诸多寓意，承载着广电人和广大热心使用者的殷殷希望与期待，即将拔锭起锚，驶入新时代的浩浩大海。真心祝愿它扬帆远航，行稳致远！

2020 年 4 月 14 日

作者简介

　　李昌，男，1963 年生，长岛小钦岛村人，现于区自然资源局工作。作品偶见于《山东文学》等杂志、报纸和网络媒体，出版个人诗集《踏歌长岛》。现为烟台市作家协会会员、烟台市诗词学会会员、烟台市及山东省散文学会会员。

匆匆那年　触电情缘

⊙ 赵苗

　　五月一号，长岛融媒体"长岛号"正式面世。对于长岛广电人来说，至此，又开启一个新的篇章。

　　时间过得真快，"长岛手机台"走进百姓生活仿佛还是昨天，弹指间，它就光荣卸任，给长岛广电事业留下浓墨重彩的一笔。

　　日月既往，不可复追。流去的岁月串起了美好的回忆，这些回忆写下生命的痕迹，成就了我的梦想，丰盈了我的人生。回首我与长岛广电的相知相遇，记忆时而清晰，时而模糊，但是感恩之情愈思愈浓。

　　1996~1999 年，我在大钦东村完小支教。那时，乡里要录制《大钦新闻》。某个夏天，在岛里教学的我被借去录制了一期，也当了一回主播。犹记得当时的天气还比较炎热，我穿了一套蓝色纱质休闲套装。一位工作人员好奇地问我不热吗？恰巧邹清仁老师在办公室，他看了我一眼，随口说："心静自然凉。"几十年过去，自己当时播报的什么新闻已然不记得了，但是邹老师的这句话却历久弥新。

　　这应该是我真正意义上的第一次"触电"。现在想想，面对镜头的我，有些青涩，略带紧张，表现也是有些拘谨。当时的电视节目还比较单一，人们在茶余饭后比较喜欢看的就是本地新闻，不少熟人看到电视上的我纷纷表示祝贺，我也一不小心成了小岛上的"网红"，不过是电视网！这第一次的"触电"虽不够完美，却成了记忆中的青苹果，味道青涩，但是咬一口那奇妙的感觉永远不会忘。

　　2012 年，我再次回到大钦岛支教。临近"六一"，长岛电视台的宋梅、陈越两人来我们学校采访。当时我们几个支教老师正全力以赴筹备学校首届"六一"艺术节。3天时间，他们用记者专业的视角，记录了我们几个人的支教生活。儿子那时随我在大钦岛上学，摄制组顺便也采访了儿子。后来，县电视台以"与101个孩子相伴"为题，做了两集宣传片在全县播放。视频中儿子抹着眼泪转身说想爸爸的镜头，触动了很多人的心。

再次"触电"，我的身份由主播变成了主角。随着支教的结束，这段经历似乎也被尘封了。没想到的是，它却在我之后的工作和人生中发挥了极大的作用。2018年，我参评山东省"最美教师"，进入最后的评选阶段时，需要制作能体现个人事迹的视频，我一下子就想到了这段支教视频。只是不知道6年过去了，那段视频是否还在。抱着试试看的心情我联系了电视台，他们很痛快地答应了我。看到视频传过来的一瞬间，我心中很是感激，毕竟从众多繁杂的资料中找到6年前的视频，也不是一件很轻松的事吧！

看着镜头里的自己，仿佛读到了时间的印记，一时间百感交集。当时的自己还十分年轻，那时的学校，那时的学生，那时的同事，独属于那一时间的记忆就这样从心底的最深处慢慢浮现于眼前。视频中一脸稚气的儿子如今已足足高过我一个头。就在我写下这段文字的前几十分钟，站在阳台上的他突然想起这段经历，兴致勃勃地说与我听，这才促使我决定把这篇应该在"五一"之前完成的稿件整理出来。

除了这个视频，近些年电视台也零零碎碎采访过我几次。因此，我最后提交上去的视频都是由之前的资料剪辑合成。或许因为这个十分纪实的视频，我成了2018年烟台市唯一的"山东省教书育人楷模"，站到了山东省教育电视台的演播大厅里。站在荧光灯下的那一刻，我特别感谢长岛广电人，他们用镜头记录下的故事，成就了一个教师的梦想。

应该是2017年的暑假，我在学校值班。为了打发时间，我带了一个笔记本电脑去了学校。下午，用手机看自己刚拍的照片时，图片上那一颗颗青红参半的山枣突然勾起了我淡淡的乡愁。回忆的闸门一旦打开，往事很快便清晰起来。于是，我打开电脑，一气呵成《那条路 那片山 那片海》。后来，我再看到这篇文章，是在几天后的朋友圈，它被"长岛手机台"选用编发了，点击量已经有3000多。没想到自己随意涂鸦的一段文字竟然勾起这么多人的回忆。虽然之前也发表过一些东西，但是以这种方式"面众"，还是第一次。不能不说手机台给了我一种新的记录生活的方式，一种更容易让我的心沉静下来的方式。

2018年正月十四，华灯初上，二老在厨房边忙边念叨这个时间在老家应该忙什么，应该做什么吃。听着爹娘的对话，儿时过年的回忆一下子充盈了我的心头。于是又一篇回忆散文《那些年，我们过的年》诞生。第二天上午，"长岛手机台"配图编发了这篇文章，再一次勾起了一代人的回忆，一天的点击量就达到了2000多，朋友圈中许多人给予了转发和点赞——一篇文章写出了一代人的酸甜苦辣，但大家都觉得那样的生活很真实。至此，我便开始零零星星地"码字"，所想所感随笔成文，投稿到手机台，逐渐积累起许多作品。这其中，有的文字变成了纸质刊物上的铅字，而写作也在不知不觉间成了我的业余爱好。

起笔无心，落笔有意。从2018年开始，我似乎正式进入这种业余写手的生活。其实想想，自从踏上教师这一行业，我一直也没有停下写作。但与以往不同的是，现在的我，高兴时，不悦时，甚至于累得什么都不想干的时候，最想做的似乎就是记录下某段时间的一些回忆，记录下当下的生活。手机台就这样在不知不觉间改变了我。"君"本无心，我亦无意，只是回想起来，仍是满满的感激。

其实，"五一"之前，手机台的林勇就与我约过稿，只不过一直未能成文。今天儿子突然说起那段经历，让我觉得爽约有失"义气"，应该有这样一段文字记录下我与"长岛手机台"、我与长岛广电的故事。于是，《匆匆那年 触电情缘》便诞生了。而今，"长岛号"以更强大的功能走进我们的生活，它是长岛的一个窗口，一张名片；它是我们的眼睛，我们的伙伴。希望我能继续借它一方天地，与它再续文缘！

2020年5月2日

作者简介

　　赵苗，女，1976 年生，长岛东村人。长岛第二实验学校高级教师，山东省特级教师、烟台名师。从教 27 年，一直致力于语文教学研究，曾多次在省市等大型教育活动中介绍经验。热爱写作，有多篇文章发表于各类刊物上。

　　生于这片海，长在这片海，愿以文字记下每个与浪花起舞的日子，成就生命中的那片海。

启航，长岛号

——贺"长岛号"App 正式启用上线

⊙ 林海

启航了，长岛号

汽笛长鸣

"五一"劳动节这一天

吹响了集合号

擂起了进军鼓

古老的长岛渔家号子

也踏着历史的潮汐把你追赶

你从五十年前建台的蓝色港湾里驶来

你从一生辛劳、一身荣耀的远方驶来

从有线广播到无线网络

从喇叭匣子到高清彩电

长岛广电见证了海岛巨变

有线、无线

编织出海岛人多少条情感热线

广播、荧屏

换来海岛人多少次如花似蜜的笑颜

通信息，传富经
"渔家乐"如雨后春笋般涌现
报天气，送平安
鱼虾螃蟹岸上窜
端坐渔家小院
纵观世界风云变幻

"无冕之王""爬格子"、敲键盘
迎接无数次昼夜兼程
送走无数次星移斗转
架线工人敢与天公试比高
摘一朵彩云丢脚下
化作美景如星落港湾

"长岛手机台""长岛号"
掌上世界，精彩无限
海做疆场，心比海大
装得下千人万人的牵挂
容得下千家万户的期盼

传播长岛声音
讲好长岛故事
你是生态长岛的一张靓丽名片
你是看得见摸得着的"窗口"
岛内外故事和美景在这里展现
你是练功习武展示才艺的大舞台

海岛儿女将从这里奔向灿烂的彼岸

纵然前方有大风大浪
纵然路途有激流险滩
"长岛号"已经开足马力
载着海岛儿女的殷切期盼
乘风破浪，驶向"深蓝"

2020 年 4 月

作者简介

　　林海，男，笔名"倚林听海"，1958 年生，山东长岛人。当过教师，进过机关，下过乡镇，管过国企，现已退休。作品散见于《诗刊》《星星》《大众日报》等报纸、杂志和齐鲁晚报"壹点号""烟台散文"等新媒体平台。现为山东省散文学会会员、烟台市作家协会会员、烟台市散文学会会员。

赞长岛手机台

⊙ 孟立军

智慧长岛手机台，
内容新颖又精彩。
新闻快讯掌上宝，
轻快世界有妙招。

时事政要准时播，
海岛拍客图彩好。
文海拾贝佳作多，
阳光政务力度高。

漫游长岛好风光，
景区路线描得巧。
旅游胜地好去处，
便民平台都想到。

健康养生知识全，
民生之窗生活圈。
海量信息多丰富，
手机台里乐无边。

2018 年 2 月 8 日

作者简介

　　孟立军，女，军人子女，1960 年生于长岛。在原长岛县生资公司退休，业余爱好写作。《八一感怀》《诗情画意》《母亲》等百余篇作品发表于各类报刊和新媒体平台，现为烟台市作家协会会员。

海岛融媒（五首）

⊙ 王利贤

（一）

小小融媒百样能，
新闻特色力传情。
披海浪，
沐山风，
八方采制伴星程。

（二）

五彩缤纷项目生，
朝夕网上不休停。
扬正气，
乐欢声，
天涯海角敬呼应。

（三）

精妙文章引众惊，
长篇短语意无穷。
聊大道，
话真经，
甘霖点点润心庭

（四）

书画多姿影视丰，

神功巧艺上荧屏。

人世美，

自然精，

奇观妙景赞频声。

（五）

歌赋诗词盛世兴，

春花秋月动真容。

吟九域，

唱民生，

家国兴旺鹤长鸣。

2021 年 8 月 9 日

作者简介

　　王利贤，男，笔名"怡闲"，1949 年生，祖籍长岛。1968 年参加工作，本科学历，研究员。长期从事水土资源开发、生态环境保护、旅游地理等工作。爱好文学，尤以学习古诗词为乐，先后创作诗歌2000 余首，诸多作品见于报纸、杂志或新媒体平台。

后记

书到卷末，感慨万千，预料之外，又水到渠成。

2016 年 8 月，近知天命，突然受时任台领导委托负责筹备"长岛手机台"，懵懵懂懂，在不知其为何物的情况下，"冒汗"领命。好在有半生之积累，自己懂电脑技术、会平面设计，有一点文字功底，学习能力、加班吃苦精神更不在话下，于是边研究边学习、边设计边搜集素材，在上级单位省广电的协助指导下，带着一个小姑娘，仅用一个多月时间就初步完成了平台架构建设和内容填充，于 10 月 1 日正式上线运行。从此长岛有了第一个官方移动客户端——智慧长岛手机台，也算为国庆节献礼了。

长岛手机台，轻快看世界。作为新媒体平台，手机台精准对接用户需求，传播时代最强音、弘扬社会正能量，较好地发挥了主流媒体的作用，得到县领导和海岛群众的一致好评。但运行期间，总感觉有所欠缺，在新媒体发展日新月异、自媒体平台铺天盖地的大环境下，平台内容过于新闻化、大众化、平面化，没有太叫得响、值得骄傲的品牌，层次也不高。后来想到，既然自己脑笨笔拙，今生与文艺无缘，那为什么不把海岛的文学艺术类作品放在里面呢？一是可以为海岛文化人提供一个展示自己才艺的舞台；二是可以为岛外的游子和网友提供一个了解长岛历史、文化的平台；三是作为创新手段，可以提高"长岛手机台"的层次和水平。于是，第二年平台改版升级时，"文海拾贝"栏目便应运而生，里面设置了文学、工艺、书画、摄影等 4 个板块，并于开办之前提前运作，利用从事新闻工作近 30 年与文化人结下的好人缘，广泛"撒网"，收集了不少好内容。为了使栏目看起来赏心悦目又不缺少文化味儿，便在栏目编排上下足了功夫：配图一张一张修正"美颜"，文学作品字斟句酌、精心修改，各板块的字号大小、图片尺寸、作者简介等都编列了标准规范……相关内容推出发布后，反响良好，每篇作品的点击量基本都位于各栏目前列，成为"讲好长岛故事、传播长岛声音、展示长岛形象"的最佳窗口之一。

时序更替，梦想前行。迎着媒体融合的时代大潮，"长岛号"以全新的姿态走向台前，于 2020 年 5 月 1 日正式上线"启航"。关注长岛号，精彩早知道。"长岛号"集"新闻＋政务＋服务"功能于一体，作为重点品牌栏目，"文海拾贝"改名为"品佳作"栏目予以保留。在海岛这一片小小的文学艺术天地里，大家沉浸墨香，放飞心灵，奋笔前进，把对长岛的深情厚爱倾注于笔端；不计报酬，埋头创作，一篇篇美文佳作如流水般不断滋润着读者的心田。每次组织的主题征文活动，大家更是积极响应，龙跃凤鸣，切磋学习，妙笔生花，众多来自远方的激扬文字和锦绣文章也不断涌现。考虑到长岛有悠久的"双拥"共建历史及当年驻岛官兵众多的特点，长岛号每年"八一"期间都会征集编发一些反映军民鱼水情深和老兵回忆录类的作品，在海岛群众，更在退伍老兵中引起强烈反响。不忘第二故乡，军民情永流长的声音共鸣回响。

方寸之间，精彩无限。截止到 2022 年 5 月，"长岛号"共编发岛内外 100 多位作者的文学作品 800 余篇，包括诗词、散文、小说、童话故事、快板、三句半等各种体裁，上至九十岁老者下至十几岁少年，作者涵盖工农商学兵各行各业。内容有的以叙事为主，有的以抒情见长；有的善于诗歌表达，有的胜于散文长篇；有的感悟人生，有的展现海岛巨变；有的喜欢纵横捭阖、汪洋恣肆，有的喜欢小桥流水、轻舟淡荷……文章有视角，有立场；有思考，有探索；为时代做记录，为百姓鼓与呼。长岛文学园地生机勃勃，百花齐放，芬芳宜人。

难得有位老文友感慨："'长岛号'起航笛声，重新唤醒了我们的文学梦，曾经荒芜的土地，华丽变身为海岛的文学百草园。"

更有一位外地读者评价说："'长岛号'的许多作品具有浓郁的海岛气息，这是生活在陆地的人心驰神往的感受，也是记录长岛发展的时代结晶，在海岛文化史上留下了精彩的一笔，为传播长岛文化开了先河，做了样板。"

机缘巧合，有次聚会时，在座的一位大学教授不经意间说，看你们办的文学栏目十分不错，为啥不出本书呢？一是可以更好地体现出文学的价值和对作者的尊重，二是长岛宣传工作好像也缺少一部类似的文学作品集……一句话敲醒梦中人，大家辛辛苦苦写出的作品，若是精选部分付梓出版，对长岛、对作者而言不都是一件很有意义的事吗？！

别林斯基说过："书，是我们时代的生命。"

感谢各级领导的慧眼识珠与肯定认可，同意将佳作结集出版，长岛文化美好的明天，你们功不可没；感谢广大文友的辛勤付出，一篇篇佳作都是智慧的结晶，是你们托起了这片天；感谢广大网友的热心相伴、包容和信赖，文学园地离不开你们的默默支持、转发点赞；感谢各位"摄友"提供的精美照片，画龙点睛为本书增光添彩；更感谢各位编者的无私奉献，有了你们的鼎力配合、关注指点，才能保证本书顺利出版，与广大文友早日见面。

文章千古事，得失寸心知。选入本书的作品，都是"长岛号"已经发布过的，由于时间和篇幅所限，每位作者只能根据栏目需要，挑选其作品中的一篇或几篇，挂一漏万，大量佳作不能在书中展现，想想也是十分遗憾的事，好在以后还有机会，好在有"长岛号"这个平台，喜欢文学的朋友可以随时下载打开，随便挑选阅览。

始于心，踏实地，行致远。适逢最好的时代，长岛海洋生态文明综合试验区建设也已走向"深蓝"。希望更多文学爱好者加入进来，泛舟书海，讴歌时代，书写生活，激扬梦想；希望"长岛号"继续做好海岛文化的引领者，激流勇进，扬帆远航，未来之路越来越顺畅；希望长岛文艺园地繁花满枝，姹紫嫣红，满园芬芳！

只要希望还在，精彩必将持续不断，一定会的！

编者

2022 年 5 月 28 日夜